KNAUR

*Von Ally Taylor und Carrie Price
sind bereits folgende Titel erschienen:*

Die Make-it-count-Reihe
Gefühlsgewitter
Gefühlsbeben
Dreisam
Sommersturm

Über die Autorin:
Ally Taylor ist das Pseudonym der deutschen Autorin Anne Freytag. Freytag veröffentlicht Erwachsenen- und Jugendbücher, als Ally Taylor schreibt sie Liebesromane. Anne Freytag liebt Musik, Serien sowie die Vorstellung, durch ihre Geschichten tausend und mehr Leben führen zu können. Die Reihe *New York Diaries* schreibt sie gemeinsam mit ihrer Freundin, der Autorin Carrie Price.

ALLY TAYLOR

NEW YORK DIARIES
CLAIRE

ROMAN

»Saul Mates from LOVE & MISADVENTURE« Text.
Copyright © 2013 by Lang Leav. Reprinted by permission of
Writers House LLC, acting as agent for the author.

Besuchen Sie uns im Internet:
www.knaur.de

Originalausgabe Oktober 2016
Knaur Taschenbuch
© 2016 Knaur Verlag
Ein Imprint der Verlagsgruppe
Droemer Knaur GmbH & Co. KG, München
Alle Rechte vorbehalten. Das Werk darf – auch teilweise –
nur mit Genehmigung des Verlags wiedergegeben werden.
Dieses Werk wurde vermittelt durch die
Literarische Agentur Michael Gaeb.
Redaktion: Martina Vogl
Covergestaltung: ZERO Werbeagentur, München
Coverabbildung: FinePic®, München
Satz: Wilhelm Vornehm, München
Druck und Bindung: CPI books GmbH, Leck
ISBN 978-3-426-51939-4

Beinahe back in the City.
Samstag.

Das ist der Tiefpunkt. Ich erreiche die Talsohle an der Schwelle zu meinem alten Kinderzimmer in Elizabeth, New Jersey. Unendlich weit weg von dem Weg, den ich vor knapp achtzehn Monaten eingeschlagen habe ...

Nein, das gerade ist kein Traum. Ich bin wirklich zweiunddreißig Jahre alt und ziehe wirklich wieder in mein altes Kinderzimmer. Die letzten drei Jahre hatte ich Jeremy und die Illusion einer Zukunft, jetzt habe ich nur noch pochende Kopfschmerzen und das Gefühl, völlig versagt zu haben. Ich dachte, ich wäre auf der Schnellstraße Richtung Erwachsenwerden, aber langsam habe ich den Eindruck, ich bin irgendwo falsch abgebogen. In der Hoffnung, doch noch aufzuwachen, kneife ich kurz die Augen zu, aber als ich sie wieder öffne, ist es leider noch immer wahr. Ich starre in mein Zimmer auf die vergilbten Poster von peinlichen Boygroups, die mich ziemlich plump darauf aufmerksam machen, wie lausig mein Musikgeschmack mal war. Bartlose Milchgesichter starren mich zweidimensional an. Wenn ich es nicht besser wüsste, würde ich sagen, sie lachen mich aus. Aber mal im Ernst: Wer solche Frisuren hat, sollte besser nicht mit Steinen werfen.

Ich stehe im Türrahmen, noch halb im Flur. Als läge ein Fluch auf der Schwelle, den ich mir auf keinen Fall einfangen will. Ich seufze schwer, dann überwinde ich mich zu einem weiteren Schritt in die Vergangenheit und warte auf das altvertraute Knarren des Fußbodens. Da ist es. Ich kann nicht fassen, dass das gerade echt passiert. Dass ich gestern noch in London war und jetzt wieder hier bin. Hier. In Elizabeth, New Jersey. Ich hatte diese geniale Vorstellung von »Claire der Aussteigerin«. Doch diese Claire gab es letztlich nur in meiner Fantasie. Europa hat mich nicht in einen Schmetterling verwandelt. Ich bin als Raupe gefahren, und ich bin als Raupe zurückgekommen.

Ich rolle meinen Koffer neben mir her und lasse mich wenig später seufzend auf mein altes Bett plumpsen. Stolze neunzig Zentimeter. Die Matratze legt sich um mich wie ein Hotdog-Brötchen um sein Würstchen. Claire das Würstchen. Das trifft es ziemlich gut. Mein Blick wandert vorbei an den Milchgesichtern an der Wand, zu superkitschigen Postkarten aus Florida und Frankreich und weiter zu Fotos von vier viel zu stark geschminkten Mädchen in Cheerleader-Röckchen mit endlosen nackten Beinen. Eigentlich kein Wunder, dass Jungs an der Highschool nur an Sex denken. So viel Nacktheit ist für so ein in Testosteron getränktes Teenager-Hirn auch nur sehr schwer zu verkraften. Ich betrachte diese sehr fremde, jüngere und erschreckend pinke Version von mir. Wie konnte ich damals so auf solche Farben abfahren? Das ist ja ekelhaft. Jetzt würde man mich nicht einmal unter Androhung von Folter dazu bekommen, so etwas anzuziehen. Ich trage Schwarz. Und zwar ausschließlich. Weil es immer passt. Außer bei Hochzeiten. Aber da meine Freunde genau solche Versager sind wie ich, war ich bisher noch auf keine eingeladen. Und ich hoffe, dass das so bleibt.

Mein Blick wandert weiter zu Melissas Urlaubsgrüßen und bleibt dann an einem Foto mit vielen Knicken und kleinen Rissen hängen. Jamie. Dieses Bild ist alles, was von uns übrig ist – und ich bin nicht einmal mit drauf. Nachdem er mit mir Schluss gemacht hat, habe ich es zusammengeknüllt und in den Müll geworfen, nur um es dann eine Stunde später wieder herauszufischen, liebevoll glattzustreichen und aufzuhängen. Und ja, ich weiß selbst, dass das peinlich ist, aber mal ehrlich, ich war siebzehn und er der Leim meines Lebens. Ohne Jamie hatte nichts mehr einen Sinn. So, als wäre meine Existenz an sein Lächeln gekoppelt.

Ich betrachte das Foto. Jamie im Profil, sein Haar das übliche dunkelbraune Chaos. Er lehnt an seinem Spind in unserer alten Schule. Eigentlich ist es nur ein blöder Schnappschuss, und Jamie schaut noch nicht einmal in meine Richtung, aber das spielt keine Rolle. Ich habe es in den ganz schlimmen Phasen so lange angestarrt, bis ich schließlich die Barriere zwischen Wirklichkeit und Traum überwunden habe. Plötzlich war ich wieder in dem Flur. Ich stand genau da, wo er hingesehen hat. In dieser Parallelwelt hat er mich noch geliebt. Wir sind zusammengeblieben und haben die Highschool unbeschadet überlebt. Danach sind wir zusammen ans College gegangen und dann zusammen nach New York. Und dort lebten wir dann glücklich bis an unser Lebensende, und wenn wir nicht gestorben sind, dann leben wir noch heute. In der Realität sind wir gestorben. Bei mir war es ein qualvoller, langsamer Tod und der ist lange her.

Jamie war meine erste große Liebe. Mein erster Schritt ins Verderben. Er ist der Beginn meines roten Fadens. Jede Beziehung, die ich jemals hatte, ganz egal, wie lang oder kurz sie gehalten hat, war im Grunde nur eine Wiederholung dieser Beziehung mit James Witter. Ich schließe einen Moment die Augen, und da ist er. Er kommt auf mich zu. Überirdisch lässig. Geschmeidig wie ein Raubtier. Ich sehe ihn vor mir. In Zeitlupe. Mit Windmaschine. Vermutlich ist der Jamie-Gang in meinem Kopf viel toller, als er es wirklich war – immerhin dachte ich damals auch, er wäre ein Mann. Eine Tatsache, die mich aus heutiger Sicht (und an einem Nicht-Tiefpunkt-Tag) bestimmt zum Lachen bringen würde.

Ich lehne mich zurück und lasse mich von der Matratze verschlucken. Das Bettzeug riecht vertraut. So haben meine Sachen früher alle gerochen. Blumig und sauber. In diesem Bett haben Jamie und ich unsere Unschuld verloren. Es war eine heiße Sommernacht, und die Luft hat nach Liebe gerochen. Die Erinnerung sticht mich unvermittelt in die Seite. Wir waren zwei Jungfrauen ohne jeden Plan. Zitternd und total scharf aufeinander. Gott, ich war ein Wrack. Und so verliebt. Ich atme den Waschmittelgeruch ein und denke an den seines Körpers. *Hör auf, Gehirn ... hör auf damit!* Die Stimme in meinem Kopf hat einen wütenden Unterton. Ich konzentriere mich mit aller Macht auf die Blumen. Auf die Chemiebombe, die so tut, als wäre sie eine Sommerwiese. Zum Duft der Blumen mischt sich der des Abendessens. Er dringt durch den Fußboden und mit ihm die Stimmen meiner Eltern. Ich schließe die Augen. Das Kissen knistert unter meinem Kopf. Ich kann mir bildlich vorstellen, wie mein Dad am Tresen neben dem Kühlschrank lehnt, die Knöpfe des Übergrößenhemdes spannen am Bauch, in der Hand hält er eine Dose Bier, während Mom die Bratensoße abschmeckt und in einem tragenden Flüstern sagt: »Ich habe von Anfang an gesagt, dass dieser Jeremy nicht gut für sie ist.«

Woraufhin Dad schwer seufzt und nickt. »Ja, das hast du, Schätzchen.«

Mom wischt sich die Hände an ihrer Schürze ab. »Ich verstehe immer noch nicht, wie sie seinetwegen nach London gehen konnte«, sagt sie und schüttelt energisch den Kopf, was ihre Locken hüpfen lässt. »Ein Musiker«, sagt sie abschätzig. »Das ist wieder so typisch für Claire.«

»Sei nicht zu hart mit ihr, Elaine«, brummt Dad und nimmt noch einen Schluck Bier. »Ich glaube, sie ist ganz schön durch den Wind.«

Mom schnaubt, während sie einen prüfenden Blick zu ihrem perfekten Braten in den Ofen wirft. »Claire trifft einfach keine guten Entscheidungen.«

»Komm schon, Schätzchen.«

»Ich sage das nicht, weil ich gemein bin, Henry, sondern weil es so ist ... Und das weißt du.«

Sie hat recht. Ich möchte immer das, was ich nicht haben kann, und habe das, was ich nicht will. Ich bin nie die Nummer eins, aber immer einen Versuch wert – nur dass der dann leider scheitert. Ich bin wie diese Droge, die die meisten Männer wenigstens ein Mal ausprobieren wollen, dann aber bemerken, dass sie ihnen nicht guttut. Oder nicht reicht. Ich bin wie eine Fantasie, die in der Realität dann viel zu anstrengend ist. Die netten Männer meines Lebens haben mich zu Tode gelangweilt, und die Arschlöcher haben mich wie Arschlöcher behandelt. Und der eine, von dem ich mir sicher war, dass er kein Arschloch ist, hat sich im Nachhinein als das größte von allen entpuppt. James hat damals den Anfang gemacht, und Julian hat sein Werk vollendet. Julian hat mich vollends vernichtet. Wer weiß, vielleicht sind es ja die Namen mit »J«?

Es klopft an der Tür, und ich öffne die Augen. »Claire?«, sagt Dad leise und drückt die Klinke nach unten. »Kann ich reinkommen?«

»Klar.« Ich setze mich auf.

»Wie geht's dir, Liebling?«

Was soll ich sagen? Ich stehe kurz davor, mir das Leben zu nehmen? Ein Sprung aus dem Fenster, und es wäre endlich vorbei? Was in meinem Fall noch nicht einmal stimmt, weil ich nur im ersten Stock bin. Bei meinem Glück würde ich mir nur den Fuß brechen. »Es geht mir gut, Dad.«

»Tut es das?«

Ich zucke mit den Schultern. »Nein, aber das wird es.« *Irgendwann.*

»Natalie kommt zum Essen.«

»Juhu …« Ich seufze. »Lass mich raten, mit Bill und den Kindern?« Er nickt. »Ganz toll«, sage ich wenig begeistert.

»Deine Schwester freut sich sehr, dich zu sehen … und die Mädchen sicher auch.«

»O ja, und wie.«

Ich weiß jetzt schon, wie es laufen wird. Hazel und Millicent werden mit strahlenden Kinderaugen fragen, ob ich ihnen etwas aus London mitgebracht habe, und ich werde den Kopf schütteln und nein sagen, und dann werden sie schauen wie der gestiefelte Kater bei *Shrek*. Große, schwarze, enttäuschte Blicke. Und dann wird Nat in ihrer beschissenen Mutter-Teresa-Stimme sagen, *dass Tante Claire eben keine Kinder hat und es deswegen nicht besser weiß*. Dass Tante Claire gerade verlassen wurde und sich fühlt, als wäre sie von einem Schnellzug erfasst worden, ist nebensächlich.

»Schätzchen? Alles okay?«

Ich räuspere mich. »Kommt Josh auch?«

Dad nickt und lächelt. »Er bringt seine neue Freundin mit.«

»Typ eins oder Typ zwei?«, frage ich grinsend.

»Ist das eine ernstgemeinte Frage?«

Eigentlich nicht. Mein Bruder Josh ist nach meiner Definition ein Arschloch. Ein Vollblutarschloch. Wie ein reinrassiger Zuchthengst. Und wie sollte es anders sein – ich finde ihn großartig. Josh ist witzig, sieht gut aus und hat Geld. Die Stadt liegt ihm zu Füßen. Er will gar keine Typ-eins-Frau, auch wenn Mom sich einredet, dass *er einfach noch nicht die Richtige gefunden hat*. Ich glaube ja, Josh geht ihr gezielt aus dem Weg. Also, nicht unserer Mom, sondern der richtigen Frau. Warum sollte er sich auch mit nur einer zufriedengeben, wo er sie doch alle haben kann? Er ist der Typ: groß, dunkelhaarig, breite Schultern. Es gibt Männer, die verstecken sich in Anzügen, und es gibt Männer, die füllen sie aus. Josh lebt in seinen. Um es kurz zu machen, er ist die drei

»Gs«: gutaussehend, geistreich, gebildet – wenn es nach unserer Mom geht, sogar brillant. Mein Bruder hat eine riesige Wohnung im Financial District, und sogar die Tatsache, dass er sie mit »Blutgeld« bezahlt hat – so nennt unser Dad Spekulationsgewinne –, kann Moms hohe Meinung von Josh nichts anhaben. Er ist und bleibt *ein guter Junge*.

Josh hatte nur ein einziges Mal eine echte Freundin. Lesley Cooper. Das war auf dem College. Seitdem gab es nur noch Typzwei-Frauen. Sogenannte »Josh-Freundinnen«. Ein Running Gag bei uns in der Familie. Josh-Freundinnen sind Frauen, bei denen es sich nicht wirklich lohnt, sich den Namen zu merken, weil sie beim nächsten Familientreffen ohnehin nicht mehr dabei sein werden – was beachtlich ist, denn Josh besucht Mom und Dad im Schnitt ein Mal die Woche zum Essen. Das ist noch so etwas, das Josh zu einem *guten Jungen* macht. *Er hat so viel zu tun, aber er nimmt sich immer die Zeit, uns zu besuchen.* Ist er nicht toll? Er taucht auf, und alle sind glücklich. So stelle ich es mir vor, ein Flaschengeist zu sein.

Um zu verstehen, wie genial mein Bruder wirklich ist, muss man sich einfach nur diese Abendessen etwas genauer anschauen. Er schafft es, das Eigennützige mit dem Praktischen und Sinnvollen zu verbinden. Er besucht seine Eltern, wovon Mom total begeistert ist und was ihn vor Julia, Rachel und wie sie sonst alle heißen, gut dastehen lässt, weil er damit beweist, dass er ein totaler Familientyp ist und sie ihm wichtig genug, dass er sie seinen Eltern vorstellt. Er ist also nicht nur ein guter Junge und ein toller Bruder, er ist auch noch der perfekte Freund. Alles, was er dafür tun muss, ist auftauchen. Und als wäre das noch nicht genug, bekommt er obendrein auch noch ein richtig gutes Essen – das natürlich fertig ist, wenn er mit seiner obligatorischen fünfminütigen Verspätung – *es war wieder so viel Verkehr* – eintrifft.

Mom hat recht. Er ist wirklich brillant.

»Liebes?« Mein Dad legt seine Hand auf meine. »Ich bin froh, dass du wieder zu Hause bist … ich habe dich wirklich vermisst.« Mit diesem Satz steht er auf und durchquert mit nur zwei Schritten das winzige Zimmer. »In zehn Minuten gibt es Essen.«

Welcome at home.

„Claire ..." Meine Schwester Nat kommt auf mich zu und umarmt mich, als wäre ich eine teure Vase. »Schön, dass du wieder da bist.« Es ist nett, dass sie das sagt. Schade nur, dass sie es nicht meint. »Du siehst ziemlich mitgenommen aus.« Jep, das meint sie schon viel eher.

»Es war ein langer Flug«, antworte ich und zwinge mich zu einem Lächeln, weil Mom es garantiert *mir* vorwerfen würde, wenn der Abend noch vor dem Essen zu einem Desaster wird. Ich sehe schon den unterkühlten Blick, der sich hinter einem bedauernden Lächeln versteckt und der mir sagt: *Also solange du weg warst, ist so etwas nie vorgekommen, Schätzchen. Wirklich nie.*

Meine Mom ist eine Meisterin, wenn es darum geht, Vorwürfe so zu verpacken, dass nur wir sie bemerken. Sie schaut dann wie ein sterbender Schwan, der der Grausamkeit der Welt hilflos ausgeliefert ist, und tätschelt einem dabei auch noch die Hand. Mom wird nicht laut. Nie. Sie besiegt einen in Zimmerlautstärke.

»Hier, du kannst dich nützlich machen«, sagt Nat und reicht mir ein Tablett mit Gläsern. »... außer natürlich, du bist zu müde.«

Nat hat sich kein bisschen verändert. Aber wieso sollte sie auch? Sie hat schließlich alles erreicht: Sie wurde geheiratet und hat zwei wundervolle Kinder geboren. Als wäre es so eine verdammte Leistung, wenn ein Mann in einer Frau ejakuliert. Okay, das war fies. Aber nicht ganz unwahr.

Ich nehme meiner Schwester das Tablett ab und wende ihr den Rücken zu, bevor der Jetlag mich die Dinge laut aussprechen lässt, die ich eigentlich nicht mal denken sollte.

Auf dem Weg zum Esszimmer klirren die Gläser, als hätten sie Angst, dass ich sie jeden Moment fallen lasse, was sehr gut möglich wäre, wenn man bedenkt, wie ungeschickt ich manchmal bin. Ich gebe der Tür einen sanften Tritt, und sie schwingt langsam auf. Dieser Raum ist das Herzstück des Hauses. Deswegen hat er vermutlich auch die meisten Blumen abbekommen. Sie schmücken die Wände, die beiden Ohrensessel am Ende des Zimmers und die stocksteifen Dekorkissen, die wie ausgestopfte Tiere auf der Fensterbank stehen. Der ovale Tisch thront stolz in der Mitte. Er ist ein *Familienerbstück,* und ich würde wetten, dass keine andere Tischplatte im gesamten Bundesstaat New Jersey so oft geölt wird wie die von Urgroßmutter Mildred. Im Moment kann man es nicht sehen, weil Mom bereits alles fürs Essen eingedeckt hat und die weißen Tischläufer aus Spitze da unweigerlich dazugehören. In einem weniger geblümten Raum würden sie vielleicht sogar ganz hübsch aussehen. Hier sind sie wie Schlagsahne auf einem Eiskaffee: Geschmackssache.

Ich verteile die Gläser, stelle eines an jeden Sitzplatz und achte akribisch darauf, die fein säuberlich gefalteten Papierservietten nicht umzustoßen – hätten wir wirklich Klasse, wären sie aus Damast, aber immerhin hat Mom das *gute Geschirr* aus dem Schrank geholt – das tut sie nur zu besonderen Anlässen. Kurz frage ich mich, ob sie es vielleicht meinetwegen getan hat und bin sofort genervt von meinen Gedanken. Wie liebesbedürftig kann man bitte sein?

Als ich das letzte Glas plaziert habe, schaue ich mich um. Es ist grauenvoll. Von allem zu viel. Ich würde das meiner Mutter natürlich niemals sagen, aber dieses Esszimmer ist ein so erbärmlicher amerikanischer Versuch, britischen Landhausflair zu imitieren, dass ich am liebsten kotzen würde. Ich stelle mir vor, wie es aussehen *könnte*. Doch die Realität ist davon ungefähr genauso weit entfernt wie ich von meinem Traumleben. Trotzdem mag ich dieses Esszimmer. Es ist warm und auf eine seltsame Art gemütlich. Ich fühle mich geborgen.

Vielleicht ist das genetisch. So eine Art Gnaden-Filter, den das Gehirn auf die ganze Geschmacklosigkeit legt, weil es schließlich um die eigenen Eltern geht und man sie liebhat. Oder weil ich es nicht anders kenne. Mom und Dad haben dieses Haus gekauft, als Josh unterwegs war. Hier hatten wir eine behütete und geblümte Kindheit. Das Haus ist nicht gerade groß, aber mein Bruder, meine Schwester und ich hatten jeder ein eigenes Zimmer. Joshs war das größte – angeblich, weil er der Älteste war, aber ich glaube, es hatte mehr mit dem Y in seinem Chromosomenpaar zu tun. Jeder von uns hatte seine eigene kleine Welt – meine war die kleinste –, aber beim Abendessen sind wir in diesem Zimmer aufeinandergeprallt. Hier haben wir geredet und gelacht und lauthals gestritten. Es kam zu hitzigen Diskussionen, von denen einige in Heulkrämpfen und mit laut ins Schloss scheppernden Türen endeten – aber immer erst *nach* dem Essen. Niemals davor. Das ist ein ungeschriebenes Gershwin-Gesetz. Eine Regel, die meine Mutter aufgestellt hat, ohne sie je laut auszusprechen. Ja, Essen hat bei uns immer eine wichtige Rolle gespielt. Vielleicht bin ich deswegen Food-Kritikerin geworden. Wie heißt es so schön? Die, die es können, tun es, die, die es nicht können, schreiben darüber. Ich schüttle den Gedanken ab und betrachte die dunkelrote Kristallvase auf dem Sideboard. Sie ist von Granny und steht nur in unserem Esszimmer, damit Dad nicht sagen kann, dass meine Mutter seine nicht leiden kann. Obwohl es so ist. Granny und Mom sind das typische Schwiegermutter-Schwiegertochter-Klischee. Granny war Mom immer ein Dorn im Auge, weil jeder sie mag, weil sie herzlich und lustig ist, aber ich glaube vor allem, weil sie mir so wichtig war. Granny und ich haben eine ganz besondere Beziehung. Die hatten wir immer.

»Hey, Schwesterherz!« Josh? Mein Blick folgt der Stimme, und die Tatsache, dass er pünktlich ist, macht mich so fassungslos, dass ich einen Moment wie angewurzelt neben dem Tisch stehen bleibe. »Jetzt komm schon her!«

Auch wenn es schwer zu glauben ist, Josh sieht tatsächlich achtzehn Monate besser aus als das letzte Mal, als wir uns gesehen haben. Der Anzug sitzt wie ein Handschuh, und das zierliche Wesen neben ihm steht ihm hervorragend. Josh grinst mich breit an, geht auf mich zu und nimmt mich in die Arme. Er drückt mich so fest an sich, dass ich kurz befürchte, meine Rippen brechen zu hören. Dann lässt er mich los, tritt einen Schritt zurück und mustert mich wie ein Kenner den Rotwein. »Du trägst die Haare wieder kurz ... Finde ich gut ... wenn es nach mir geht, steht dir das am besten.«

»Danke«, sage ich und streiche mir verlegen über meinen kinnlangen schwarzen Bob.

»Wann hast du sie schneiden lassen? Nein, halt! Sag es nicht!«, unterbricht er sich selbst. »Unmittelbar nach dem Schlussstrich, richtig?«

»Als ob das eine Überraschung wäre«, sagt meine Schwester gelangweilt, während sie mit zwei Schüsseln an uns vorbeigeht und sie auf dem Tisch abstellt. »Das tut sie schließlich *jedes Mal*.«

Kam mir das nur so vor, oder hat sie das *jedes Mal* betont?

»Nur weil du seit deinem zwölften Lebensjahr immer denselben Haarschnitt hast, müssen das doch nicht alle tun, oder?«

Sie schaut mich giftig an.

Okay, ich bin in diesem Punkt wirklich berechenbar. Auf jeden Mann folgt die Schere. Vielleicht mussten meine Haare deswegen so oft daran glauben, weil ich sonst den jeweiligen Mann damit angegriffen hätte. Ja, ich bin gestern Abend auf dem Weg zum

Flughafen noch schnell zum Friseur gegangen. Als wollte ich unbedingt meine kaputten Spitzen zusammen mit Jeremy zurücklassen. Genauso wie alles andere, das mich auch nur im Entferntesten an ihn erinnert hätte. Es war ein sauberer Schnitt. So gesehen, hat Nat recht mit dem, was sie sagt, aber muss sie so darauf herumreiten? Ich lasse ihr doch auch ihren langweiligen Lebenslook, sage nichts zu ihren Sommerkleidern im Iowa-Stil und halte mich seit mindestens zehn Jahren zurück, ihr eine Pinzette zum Geburtstag zu schenken – Nats Augenbrauen sind ein Alptraum.

»Natürlich nicht«, antwortet sie spitz, »du bist eben eher der ... sagen wir ... flatterhafte Typ.«

»Der flatterhafte Typ?«

»Aber, aber, kein Streit«, sagt Mom, als sie mit dem Braten das Zimmer betritt. »Es gibt Essen.«

Nat und ich sehen einander noch einen Moment böse an, dann schaut sie weg. *Ha! Gewonnen!*

»Josh, möchtest du uns nicht deine entzückende Begleitung vorstellen?«, fragt Mom süßlich, während sie alle zu ihren Plätzen dirigiert wie die dienstälteste Flugbegleiterin. »In dem ganzen Tumult ist das leider untergegangen.«

Sie wirft mir einen kurzen Blick zu. Das war so klar.

»Das ist Alison«, sagt Josh. »Alison Parker.« Er lächelt sie von der Seite an, dann sieht er zu Mom und Dad hinüber. »Und das sind meine Eltern Elaine und Henry.« Alisons Nicken hat etwas von einer kleinen Verbeugung. Schüchtern, aber würdevoll. An wen erinnert sie mich nur? Ich durchforste mein Bilder-Archiv nach der passenden Schauspielerin. Nein ... nein ... ha! Carey Mulligan. Derselbe tiefe Blick, die schweren Lider, das kindlichsanfte Gesicht. Blass, große Augen, dunkles Haar. Süß, aber gleichzeitig sexy. »Und die beiden streitenden Ladys da drüben sind meine Schwestern ...« Er grinst und zeigt auf uns. »Nat und Claire.«

Wir nicken und lächeln.

»Freut mich, dich kennenzulernen«, sagt Nat in einem leicht abgenutzten Tonfall, weil sie diesen Satz langsam selbst nicht mehr hören kann. Ich frage mich, wie oft sie ihn wohl in den vergangenen achtzehn Monaten sagen musste, als sie plötzlich weiterspricht: »Mein Mann Bill und die Kinder dürften jeden Moment hier sein.«

Ich verdrehe die Augen. *Mein Mann Bill.* Sie sagt das, als wäre er ein verdammtes Abzeichen. Ein Beweis für ihren Wert. Ich verkneife mir, sie nachzuäffen, aber mein von einem Seufzen begleitetes Kopfschütteln lässt sich nicht mehr aufhalten – was Alison natürlich sieht. Toll gemacht, Claire.

»Joshua hat erzählt, dass du gerade aus Europa zurückgekommen bist?«, fragt sie und lächelt zurückhaltend.

Joshua? Ich räuspere mich, aber bevor ich etwas sagen kann, antwortet Mom stellvertretend: »Ja, unsere Claire war eineinhalb Jahre in England.«

Wow. Unsere Claire. Wenn ich es nicht besser wüsste, würde ich sagen, sie ist stolz.

»Ja«, ergänzt Nat abschätzig, »wegen einem Mann.« Sie sagt das, als wäre das der abwegigste Grund überhaupt umzuziehen und ich ein komplett hoffnungsloser Fall. »Aber es hat nicht gehalten …«

Ich atme tief ein.

»Und wo genau warst du?«, übergeht Alison Nats Kommentar.

»Gewohnt habe ich in London.«

»Ehrlich? Ich habe in Oxford studiert.« Ja, so sieht sie aus. »Es ist ein wirklich *tolles* Land.«

»Das ist es«, stimme ich ihr zu, während Dad alle mit Getränken versorgt.

»Man merkt dir an, dass du in Europa warst.«

Josh legt liebevoll seine Hand auf ihre. »Inwiefern?«

»Na ja, ich finde, sie sieht ein bisschen aus wie eine dieser Zwanziger-Jahre-Schönheiten.«

Nat unterdrückt ein lautes Auflachen, aber das ist mir egal. Ich mag Alison. Ich glaube, Menschen mit Stil erkennen einander. Und davon hat Nat keine Ahnung.

»Da hast du recht«, sagt Josh. »Claire hat ein Beauty-Gesicht. Das hatte sie schon immer.«

Vielleicht wird dieses Abendessen ja gar nicht so schlimm, wie ich befürchtet hatte. Wer weiß, vielleicht wird es sogar ganz nett?

Run, Claire, run!

»Sie hat damit angefangen!«, schreit Nat und klingt wie ein trotziges Kleinkind.

»Als ob du es nicht darauf angelegt hättest!«, fauche ich zurück.

Millicent und Hazel schauen ungläubig zwischen ihrer Mutter und mir hin und her, während Bill nur auf sein Handy-Display starrt. Ich frage mich, wie er es schafft, das Gekreische auszublenden. Muss die Gewohnheit sein.

»Ich habe nicht *vergessen, etwas für die Mädchen zu kaufen*«, äffe ich Nats Tonfall nach, »es war mir einfach egal!« Entsetzte Augenpaare, die mir sagen: *Wie kann sie nur?* Als wäre noch ein bisschen mehr Plastik der ultimative Liebesbeweis. »Die beiden ersticken in Spielzeug!« Nat legt die Stirn in Falten und holt Luft, aber ich lasse sie nicht zu Wort kommen. »Abgesehen davon hatte ich echt andere Sorgen!«

»Es ist ja wohl nicht unsere Schuld, dass du nicht in der Lage bist, einen Mann zu halten!«

»Es reicht, Nat«, sagt Josh ernst.

»Wieso? Es ist doch wahr! Sie ist Anfang dreißig, hat keinen Job, keinen Mann und keine Familie.«

»Und *sie* ist hier, falls es dir noch nicht aufgefallen ist!«, sage ich und spüre, wie die Wut langsam in mir hochkocht.

»Wie könnte ich das vergessen? Es geht ja schließlich die ganze Zeit wieder mal nur um dich!«

»Nur um mich?« In welcher Parallelwelt lebt diese Frau?

»Claire wurde verlassen, Claire findet keinen Job, Claire wurde wieder verlassen, Claire geht mit einem Loser nach London ... o nein, jetzt hat der sie auch verlassen ...«

Ihre saunervige Stimme schneidet wie ein Messer in meine Unsicherheiten. »Mag ja sein, dass ich nicht viel erreicht habe in meinem Leben, Natalie, aber was hast du denn bitte vorzuweisen?!« Ihr Blick tötet mich, aber das darf er ruhig. »Du hast einen Mann gefunden, der dich geheiratet und zwei Mal geschwängert hat. Wow!« Ich schaue Nat an. Und sie mich. Genauso wie alle anderen – mit Ausnahme von Bill, der noch immer mit seinem Handy beschäftigt ist wie ein typischer Teenager mit seiner Spiele-Konsole. Ich bin mir sicher, dass Mom mich jeden Moment in mein Zimmer schicken wird, doch dann fällt mir wieder ein, dass ich zweiunddreißig bin, auch wenn sich das hier anfühlt wie ein Déjà-vu. Mom sagt nichts. Sie bestraft mich lieber mit diesem leidenden Schweigen, das laut schreit: *Womit habe ich das nur verdient?* Alles ist still. Da ist nur das sanfte Ticken der Wanduhr, Moms peinliche Berührtheit und das Meer aus Verletzungen, das uns unsichtbar umgibt. Ich presse die Lippen aufeinander und schiebe vorsichtig meinen Stuhl zurück. Ich versuche, dabei möglichst kein Geräusch zu machen, so als wollte ich mich klammheimlich davonstehlen – was total albern ist, weil mich noch immer alle anstarren. Erst als ich stehe, merke ich, wie meine Knie zittern.

»Claire, warte ...« Josh steht plötzlich ebenfalls auf. Stuhlbeine schrammen über den Fußboden und ziehen die Blicke von mir zu ihm. »Ich würde euch gern noch etwas sagen, und es ist mir wichtig, dass du dabei bist ...«

Er macht eine kurze Pause, dann fügt er ein »Bitte« hinzu. Josh klingt seltsam offiziell. Sanft, aber bestimmt. So bestimmt, dass ich mich sofort wieder hinsetze. Alle Augenpaare sind nun auf ihn gerichtet. Und meines reiht sich ein. Wir sitzen da und starren ihn an. Eine Mischung aus erwartungsvoll und verständnislos.

Josh greift nach Alisons Hand. Sie lächelt und legt ihre Papierserviette zur Seite. Ich wette, bei ihr zu Hause gibt es nur Stoffservietten. Strahlend weiß und gestärkt. Alison steht auf.

»Ich habe den ganzen Abend auf den richtigen Zeitpunkt gewartet, aber den scheint es in unserer Familie nicht zu geben.« Er lacht matt, dann sieht er Alison tief in die Augen, und bei diesem Blick weiß ich, was er gleich sagen wird. Aber das kann er nicht sagen. Unmöglich. Nicht Josh. »Alison und ich werden heiraten.«

»Was?«, platzt es aus Mom heraus wie eine plötzliche Ohrfeige.

»Alison und ich werden heiraten.«

Dieser Satz lässt Nats und meinen Streit vergessen. Er beendet alles.

»Hast du gehört, Henry?« Moms Tonfall klingt so triumphal, als hätte Josh gerade eröffnet, dass er es geschafft hat, den Klimawandel aufzuhalten. Und den Hunger der Welt. Und HIV. Und das ganz alleine. Nur der Ausdruck in ihrem Gesicht will nicht so recht zur Freude in ihrer Stimme passen. Sie sieht ein bisschen so aus, als wäre ihr übel. Als würde ihr diese Nachricht nicht nur das Abendessen, sondern das ganze Leben verderben. »Das ist … wundervoll …« Sie wendet sich Dad zu. »Ist das nicht *wundervoll*, Henry?«

Wenn Mom sagt, dass etwas wundervoll ist, sollte man hellhörig werden. Sie fand es nämlich auch wundervoll, als ich ihr eröffnet habe, dass ich mit Jeremy nach London gehen werde. Und auch, als ihre Mutter nach einem längeren Krankenhausaufenthalt für sechs Wochen bei uns einziehen wollte, bis sie sich wieder erholt hat. Und es war auch wundervoll, dass Tante Marybeth zum zweiten Mal geheiratet hat – etwas, das in der Welt meiner Mutter eine schreckliche Sünde ist.

»Jetzt sag du doch auch mal was, Henry.«

Dad starrt die beiden noch immer an. Er hat den Blick mit den großen leeren Augen, den er nur hat, wenn er heillos überfordert ist. Dann räuspert er sich. »Wow!«

»Das ist alles?«, fragt Mom. »*Wow?*«

Dad lächelt unbeholfen. »Was soll ich sagen, ich meine, wow ... Herzlichen Glückwunsch.«

Mom wirft ihm einen spitzen Blick zu, dann schaut sie wieder zu Josh. »Ich ... ich muss zugeben, dass ich etwas überrascht bin. Das kommt ziemlich plötzlich.«

»Ich weiß«, sagt Josh. Mehr sagt er nicht.

Alle schweigen. Aber auf diese laute Art und Weise. Als würden eine Million Gedanken wild durcheinanderreden. Nat schaut, als hätte Josh sie um eine Goldmedaille in ihrer Spitzendisziplin gebracht, Moms Gesichtsausdruck ist leer bis freundlich und hat etwas von einer betrogenen Ehefrau, und Dad scheint sich zu fragen, wie lange das zwischen den beiden wohl halten wird. Ich glaube ja, er denkt, dass Alison schwanger ist und Josh sie aus Pflichtbewusstsein heiratet. Ich sitze dazwischen und grinse, weil das, was ich für absolut unmöglich gehalten hätte, gerade wirklich passiert. Wenn sogar mein brillanter Vollblut-Arschloch-Bruder sich festlegen kann, gibt es ja vielleicht auch noch Hoffnung für mich.

Josh sieht meinen nicht schockierten Gesichtsausdruck und zwinkert mir zu, dann atmet er tief ein und sagt: »Ich glaube, wir sollten langsam mal los. Wir sind noch mit Freunden verabredet.«

»Aber es gibt noch Nachtisch«, sagt Mom in einem schwachen Flüstern. »Pumpkin-Pie ...«

Das war klar. Natürlich gibt es *seinen* Lieblingskuchen. Macht ja nichts, dass *ich* eineinhalb Jahre lang weg war.

»Es tut mir leid, Mom, aber wir sind bereits spät dran.«

Dieser Satz ist seine Antwort auf ihre verbale Ohrfeige von eben. Mom überspielt sie mit einem verkniffenen Lächeln.

»Das verstehe ich natürlich«, lügt sie und schluckt, »dann eben ein anderes Mal.«

Also mich hätte sie spätestens jetzt angeschrien.

»Komm schon, Liebling …« Alison legt ihre Hand auf Joshs Unterarm. »Deine Mutter hat extra deinen Lieblingskuchen gemacht. Dann kommen wir eben ein bisschen zu spät zu Pete.«

Er zögert kurz, dann lächelt er. »Du hast recht, ich schreibe ihm kurz eine Nachricht.«

Alison ist gut. So richtig gut. Sie ist genau der Typ Frau, den ein Alphamännchen heiraten will. Intelligent, gebildet, schön, aber dabei kein bisschen billig. Kein Wunder, dass Mom sie nicht mag.

Vierzig Minuten und zwei Stücke Pie später ist mir fast schlecht. Die Stimmung ist so angestrengt fröhlich wie bei einem Kindergeburtstag, bei dem es zuvor richtig großen Streit gegeben hat, und die Vorstellung, wie sie erst sein wird, wenn die anderen gegangen sind, treibt mir jetzt schon Schweißperlen der Verzweiflung auf die Stirn. Nat sitzt da wie sediert, die Kinder spielen erstaunlich still auf dem Teppichboden, und Handy-Bill checkt Börsenkurse, während Dad sich mental schon einmal auf Moms Standpauke vorbereitet – er öffnet gerade sein drittes Bier.

»Der Kuchen war fantastisch, Mom«, sagt Josh und trinkt den letzten Schluck seines Kaffees.

»Das ganze Essen war fantastisch«, fügt Alison hinzu. »Danke für die Einladung.«

Ich sehe Mom an, dass sie am liebsten *Ich habe dich gar nicht eingeladen!* kreischen würde, doch stattdessen lächelt sie ihr breitestes Mutterlächeln. »Es war mir eine Freude, Sie kennenzulernen, Ms. Parker.«

»Du kannst ruhig Alison zu ihr sagen, Mom« – Josh schiebt seinen Stuhl zurück –, »sie ist schließlich bald deine Schwiegertochter.«

Als er das sagt, fällt mein Blick wieder auf Mom, und bei diesem Ausdruck in ihren Augen überkommt mich der Wunsch, ganz schnell ganz weit wegzulaufen. Ich muss plötzlich an den Film *Lola rennt* denken und damit automatisch auch an Danny, weil wir diesen Film nach Petersons Seminar »Cineastische Glanzstücke Europas« im letzten College-Jahr so oft zusammen angeschaut haben. Und so wie jedes Mal versetzt der Gedanke an ihn mir einen heftigen Stich. Ich schüttle das Gefühl ab und sehe anstelle von Dannys Gesicht nur noch eine Version von mir mit knallroten Haaren und einer grünen Hose, die so schnell rennt, wie sie kann. Weg von hier. Raus aus der Gefahrenzone. Sobald nämlich die Tür ins Schloss gefallen sein wird, wird Mom in Tränen ausbrechen. Sie wird schluchzend den Abwasch machen, und wenn ich ihr meine Hilfe anbiete, wird sie diese Frage als Vorwand nutzen, mich anzuschreien, weil sie dafür doch nicht meine Hilfe braucht. Wenn ich sie ihr aber nicht anbiete, wird sie mir vorwerfen, dass ich total egoistisch bin, und dann werde ich trotzdem den Tsunami abbekommen, den eigentlich Josh verdient hätte. So oder so. Ich wäre der Kollateralschaden.

Wir stehen alle im Flur und verabschieden uns reihum. Das ist jedes Mal ein Theater, als würden wir uns für mindestens zehn Jahre nicht mehr sehen. Millicent will noch nicht nach Hause, Hazel ist eingeschlafen, und Bill sitzt schon im Auto. Josh hilft Alison in ihren Blazer.

»Könnt ihr mich in die Stadt mitnehmen?«, platzt es aus mir heraus.

»Was? Aber du bist doch gerade erst angekommen«, sagt Mom verständnislos. »Und wo willst du schlafen?«

»Bei June«, antworte ich, ohne nachzudenken. »Sie hat mir vorhin geschrieben und es mir angeboten.« Hat sie nicht, aber das spielt keine Rolle.

»Klar«, sagt Josh und nickt in Richtung Einfahrt. »Wir warten im Wagen.« Sein Tonfall ist kühler als sonst, aber ich glaube nicht, dass es etwas mit mir zu tun hat.

Als ich wenig später mit meinem kleinen schwarzen Koffer die Stufen hinunterkomme, sind Nat, Bill und die Kinder bereits weg. Meine Schwester hat sich natürlich nicht von mir verabschiedet. Aber das war zu erwarten.

»Du musst nicht gehen, Schätzchen«, sagt Mom mit glasigen Augen.

»Doch, das muss ich.«

»Aber wir sind doch noch gar nicht wirklich zum Reden gekommen ...«

»Wir telefonieren einfach, okay?«

»Aber Schätzchen ...«

»Ich melde mich. Versprochen.« Bevor sie noch etwas sagen kann, rufe ich noch schnell ein »Bye, Dad!« in Richtung Küche, dann werfe ich die Haustür ins Schloss. Einen Moment später stehe ich in der Dunkelheit und atme die sommerlich warme Nachtluft ein. Dann lächle ich.

New York, ich komme.

Die Stadt, die niemals ...

Mit jedem Meter, den das Lichtermeer näher kommt, hellt sich meine Stimmung weiter auf. Im Radio läuft Charlie Puth mit »Marvin Gaye«, und ich wippe voller Vorfreude mit den Beinen, während die Großstadt und ihr Lärm langsam greifbar werden. Ich glaube, dieser Anblick wird mich für immer sprachlos machen. Die Skyline, das Pulsieren, das Flirren. Ich sitze mit wild klopfendem Herzen auf dem Rücksitz und schmachte New York an wie ein verliebter Teenager.

»Gott, wie sie mich angeschaut hat«, sagt Alison in die Stille. Ich reiße mich von der Skyline los. »Sie kann mich nicht leiden.«

»Ich glaube, ganz so schlimm ist es nicht«, murmle ich lachend.

Alison dreht sich zu mir um und fragt: »Aber sie mag mich nicht, oder?« Und ihr Blick sagt: *Bitte, bitte sag, dass ich mich täusche.*

»Na ja, du hast ihr ihren *guten Jungen* weggenommen«, rutscht es mir heraus, bevor ich mich zurückhalten kann.

»Claire!«, sagt Josh aufgebracht.

»Jetzt komm schon, du weißt, dass es so ist«, antworte ich ein bisschen peinlich berührt, weil ich das eigentlich nur denken wollte. Alison schaut betreten auf ihre Knie. Sie ist es nicht gewohnt, nicht gemocht zu werden. Alison ist der Typ Homecoming Queen oder Captain vom Debattierclub. Oder beides. Sie hat Klasse und Verstand. Und Haare, die sogar in der Dunkelheit glänzen. Alison weiß, dass zu einer Ehe mit Josh unsere Mom irgendwie dazugehört, auch wenn das irgendwie eine eklige Vorstellung ist. Sie braucht unsere Mutter auf ihrer Seite. Und deswegen hat sie es sich zur Aufgabe gemacht, von ihr gemocht zu werden. Das wird ein hartes Stück Arbeit.

»Mach dir keine Gedanken, Süße, was auch immer das Problem meiner Mutter ist, es hat ganz sicher nichts mit dir zu tun.«

Alison seufzt. »Natürlich hat es das, Darling. Sie mag mich nicht.«

»Keine Frau wäre gut genug für Josh.« Ich beiße mir kurz auf die Unterlippe. »Also, ich meine, wenn es nach unserer Mom geht.«

»Es ist mir aber wirklich wichtig, dass sie mich mag.«

»Das wird sie auch. Wenn sie dich erst einmal besser kennt, wird sie dich lieben«, sagt Josh ernst.

Ich bin mir da nicht so sicher, zwinge mich aber, meine negativen Gedanken dieses Mal für mich zu behalten. Alison muss den Drahtseilakt bestehen, gut genug für Josh zu sein, aber gleichzeitig auf keinen Fall besser als unsere Mom. Ich kenne nicht viele, die das schaffen würden. Wenn ich ehrlich bin, kenne ich niemanden. Ich weiß nicht, wie sich das anfühlt, ich war schließlich weder verlobt noch musste ich ein Mutterherz für mich gewinnen. Die Mütter meiner Ex-Freunde haben mich allesamt geliebt – wahrscheinlich mehr als ihre missratenen Söhne. Wäre ich mit Jamies Mom zusammen gewesen, wäre ich inzwischen garantiert glücklich verheiratet.

Ich schaue kurz aus dem Fenster und versuche, an nichts zu denken. Vor allem nicht an den »J-Faktor«. Aus dem Augenwinkel sehe ich, wie Josh seine Hand auf Alisons Knie legt. Es ist ein zärtlicher Augenblick, von dem sie wahrscheinlich so viele haben, dass sie sie gar nicht wirklich wahrnehmen, und bei dem ich mich plötzlich entsetzlich einsam fühle.

»Jahrelang liegt Mom mir in den Ohren, dass sie so sehr hofft, dass ich endlich die *Richtige* finde, aber wenn ich sie ihr dann vorstelle, verhält sie sich, als wäre sie geisteskrank.«

»Also wirklich«, sage ich tadelnd, »wie kannst du nur so von unserer Mutter sprechen?«

Er wechselt die Spur, dann entgegnet er: »Wieso? Stimmt doch.«

»Vermutlich dachte sie wirklich, dass es sie freuen würde, wenn du die Richtige findest.«

»Aber?«

»Aber sie hat eben nicht damit gerechnet, dass sie das noch miterleben würde.«

»Haha, sehr witzig.«

»Ach komm, Josh, kannst du es ihr denn verübeln?«

Er schaut irritiert in den Rückspiegel. »Moment mal, du bist auf ihrer Seite?«

»Ähm, nein ... wann waren Mom und ich bitte jemals auf derselben Seite?«

Ich erkenne das charakteristische Grinsen in seinen Augen. »Ich dachte schon ...«

»Sie hat Angst, dich zu verlieren, das ist alles.«

»Aber das tut sie doch gar nicht!«, sagt er genervt.

»Doch, das tut sie.« Ich sehe Josh an, dass er mir widersprechen will, aber er tut es nicht. »Sie verliert den Platz in deinem Leben ... ihren Stellenwert.« Josh seufzt. »Sie war immer die unangefochtene Nummer eins, die Konstante in deinem Leben und die Frau, die du um Rat gefragt hast. Sie war die Frau, die dir dein Lieblingsessen kocht und die vor allen anderen kam ... und jetzt ...«

Josh sieht einen Moment zu Alison hinüber, und sie sieht schuldbewusst in ihren Schoß. »... jetzt ist sie es nicht mehr«, beendet er meinen Satz.

»So ist es«, sage ich und seufze. »Aber keine Angst, Mom wird sich schon wieder einkriegen.«

»Denkst du?«, fragt Alison und dreht sich zu mir um.

»Ich bin mir sicher«, antworte ich, obwohl das gar nicht stimmt. Alison strahlt mich an. *Sie lächelt sogar wie Carey Mulligan.*

»Das würde ich ihr auch raten«, sagt Josh, atmet tief ein und stößt die Luft dann langsam wieder aus.

»Aber eins musst du zugeben«, sage ich, ohne nachzudenken, »es war wirklich nicht damit zu rechnen, dass der Tag einmal kommen würde, an dem du uns *deine Verlobte* vorstellst … Im Ernst jetzt, Josh, wir haben uns inzwischen doch nicht mal mehr die Mühe gemacht, uns die Namen von deinen ganzen Tanten zu merken.« Josh starrt mich einen Moment im Rückspiegel an, und dieser Blick macht mir schlagartig bewusst, dass ich das gerade wieder laut ausgesprochen habe. Muss am Jetlag liegen. Sonst bin ich eigentlich kein verbaler Trampel. »O mein Gott …«, fange ich unbeholfen an, aber ihr schallendes Lachen unterbricht mich. Josh und Alison biegen sich, und ich verstecke mein Gesicht in den Händen. »Es tut mir leid, ich bin total übermüdet …«, flüstere ich. »Ich …«

»Mach dir keine Gedanken«, sagt Alison noch immer lachend, »Josh hat mir alles erzählt.«

»Das war trotzdem völlig daneben …«

»Ehrlich, es ist kein Problem.« Sie lächelt, und ihr Blick fügt hinzu: Ich kenne seine dunklen Geheimnisse, und ich liebe ihn trotzdem.

»Oh, Claire«, sagt Josh noch immer lachend, »du hast mir so gefehlt.«

We'll meet again, don't know where, don't know when ...

Eine halbe Stunde später stehe ich auf dem Gehweg vor Junes Haus und sehe zu, wie Joshs Wagen vom New Yorker Verkehr verschluckt wird. Die Nacht ist fast tropisch. Es geht kein Lüftchen, und die Stimmung knistert elektrisch. Ich schaue die kopfsteingepflasterte Straße hinunter, die sich zwischen den hohen Backsteinbauten hindurchschlängelt wie ein Fluss. Sie ist gesäumt mit Geschäften, ein paar Restaurants und natürlich dem obligatorischen Irish Pub, den es in jeder zweiten Straße geben muss, ein bisschen so, als hätten die irischen Einwanderer bei ihrer Ankunft überall ihre Duftmarken hinterlassen. Sogar von hier aus kann man erkennen, wie beschlagen die Fensterscheiben des *Dubliners* von der Hitze der tanzenden und feiernden Massen sind. Vor dem Eingang stehen Tische und Stühle, auf denen die Leute sitzen, trinken und reden. Ich höre ein Gewirr aus Stimmen und lautem Gelächter, sehe das Flackern der Kerzen und spüre, wie viel Spaß alle anderen haben. Sie sind unterwegs mit Freunden. Sie haben ihren Platz. Nur ich nicht. So als bräuchte man fürs Leben eine verdammte Reservierung, und mir hat niemand etwas davon gesagt.

Ich wende mich dem ziemlich abgelebten Gebäude zu, vor dem ich stehe, und lege seufzend den Kopf in den Nacken. Das ist es also ... das Knights Building. June hat mir damals alles darüber erzählt. Vor etwas über einem Jahr wollte ein Investor es kaufen, abreißen und durch Luxuswohnungen ersetzen. Doch dann kam es zu einem Rechtsstreit, weil ein Eigentümer, ein älterer Herr namens Ezra Knight, sich standhaft geweigert hat, seine Wohnung zu verkaufen. Er habe dort einen Großteil seines Lebens zusammen mit seiner Frau verbracht und würde niemals freiwillig gehen. Also zog er vor Gericht, und natürlich liebte die Presse den Fall. Sie titelte mit Schlagzeilen wie *Siegt David gegen Goliath?* oder *Ein alter Mann und sein Haus – das große Tauziehen ums Knights Building*. Diese Artikel gaben Mr Knight Rückenwind und dem Gebäude seinen Namen. June hat damals täglich mit der Kündigung gerechnet. Aber es kam nie eine. Ezra Knight ist inzwischen leider verstorben, aber seine Kinder prozessieren weiter. Ich mag diese Geschichte. Und ich kann gut verstehen, dass viele der Leute, die hier wohnen, stolz darauf sind. Hätte ich vor eineinhalb Jahren nicht Jeremys Lebensweg eingeschlagen, wäre ich vermutlich eine von ihnen. Ich hätte die Wohnung mit June und würde mich hier nicht fremd, sondern pudelwohl fühlen. June hat es damals schon gewusst. Sie hat gleich durchschaut, was ich mir nicht eingestehen wollte. Nämlich, dass so ein niedlicher, britischer Akzent unschuldig klingt, es der Besitzer dieses Akzentes aber deswegen noch lange nicht ist.

Ich trage meinen Koffer die Stufen zur Haustür hoch und stelle ihn ab. Meine Augen wandern über die vielen Nachnamen auf dem Klingelbrett. *Spector, Spector, Spector.* Da, achte Etage. Ich strecke den Finger aus, dann zögere ich. Seit knapp einer Woche gehe ich genau dieser Situation aus dem Weg. Ich habe Junes Nachrichten und Anrufe nach der Trennung von Jeremy konsequent ignoriert, weil ich mich der Tatsache einfach noch nicht stellen wollte, dass sie wieder mal recht hatte und ich nicht. Also saß ich bei meiner jetzigen Ex-Arbeitskollegin Franny in London, hatte mein Handy ausgeschaltet und meine Flucht in die Heimat geplant. Ich wollte mit niemandem reden. Weder mit Jeremy noch mit June noch mit sonst jemandem. Ich wollte lieber noch ein bisschen so tun, als wäre das alles nicht wahr.

Ich atme tief ein. *Du packst das, Claire. Irgendwann musst du es ihr sowieso erzählen. Jetzt ist genauso gut wie jeder andere Moment.* Ich höre Junes Stimme, als wäre es die meines Gewissens. Ich sehe den passenden Gesichtsausdruck und sogar die in Falten gelegte Stirn. *Claire, das ist ein Musiker. Ein erfolgloser Musiker. Du kannst dir einen Musiker nicht halten wie ein Haustier. Hör auf meine Worte. Er wird dich betrügen und unglücklich machen. Lass dir nicht von seinem verdammten Akzent und deiner krankhaften Angst davor, allein zu sterben, das Gehirn vernebeln, hörst du?* Da hat sie mich gewarnt. Und ich habe nicht auf sie gehört. Ich bin gegangen. Und dann ist jedes ihrer Worte wahr geworden.

Mein Finger schwebt noch immer knapp über dem Klingelknopf. Ich bin so albern. Es ist ja nicht so, als hätte June erst dann recht gehabt, wenn ich drücke. Abgesehen davon wird sie sich vermutlich nicht einmal besonders darüber wundern, dass ich an einem Samstag spätabends mit meinem Koffer vor ihrer Tür stehe. Sie hat wahrscheinlich schon seit ein paar Monaten mit mir gerechnet.

An dem Abend, als ich ihr von meinem Vorhaben, mit Jeremy nach London zu gehen, erzählt habe, hat June mich zur Seite genommen und gefragt: »Claire, weißt du, was du da tust?« Und ich habe geantwortet: »Ja, das tue ich.« Woraufhin sie meinte: »Nein, das tust du nicht. Du gehst lieber seinen Weg, als dir endlich einen eigenen zu suchen.« Ich habe ein abfälliges Geräusch gemacht und bin zwei Wochen später ins Flugzeug gestiegen, weil London eine so viel schönere Aussicht war als ich ohne Freund in New York. Achtzehn Monate später stehe ich hier. Ohne Freund in New York.

Okay. Tu es. Ich atme tief ein und klingle. Ich starre auf die Gegensprechanlage, warte auf ein Knacken, dicht gefolgt von Junes Stimme, aber sie schweigt. Ich drücke ein zweites und ein drittes Mal auf die Klingel. *Das gibt es doch nicht!* Ich weiche ein paar Schritte zurück und schaue das rote Backsteingebäude vorwurfsvoll an. Als hätte es June verschluckt und mich hier draußen zurückgelassen. Ich krame mein Handy aus der Tasche und rufe sie an. Dann noch einmal. Keine Antwort. Verdammt. Ich könnte es bei Danny versuchen, aber erstens weiß ich nicht, ob die Nummer, die ich von ihm habe, noch aktuell ist, und zweitens habe ich Angst davor, dass er trotzdem nicht drangehen könnte. Wenn man es genau nimmt, weiß ich nämlich nichts mehr von ihm. Außer, dass er mit June zusammenwohnt.

In der Grundschule waren Danny und ich die besten Freunde. Ich glaube, er war der erste Junge, in den ich verliebt war, aber nur auf diese unschuldige »Ich-bin-acht-Jahre-alt«-Art. Vier Jahre lang haben wir jede freie Minute miteinander verbracht. Bis er mit seinen Eltern nach Michigan gezogen ist, weil sein Dad einen neuen Job hatte. Damals haben wir uns aus den Augen verloren, aber nie ganz aus dem Sinn. Jahre später stand er dann plötzlich auf dem Campus vor mir. Einfach so. Und von einer Sekunde auf die andere waren wir wieder Danny und Claire und weitere vier Jahre lang unzertrennlich. Am College gab es nur Danny, June und mich und ein paar tausend andere, die uns aber egal waren. Wir waren viel zu sehr mit uns beschäftigt, um sie zu bemerken.

Als June nach dem Studium für ein Praktikum nach Washington gezogen ist, wurden wir von einem Trio zu drei Duos: Danny und June, June und ich, Danny und ich. Es war nicht mehr ganz so wie am College, aber noch genauso gut. Und dann kam Julian. Danach war alles anders. Ein paar Monate, nachdem wir ihn kennengelernt haben, hat Danny unerwartet eine Stelle in Chicago angenommen, die er ein paar Wochen zuvor schon abgesagt hatte.

Ich weiß bis heute nicht, warum er seine Meinung geändert hat, ich weiß nur, dass es mir damals nicht so wichtig war. Er wollte gehen, und ich wollte Julian. Mit Chicago kam dann das große Schweigen. Keine Ahnung, woran genau es lag. An der Entfernung? Den verschiedenen Leben? Zu viel Arbeit? Was es auch war, die Anrufe und Mails wurden mit der Zeit immer seltener, und irgendwann gab es dann gar keine mehr. Unsere Freundschaft endete nicht im Streit. Es gab keinen großen Knall. Keine unüberlegte Nacht im Suff, die dem einen mehr bedeutet hat als dem anderen. Wir haben einfach verloren, wer wir einmal füreinander waren.

Manchmal hoffe ich, dass unsere Beziehung nur einen Dornröschenschlaf eingelegt hat, aber wenn ich ehrlich bin, glaube ich nicht daran. Viel wahrscheinlicher ist, dass wir vor einer ganzen Weile füreinander gestorben sind und dass unsere zwei Leben, die so lange wie eine Kordel verflochten waren, sich wieder zu zwei einzelnen Strängen getrennt haben.

Die Tatsache, dass Danny und June zusammengezogen sind, fand ich anfangs also nicht gerade toll – ich wusste schließlich noch nicht einmal, dass er aus Chicago zurückgekommen war –, aber ich hatte kein Recht, sauer zu sein. Es ist nicht Junes Schuld, dass Danny und ich einander irgendwann nicht einmal mehr genug bedeutet haben, um ab und zu eine E-Mail zu schreiben. So ist das Leben. Und er brauchte nun mal ein Zimmer. Natürlich hat sie ihn gefragt, ob er einziehen will. Das hätte ich an ihrer Stelle auch getan. Trotzdem wünschte ich, er würde woanders wohnen.

Ich atme einmal tief ein und stoße dann schnell und fest die Luft aus wie ein Sportler, der gleich Höchstleistungen vollbringen muss. *Jetzt komm schon, Claire, tu's einfach. Ruf ihn an.* Mit zitternden Fingern suche ich Dannys Nummer heraus. Sie ist noch immer bei meinen Favoriten. Das nennt sich dann wohl *nicht wahrhaben wollen.* Ich schließe kurz die Augen, seufze und drücke auf die Fläche mit seinem Namen. Aber natürlich geht nur die Mailbox dran. Toll. So viel Mut und dann das. Ich lege schnell auf. *Warum bitte hasst du mich so sehr, Gott, hm?*

In der Sekunde, als ich das denke, geht plötzlich die Haustür auf, und ein Kerl in meinem Alter mit bekifften Augen und fahler Haut steht vor mir. Ich nutze die Chance. So komme ich wenigstens in den Flur. Außerdem könnte ich Junes Fenster checken. Immerhin weiß ich, dass es von der Feuertreppe aus zugänglich ist, weil sie meistens dort sitzt, wenn wir skypen. Es ist zumindest einen Versuch wert. Der bekiffte Typ hält mir die Tür auf. Ich lächle ihn kurz an, dann drücke ich mich an ihm vorbei und betrete einen gefliesten Korridor. Ich steuere in Richtung Aufzug, der mich mit seinen schwarzen Gittertüren sofort an die *Rocky Horror Picture Show* erinnert. Noch so ein Film, den ich immer mit Danny angeschaut habe. Wir konnten ihn auswendig mitsprechen. Manche der Szenen haben wir sogar nachgespielt. Ich denke an die junge Susan Sarandon mit ihren Kulleraugen und dem spießigen rosafarbenen Kostüm und an ihren Aufschrei, als sie Frank-N-Furter zum ersten Mal sieht. Was für ein Film.

Das erbärmliche Quietschen des Metallgitters holt mich abrupt in die Realität zurück. Die Härchen an meinen Armen richten sich auf, dann die an meinem Nacken. Als ich in den Aufzug einsteige, schaukelt er bedrohlich hin und her. Ich drücke auf *Roof* und schließe das Gitter. Und dann bete ich zu Gott, dass ich diese Fahrt überlebe.

Wenig später steige ich aus. Ich habe überlebt. Mit Schweißausbrüchen zwar, aber immerhin. Ich schließe das Gitter, dann schiebe ich die schwere Metalltür zum Dach auf. Ich entdecke einen Stein auf dem Boden und bugsiere ihn mit dem Fuß zwischen sie und den Türstock. Das Dach liegt geisterhaft leer vor mir. Nur zwei umgedrehte Bierkisten und ein voller Aschenbecher verraten, dass hier ab und zu jemand sitzt und raucht. Oder kifft. Vielleicht der Typ von vorhin. Ich rolle meinen Koffer in Richtung Feuertreppe. Seine kleinen Rollen knirschen über den Rollsplitt. *Okay, June, gleich wird sich zeigen, ob du dich in Bezug auf deine Unbekümmertheit, was unverschlossene Fenster angeht, verändert hast.* Ich gehe zur Vorderseite des Gebäudes, stütze mich auf der kleinen Mauer ab und schaue nach unten. Wow. Das ist ganz schön hoch. Vor dem Pub hält ein Taxi. Von hier oben sieht es winzig aus. Kurz schließe ich die Augen und kämpfe gegen die Panik, die in mir aufsteigen will. Ich atme ein paar Mal tief ein und aus, weil das ja angeblich so gut helfen soll, aber ich bemerke leider überhaupt keinen Unterschied. *Jetzt reiß dich zusammen, Claire.* Ich schlucke an dem Kloß in meinem Hals vorbei und klettere über den kleinen Vorsprung. Meine Knie zittern, während ich vorsichtig die Stufen hinuntersteige und versuche, mir nicht auszumalen, wie ich jeden Moment abrutsche und mit einem gellenden Schrei in die Tiefe stürze. Das würde so zu mir passen. Mit der einen Hand klammere ich mich an dem rostigen Geländer fest, die andere umschließt den Henkel des Koffers. Immer schön eine Stufe nach der anderen. Ganz langsam. *Du hast es nicht eilig, Claire. Schau, eine Etage hast du schon geschafft.* Ich spähe von dem schmalen Podest, das zum nächsten Treppenabgang führt, durch die großen Fenster der Wohnung neben mir, aber es scheint niemand zu Hause zu sein. Gott sei Dank – ich wüsste nämlich wirklich nicht, wie ich das hier erklären sollte. *Was ich hier mache? Na ja, wissen Sie, ich treibe mich öfter Samstagnacht auf irgendwelchen Feuerleitern herum. Das ist voll mein Ding.* Ich mache einen weiteren Schritt in Richtung Stufen und schaue dabei versehentlich durch das Gitter nach unten. O mein Gott! Da ist so viel Leere unter meinen Füßen. Erst bricht mir der Schweiß aus, dann wird mir schwindlig. Ich werde abstürzen und auf dem Deckel einer Mülltonne enden. *Das wirst du nicht, Claire ... Es ist nur noch ein Stockwerk bis zu Junes Wohnung. Nur noch eins.* Bitte, bitte, bitte, lass ihr Fenster offen sein. *Bitte.* Ich schiebe mich gerade mit schlotternden Knien am ersten Fenster vorbei, als ich im zweiten die brennende Schreibtischlampe bemerke. Es ist wohl doch jemand zu Hause. Na wunderbar. Ich kneife die Augen zusammen und versuche, etwas in dem schummrig beleuchteten Raum zu erkennen. Ein Holzschreibtisch mit passendem Stuhl, daneben ein Regal mit Büchern und dahinter versteckt ein großes Bett. Die Decken liegen als unordentliche Federberge auf der Matratze. Das ist eindeutig die Wohnung eines Mannes. Keine Pflanzen, keine Bilder an den Wänden. Alles ist zweckmäßig und auf das Wesentliche reduziert. Als ich weitergehen will, zerschneidet ein gedämpftes Aufseufzen New Yorks nächtliche Geräuschkulisse, und ich bleibe unvermittelt stehen. Kurz ist es still, dann ein Stöhnen. Flehend und weiblich. Es ist verdammt nah. Als wäre es direkt neben mir. Ich höre ein dumpfes Raunen, und bei diesem Klang läuft mir ein eiskalter Schauer die Wirbelsäule hinunter. Ich schaue mir über die Schulter, registriere eine Bewegung und erstarre. Da sind sie. Auf einem Sessel in der Ecke, direkt neben dem Fenster. Ich starre sie an. *Verdammt, Claire, geh weiter. Und schau endlich weg!* Aber ich kann nicht weitergehen. Und erst recht nicht wegsehen. Es ist wie ein Unfall. Ich bin gebannt von der Intensität der Szene, von ihr und diesem Kerl mit seinem durchdringenden Seufzen. Davon, wie er breitbeinig auf dem Sessel sitzt und sich von einer zierlichen Frau mit blonden Haaren reiten lässt. Sie bewegt sich langsam, saugt ihn ganz tief in sich auf. Er hat den Kopf in den Nacken gelegt, seine Schlagader pulsiert, und die Muskeln in seinem Körper stehen unter Spannung. Sie zeichnen sich unter seiner Haut ab, drängen sich hervor, je fester er sie hält. O mein Gott, gleich wird er kommen. *So ist es, Claire, und deswegen ist es auch an der Zeit zu verschwinden!* Ja, verdammt, ist gut ... Ich geh ja gleich. Nur noch eine Sekunde. *Claire, hau ab, bevor sie dich erwischen.* Ich weiß, dass es die warnende Stimme in meinem Kopf nur gut mit mir meint – das tut sie immer –, aber ich kann jetzt noch nicht gehen. Der Typ atmet angespannt, dann packt er sie unvermittelt am Hintern und zieht sie ganz nah an sich heran. Ich höre ein heiseres »O fuck« und dann, einen Augenblick später, erstarrt er. Wahnsinn. Diesem Mann beim Kommen zuzusehen war wahrscheinlich das Erotischste, was ich in den letzten Jahren erlebt habe. Und damit meine ich nicht gesehen, ich meine wirklich *erlebt*.

Geh, Claire. Jetzt! Ein Ruck durchfährt mich. Ich will den Koffer hochheben und mich lautlos davonstehlen, aber seine blöden kleinen Rollen haben sich in dem Gitterboden verkeilt. *Oh, bitte nicht.* Ich ruckle sanft an seinem Henkel herum, in der Hoffnung, ihn damit freizubekommen, aber er steckt fest. *Jetzt komm schon, du verdammter Koffer!*

»Claire«, fragt eine atemlose Männerstimme, »bist du das?«

Mein Blick schnellt hoch. Das Fenster ist weit offen.

Das ist nicht möglich. Das kann unmöglich sein.

»Claire Gershwin?«

Jamie Witter.

Fick dich, Schicksal! Fick dich!

A long way down.

Ich zerre panisch an einem der Fenster zu Junes und Dannys Wohnung, aber es bewegt sich nicht. »Scheiße, Scheiße, Scheiße!«, fluche ich verzweifelt. Ich kann nicht sagen, ob das dumme Ding nur klemmt oder ob es vielleicht doch von innen verschlossen ist. »Tu mir das nicht an … Bitte geh auf, bitte geh auf, bitte geh auf!«, murmle ich mantraartig vor mich hin und tatsächlich – es macht ein quietschendes Geräusch, bei dem sich mir die Nackenhaare aufstellen, dann schnellt es hoch.

»Claire?« Ich schaue hoch in Richtung Treppenabsatz und sehe, wie Jamie aus dem Fenster steigt. Ein nacktes Bein, dann ein zweites. *O Gott! Nein, bleib bloß weg!* Ich greife schnell nach meinem Koffer und schleudere ihn in die Dunkelheit des Zimmers neben mir, dann klettere ich hinterher. Ich drehe mich um und versuche, das blöde Fenster zu schließen, das natürlich wieder klemmt. Sprödes Holz reibt über sprödes Holz. *Nein, nein, nein!*

»Claire, warte!«

Ich ziehe mit aller Kraft, hänge mich mit meinem gesamten Gewicht daran, dann löst es sich und schnellt nach unten. Ich bemerke nicht, dass ich nicht atme, bemerke nicht, wie schnell mein Herz schlägt. Ich bemerke nur, wie unkontrolliert meine blöden Finger zittern, als ich versuche, das kleine Häkchen in die Öse zu stecken. In der Sekunde, als Jamie in Boxershorts und oben ohne die letzten Stufen mit einem Satz hinunterspringt, schaffe ich es. Wir sehen uns für den Bruchteil einer Sekunde in die Augen, dann bekomme ich den Vorhang zu fassen und ziehe ihn in einem Ruck zu.

Eine Weile stehe ich einfach nur da. Mein Körper durchlebt ein Erdbeben, das außer mir niemand spüren kann. Jamie Witter wohnt direkt über June. Derselbe Jamie Witter, der in New Jersey noch immer an meiner geblümten Tapete hängt. Manchmal frage ich mich, ob das Schicksal nur einen ziemlich fiesen Sinn für Humor hat oder ob es schlichtweg bösartig ist. Jamie hat aufgegeben. Kein Klopfen und kein Fluchen mehr, nur noch die typischen Stadtgeräusche und das Rauschen in meinen Ohren. Abgesehen davon ist es still. Oder sollte ich sagen, *war*, denn plötzlich höre ich Schritte über mir. Ich starre vorwurfsvoll an die pechschwarze Zimmerdecke. Direkt in sein Schlafzimmer. Das ist echt ein schlechter Scherz.

Ich suche blind nach meinem iPhone, ziehe es mit noch immer zitternden Fingern aus meiner Handtasche und schalte die Taschenlampe ein. Der plötzlich aufkeimende Gedanke, dass ich vielleicht gar nicht in Junes Wohnung gelandet bin, sondern in der eines Geisteskranken, treibt mir sofort die nächsten Schweißperlen auf die Stirn. Ich leuchte auf den Boden vor mir und taste mich zur Zimmertür, dann schalte ich das Licht ein. Als mein Blick an den Fotos auf der Kommode hängenbleibt, weiß ich, dass ich richtig bin. June, kein Geisteskranker. Immerhin. Ich greife nach einem der gerahmten Bilder. Wenn man es genau nimmt, ist es nur ein alberner Schnappschuss aus College-Tagen, aber Tom – Junes damaliger Freund – hat im perfekten Moment den Auslöser gedrückt und ihn damit unsterblich gemacht. Auf diesem Foto lachen June und ich Tränen. Während wir im echten Leben jeden Tag etwas älter und faltiger werden, werden diese June und diese Claire für immer jung und glücklich sein. Es ist ein schöner Gedanke, dass wenigstens eine Version von mir glücklich ist – wenn auch nur auf einem Foto. Ich stelle den Rahmen wieder auf die Kommode. Die oberste Schublade steht einen Spaltweit offen. Spitzenunterwäsche in allen Farben quillt hervor, als wollte sie sich aus der Enge befreien – oder aber bei Junes nächstem Eroberungsfeldzug getragen werden. Ich schaue mich um. Das Bett ist breit, und die Laken sind zerwühlt, alles ist ein bisschen unordentlich, aber nicht auf eine eklige Art und Weise. Klamotten auf dem Fußboden, aufgerissene Kondomhüllen auf dem Nachtkästchen ... Alles ist genau wie am College. Bis auf die Wohnung. Und die Tatsache, dass ich jetzt fast zehn Jahre älter bin. Damals habe ich unter Jamie gelitten, jetzt wohnt June unter ihm. Das Schicksal muss mich wirklich hassen. Als ob ein Jamie-Kapitel nicht genug wäre für ein ganzes Leben.

Ich lasse mich auf die Bettkante sinken und stütze das Gesicht in die Hände, als wollte ich mich vor den Erinnerungen verstecken. Aber ich weiß, dass sie kommen werden. Ich weiß es so, wie man auch weiß, dass man bald kotzen muss. Wenn sich der Speichel im Mund sammelt und man nur noch darauf wartet zu würgen. Die Vergangenheit wird mich jeden Moment einholen. Sie drängt sich unaufhaltsam der Oberfläche entgegen wie ein Ertrinkender der Luft. Ich habe jede einzelne Erinnerung an Jamie Witter vakuumverpackt und weggeschlossen. Vor allem die guten. So als wären sie gefährliche chemische Abfälle. Ich durfte nicht an sein Lächeln denken. Oder an seinen brennenden Blick. Oder an seine Hände auf meiner Haut. Denn wenn ich das getan hätte, wäre ich an dieser Trennung zugrunde gegangen.

Ich höre wieder Schritte über mir. Und Stimmen. Und eine davon ist dunkel und weich und so eindeutig seine, dass ich am liebsten laut schreien möchte. *Scheiße ... Scheiße, Scheiße!*

In meiner Welt gab es keinen Jamie mehr. Mein Leben war eine restlos Jamie-freie Zone, und genau so wollte ich es haben.

Ich wusste, dass es ihn irgendwo noch gibt. Dass er nicht wirklich tot ist, nur weil er das verdient hätte. Für mich war er gestorben. Er war ein Phantomschmerz, der dann und wann auftrat, wenn die falschen Lieder im Radio liefen oder ein anderer Mann es gewagt hat, sein Parfum zu tragen. Ich schließe die Augen und sehe natürlich sofort wieder ihn, wie er oben ohne vor dem Fenster steht und mich anstarrt. Seine Gesichtszüge sind schärfer und kantiger geworden, er trägt einen Bart, und sein Körper ist der eines Mannes. Aber er ist trotzdem Jamie. Unter dem markanten Kinn versteckt sich noch immer der Junge, in den ich mich damals so unsterblich verliebt habe. Sein Lächeln war wie eine Betäubungspistole. Es hat mich getroffen und im Bruchteil einer Sekunde niedergestreckt. Um das verstehen zu können, muss man wissen, wie es am Anfang war. Bevor Jamie alles kaputt gemacht hat. Bevor er *mich* kaputt gemacht hat.

You & Me ... Always – oder zwei Jahre.

Unsere Stunde null war am 4. Mai 1999. Ich war fünfzehn und so verliebt, dass man mich auch genauso gut für hirntot hätte erklären können. Passiert ist es an einem schwülwarmen Spätnachmittag nach der Schule. Der Himmel hing in Tiefdunkelblau über uns, und meine Sicht auf die Welt war Teenager-Rosa. Ich erinnere mich an alles. An jedes verdammte Detail. Ich spüre noch immer, wie der Sommerwind kribbelnd meine Haut berührt und meine Haare durcheinanderwirbelt. Das ganze Auto hat nach Jamie gerochen und mich herb und warm gequält. Meine Hand lag in seiner, und ich habe mich so schwerelos gefühlt, als würde ich jeden Augenblick aus dem offen stehenden Fenster in den Sonnenuntergang fliegen. Meine Lippen haben gepocht und waren geschwollen und prall vom vielen Küssen. Die dünne Haut hat wunderbar gespannt und mein Herz so schnell geschlagen, als wäre ich gerannt. Ich war ein gieriges Monster aus Gefühlen, bis oben hin gefüllt mit schmutzigen Gedanken und Unsicherheit.

Ich dachte wirklich, ich hätte diese verdammten Erinnerungen endgültig gelöscht. Aber ich habe sie nur archiviert. Sie lagen in meinem Unterbewusstsein – vor mir selbst versteckt, aber doch griffbereit, weil ein masochistischer Teil in mir sie einfach nicht loslassen konnte. Er hat sie in ein Poesiealbum geklebt und sich an ihnen festgeklammert wie an einem Rettungsring. Einem Rettungsring mit einem winzigen Loch, dem nach und nach die Luft ausgeht und der ihn letztlich mit sich in die Tiefe ziehen wird.

Ich erinnere mich an eine fünfzehnjährige Version von mir mit strahlenden Augen und langen Haaren. Und daran, wie beängstigend lebendig ich mich neben Jamie gefühlt habe. Die Sonnenstrahlen haben die Wattewolken durchbrochen und sich wie Lichtschwerter über den Himmel erstreckt. Ich erinnere mich an meinen nervösen Magen und an das Lied, das im Radio lief. Der »You & Me Song« von The Wannadies. Und ich erinnere mich daran, dass ich den Refrain am liebsten laut mitgegrölt hätte: »*It's always you and me always ... and for ever.*«

Tja. Leider nicht ganz. Das ändert aber nichts daran, dass es sich so angefühlt hat. Wir waren unendlich, und mein Herz hat nur für ihn geschlagen. Für den Jungen mit dem tiefen Blick und diesem Lächeln, das ich sofort in den Knien gespürt habe. Wenn er in meiner Nähe war, wurde mein Gehirn zu einem nutzlosen Brei. Und das hat sich wunderbar angefühlt. Nach längerer Schwärmerei wurde also am 4. Mai 1999 aus Claire Gershwin *Jamie Witters Freundin*. Er hat nur einen Kuss gebraucht, um meine Welt komplett aus den Fugen zu heben und mich für immer zu zerstören. Dieser Kuss war wie Mark Twain und Salinger und warme Brownies mit Vanille-Eis. Am 4. Mai 1999 habe ich die ersten fünfzehn Minuten meines Lebens im Himmel verbracht – zwei auf dem Parkplatz vor der Schule, dreizehn in Jamies Wagen. Da waren nur noch Geigen und keine Gedanken mehr. In der Sekunde, als ich das erste Mal seinen Mund auf meinem gespürt habe, war ich mir sicher, dass wir beide richtig sind. Dass wir zusammengehören. Jamie und ich.

Ein halbes Leben später weiß ich, dass ich mich getäuscht habe. Seine Lippen waren für mich wie eine Klebefalle für Fliegen. Kein anderer hat mich je wieder so geküsst. Keiner konnte ihm das Wasser reichen. Er war die Messlatte, an der alle anderen scheitern sollten. Die Gedanken, die ich mir über ihn und uns und das, was falsch gelaufen sein könnte, gemacht habe, füllen *neun* Tagebücher. Und das, obwohl wir gerade mal zwei Jahre zusammen waren. Jamie war wie eine Spanische Grippe, an der ich fast zugrunde gegangen wäre. Ich habe als blasser Schatten meiner selbst überlebt. Und irgendwie dachte ich, das würde bedeuten, dass ich damit gegen ihn und all die anderen Arschlöcher immun wäre, aber das stimmte leider nicht. Denn jetzt stehe ich hier – siebzehn Jahre nach Tag null – und spüre sofort wieder dieses verräterische Kratzen im Hals. Ich denke an den Tag zurück, als Jamie mit einer Handvoll Worte mit mir Schluss gemacht hat. Ganze sechsundzwanzig Tage vor dem Senior-Abschlussball. Es war wie bei einem Schachspiel: Matt in vier Zügen. Natürlich war mir aufgefallen, dass er in den Monaten zuvor anders war, aber er hat jeden meiner Versuche, darüber zu reden, abgeschmettert, und irgendwann habe ich aufgegeben.

Als es vorbei war, habe ich gelitten wie ein Tier. Ich habe mir geschworen, dass ich nie wieder einen Mann an mich ranlassen werde. Bis ich Jahre später Julian traf. Den Mann, von dem ich dachte, er könnte Jamie in den Schatten stellen. Ich dachte, er wäre das Licht am Ende eines endlos scheinenden Tunnels. Wir waren Freunde, dann wurde mehr daraus. Leider nur von meiner Seite. Ich dachte damals, er wäre meine Belohnung dafür, dass ich mir nach der Sache mit Jamie nicht die Pulsadern aufgeschnitten habe, aber Julian hat mein Herz genommen und es dann nach allen Regeln der Kunst gebrochen. Er hat ein Mal mit mir geschlafen und eine lebenslange Narbe hinterlassen. Ich habe noch von unserer gemeinsamen Zukunft geträumt, da hat er sich bereits seinen Fluchtplan zurechtgelegt. Aufgewacht bin ich dann in einem realen Alptraum. Er hat die Karten auf den Tisch gelegt und versucht, es zu erklären, aber er hat es mit jedem Wort nur noch schlimmer gemacht. Julian ist gegangen. Danach habe ich ihn nie wieder gesehen. Und vier Tagebücher später kam dann Jeremy.

Es heißt, wenn man sich zehn Jahre lang intensiv mit einem Thema beschäftigt hat, ist man Experte auf dem Gebiet. Angeblich ist es dann so, als hätte man zwei Doktorgrade. Die habe ich. Und ich habe sie mir redlich verdient. Darf ich vorstellen, Dr. Dr. Claire Gershwin, Fachgebiet: gebrochene Herzen.

Verräter im Flur.

Ich sitze in Junes und Dannys Küche, trinke schwarzen Kaffee aus einer Tasse mit dem Aufdruck *Life is lovely* und blättere durch eine zerfledderte Zeitschrift, als ein Schlüssel ins Schloss der Wohnungstür gesteckt und umgedreht wird. Ich lege das Magazin zur Seite und stelle die Tasse ab.

»Hast du eine Ahnung, wie spät es gerade in London ist?« Das war eindeutig Danny. *Gott, tut das gut, seine Stimme zu hören.* »Denkst du, ich kann da jetzt noch anrufen?«

Ein Seufzen. »Keine Ahnung«, antwortet June. »Verdammt, Dan, du hast schon wieder das Licht in der Küche angelassen.«

»Hab ich gar nicht.«

»Und warum ist es dann an?«

»Keine Ahnung, aber ich war es nicht. Immerhin habe ich heute vor dir die Wohnung verlassen.«

Kurz ist es still, dann sagt June: »Du kannst es ja mal bei Claire versuchen, aber die letzten zwanzig Male, als ich bei ihr angerufen habe, ist sie gar nicht erst drangegangen.«

Ich höre, wie sie sich die Schuhe auszieht, dann das Klirren eines Schlüssels. »Und ich glaube immer noch, dass du das Licht angelassen hast.«

»Herrgott, dann war es eben ich«, antwortet Danny genervt. »Hat Claire dir etwas auf die Mailbox gesprochen?«

»Nein ... dir?«

»Mir auch nicht.« Es entsteht eine Pause. »Aber es muss etwas Wichtiges gewesen sein.« Danny klingt besorgt. »Sonst hätte sie es doch bestimmt nicht *bei mir* versucht.« Das *bei mir* sagt er so, als wäre er der letzte Mensch auf Erden, den ich jemals anrufen würde. »Hätte sie doch nur eine Nachricht hinterlassen.«

»Und was? So etwas in der Art wie: *Hey, hier ist Claire, ich weiß, dass wir seit ein paar Jahren nicht mehr miteinander gesprochen haben, aber mein beschissener Freund hat mich mal wieder betrogen und da dachte ich, ich höre mal, wie es dir geht. Ruf mich doch bitte zurück, ja?*«

Ich schließe einen Moment die Augen und beiße mir auf die Unterlippe.

»Denkst du, das war der Grund?«, fragt Danny leise. »Ich dachte, es war nur das eine Mal?«

Sie hat es ihm also erzählt. Toll.

»Komm schon, Dan, ein Kerl, der ein Mal fremdgeht, der tut es doch wieder«, sagt June ungerührt und fügt dann hinzu: »Ich verstehe einfach nicht, warum Claire immer wieder auf solche Typen reinfällt. Sie ist doch nicht blöd.«

»Warum denn *immer wieder?* Julian hat sie doch gar nicht betrogen«, wirft Danny ein.

»Stimmt, der hat sie vorsichtshalber erst gar nicht geliebt.«

Autsch.

»Hat dir schon mal jemand gesagt, dass du ein ziemlich herzloses Miststück sein kannst?«

»Ja, schon öfter«, gibt sie zu, »aber lieber habe ich kein Herz, als es mir brechen zu lassen.«

Das ist typisch June. Dieser Satz sagt alles. Ich habe June an meinem ersten Tag am College kennengelernt, und seitdem ist kaum ein Tag vergangen, an dem wir – der modernen Technik sei Dank – nicht in irgendeiner Form in Kontakt standen. Na ja, wenn man die letzte Woche mal außer Acht lässt. Das mit June hat einfach sofort gepasst. In ihr habe ich die Schwester gefunden, die Nat nie wirklich sein wollte. Wenn June ein Teil von mir wäre, wäre sie mein Gewissen. Und ich denke, ich wäre ihr Herz. Als ich jünger war, war ich nur mit Jungs befreundet. Schon im Kindergarten. Ich war vier, Danny war fünf, und wir waren vier Jahre lang unzertrennlich. Bis er umgezogen ist. Danach kamen andere Freunde, aber keiner war so gut wie Danny. Ich glaube, das mit Jungs-Freundschaften ist bei mir genetisch. Ich habe schon immer lieber Fangen gespielt und mich im Dreck gesuhlt, als mich im Puppenhaus auf meine Mutterrolle vorzubereiten. Wenn man es genau nimmt, tue ich das auch heute noch – nur dass die Jungs heutzutage haariger sind und ein bisschen mehr wie Männer aussehen und dass wir den Dreck durch Betten ersetzt haben. Sonst ist eigentlich alles gleich geblieben. Wie auch immer. Ich hatte meine Freunde, und alles war gut so, wie es war. Bis das blöde Östrogen plötzlich dazwischengepfuscht hat. Da, wo vorher keine Brüste waren, waren auf einmal welche. Anfangs waren sie nur klein, aber trotzdem haben sie alles verändert. Sie wurden zu einer fleischigen Barriere zwischen mir und meinen Freunden. Eben waren wir noch wie Pech und Schwefel, dann auf einmal standen im Freibad ihre Erektionen zwischen uns. Dieser Umstand führte erst zu Verwirrung, dann zu feuchten Träumen und letzten Endes zu meiner ersten Mädchenfreundschaft. Ihr Name war Liv, und in ihrer Gegenwart war es okay, Brüste zu haben, sie hatte schließlich auch welche. Ich habe über Jamie geredet und sie über Brian. Wir haben blöde Filme angesehen und mit Schlammmasken auf den Gesichtern und Gurkenscheiben auf den Augen davon geträumt, dass die »Männer« unserer Träume uns eines schönen Tages bemerken würden. Liv ist ein Jahr später nach Chicago gezogen, und ein paar Wochen danach hat Jamie mich bemerkt, und wir sind zusammengekommen. Liv und ich haben nie wieder voneinander gehört. Im Nachhinein glaube ich, dass unsere Brüste das Einzige waren, was uns verbunden hat.

Als dann die Beziehung mit Jamie vorbei war und mein Leben am Ende und ich plötzlich am College, hat das Schicksal ganz unverhofft Danny zurück in mein Leben gebracht und June in mein Zimmer. Meine Mutter hat einmal zu mir gesagt, dass sich hübsche Mädchen als Konkurrenz wahrnehmen und sich deswegen gegenseitig fertigmachen. Das erklärt, warum June und ich befreundet sind. June hat keine Konkurrenz – sie hat nur langes, glänzend blondes Haar, das Gesicht eines Engels und den Körper einer durchtrainierten Schlampe. Ihre Augen sind groß und unschuldig, aber ihr Mund lässt jeden noch so anständigen Gedanken im Bruchteil einer Sekunde schmutzig werden. June hat mehr Männer als Zeit und schämt sich nicht dafür. Ich würde sie bewundern, wenn ich es nicht besser wüsste. Junes Maske sitzt so perfekt, dass niemand sie bemerkt. Manchmal vergesse selbst ich, dass es sie gibt. Aber ab und zu blitzt etwas Verletzliches durch die Fassade. Unter ihrem vollkommenen Lächeln verbirgt sich die schmerzhafte Erinnerung an Tom – ihre erste große Liebe. Und auch ihre einzige. Nach einem Jahr mit ihm und der darauffolgenden Bruchlandung hat June die Scherben ihres Herzens zusammengesammelt und ist mit Dannys und meiner Hilfe wieder aufgestanden. Wir haben sie vom Schlachtfeld geführt, und sie hat einen chirurgischen Schnitt gemacht. June hat Toms drei Millionen Versuche, sie zurückzugewinnen, an sich abperlen lassen, ihre Maske justiert und dann einen Schritt nach dem anderen von ihm weg gemacht. Sie hat die kaputten Stellen gekittet und sich wieder in den Sattel gesetzt. Und dann in den nächsten. Und dann in den nächsten. June ist das, was Danny eine männervernichtende Schlampe nennen würde, wenn es nicht um sie ginge. June hat ein Herz. Sie hat es nur sehr gut versteckt.

»Los, ruf sie schon an ...«

»Sicher? Soll ich ihr nicht lieber nur eine Nachricht schreiben?«

»Ach was, im schlimmsten Fall wecken wir das Arschloch«, antwortet June und fügt dann kichernd hinzu: »Wenn ich ehrlich bin, fände ich das eigentlich ganz witzig.« Ich stehe auf, lehne mich mit verschränkten Armen in den Türrahmen und schaue June dabei zu, wie sie blind in ihre Hausschuhe schlüpft, den Blick stur auf ihr Handy gerichtet. Da wir letzte Woche noch geskypt haben, fühlt es sich nicht seltsam an, sie zu sehen. Ganz im Gegensatz zu Danny. Er steht mit dem Rücken zu mir. Ich hatte ganz vergessen, wie groß er ist. Und wie breit seine Schultern sind. Sein Haar ist viel kürzer, aber immerhin noch genauso chaotisch, wie ich es kenne. Ich warte darauf, dass June mich sieht, doch in dem Moment zieht Danny sich die Jacke aus und verdeckt mich.

»Denkst du, sie hat ihn verlassen?«

»Der war gut«, sagt Danny und lacht auf.

»Wieso? Könnte doch sein.«

»Das wage ich zu bezweifeln«, entgegnet er, während er seine Jacke aufhängt. »Die Claire, die ich kenne, verlässt ihre Typen nicht … sie verlassen sie.« Dann dreht er sich um, sieht mich und zuckt zusammen. »Claire!«

Home Sweet Home.

Er sieht so anders aus und doch auch wieder nicht. Das Lippen-Piercing ist weg, sein Kinn glattrasiert. Die Konturen seines Gesichts sind schärfer und kantiger. Als hätte ihm ein Bildhauer den letzten Schliff verpasst.

Danny sah schon immer gut aus. Er hatte es schließlich nicht umsonst bei den Mädels an der Uni so leicht. Sie waren allesamt verrückt nach ihm und seinen denkenden Augen. Also ja, Danny sah schon immer gut aus, aber jetzt ist er plötzlich ein Mann. In den vergangenen vier Jahren ist er aus dem schlaksigen Typen mit den grob gestrickten Norwegerpullovern und den Skinnyjeans herausgewachsen. Vier Jahre, die ich verpasst habe. Der melancholische Blick ist ihm geblieben. Und seine zimtbraunen Haare sehen auch heute noch so aus, als hätte der Wind sie gerade erst zerzaust. O Gott. Das Muttermal. *Unser* Muttermal. Es thront ganz oben auf seinem Wangenknochen wie eine kleine Krone. Genauso wie bei mir – nur ist seins rechts und meins links. Als würden wir in den Spiegel sehen. Im zweiten Unijahr habe ich ihm im Vollrausch gestanden, wie sehr ich es liebe. Das Muttermal und die Tatsache, dass wir beide so eins haben. Danny hat breit gegrinst und gesagt, dass dieses Muttermal für immer mir gehören wird, wenn ich ihm dafür meins schenke. Und das habe ich. Meine Güte, war ich an dem Abend betrunken. Aber leider nicht betrunken genug, um alles zu vergessen. Ich hoffe, Danny hat es vergessen. Vor allem das Ende dieser Nacht.

Seine Augen schauen schnell zwischen meinen hin und her. Das schwache Licht verschluckt ihren dunklen Karamellton. Er hat mir gefehlt, und das so viel mehr, als ich mir eingestehen wollte. Danny grinst mich an, dann breitet er die Arme aus und zieht mich an sich.

»Trainers«, flüstert er mir meinen alten Kosenamen aus College-Zeiten ins Ohr, und bei diesem Wort überrollt mich eine Welle der Erinnerungen. Ich bin endlich wieder zu Hause. Vielleicht zum ersten Mal seit Jahren.

»Ich habe das eben echt nicht so gemeint«, sagt Danny kleinlaut, reicht mir ein Bier und setzt sich zu uns an den Küchentisch.

»Doch, das hast du«, entgegne ich und warte darauf, dass er zu einer weiteren Lüge ausholt.

Danny dreht die Flasche in seinen Händen. »Nein, ehrlich, ich …«

»Ach, halt die Klappe, Dan«, fällt June ihm ins Wort und wendet sich mir zu. »Jetzt erzähl schon, was ist passiert?« Sie macht eine Pause. »Und wie bist du überhaupt hier reingekommen?«

»Dein Fenster«, sage ich grinsend.

Sie nickt. »Große Sicherheitslücke … also, was ist passiert?«

»Nichts weiter.« Ich schaue einen Moment zu Danny hinüber, dann nehme ich einen Schluck Bier. »Ein Typ mit ›J‹ hat mir das Herz gebrochen und mich verlassen … das Übliche eben.« June holt Luft. »Und bevor du jetzt darauf herumreitest«, flüstere ich schroff in ihre Richtung, »ich weiß, dass du mir von Anfang an gesagt hast, dass er nicht der Richtige für mich ist, also spar dir den Atem.«

Sie presst die Lippen aufeinander, dann fragt sie: »Und was hast du jetzt vor?«

»Was wohl?«, murmle ich seufzend. »Neu anfangen … mal wieder.«

»Hast du denn schon eine Wohnung?«, fragt Danny vorsichtig.

»Oh, ich habe etwas noch viel Besseres.« Ich trinke einen großen Schluck Bier. »Ich habe mein altes Kinderzimmer in Elizabeth, New Jersey ... inklusive N'Sync-Poster.«

»Was ist mit einem Job?«

Ich schüttle den Kopf. »Nein, kein Job ... und falls du als Nächstes nach meiner Selbstachtung fragst, die hat sich vergangene Woche in London das Leben genommen.«

Danny unterdrückt ein Schmunzeln.

»Keine Sorge, Süße«, sagt June, »wir bekommen das schon irgendwie hin ...« Es klingt ein bisschen so, als wollte sie sich gerade selbst davon überzeugen. »Du bist wieder da, das ist das Wichtigste.«

»Wieder da?«, stoße ich lachend hervor. »Ich liege angezählt auf dem Boden.«

»Kann sein«, antwortet sie und zuckt mit den Schultern, »aber du hast uns.«

»O ja ...« Ich schaue zu Danny hinüber. »Ich habe eine Freundin und einen *Verräter*.«

»Komm schon, Trainers, du weißt genau, dass ich das vorhin nicht so gemeint habe.«

Wie kann es sein, dass es sich so anfühlt, als wäre nichts zwischen uns vorgefallen? Als wäre, seit wir uns das letzte Mal gesehen haben, kein einziger Tag vergangen?

»Doch, das hast du«, antworte ich gespielt beleidigt.

»Jetzt hört schon auf«, sagt June und schaut zwischen uns hin und her. »Ich habe eine Idee. Willst du sie hören?«

»Immer nur raus damit«, antworte ich seufzend. »Ich bin arbeitslos und obdachlos – ich bin also für jede Anregung dankbar.«

»Okay, komm mit.«

My Wandschrank is my castle.

»Das ist ein Witz«, sage ich, erkenne aber in Junes Gesicht, dass es keiner ist. »Du meinst das ernst?«

»Hey, ich sage nicht, dass es optimal ist …«

»Nicht optimal?« Ich muss lachen. »June, das ist ein Schrank.«

»Ein *begehbarer* Schrank.«

Ich schaue hilfesuchend zu Danny, aber der starrt betont zu Boden. »*Begehbar* hin oder her, es ist trotzdem ein Schrank.«

»Er hat ein Fenster – und es ist besser als nichts«, sagt June und verschränkt die Arme.

»Ansichtssache«, murmle ich und schaue mich um.

»Wie du willst.« Sie macht das Licht aus. »Du hast recht. Vergiss es einfach.«

»June …«

»Nein, ehrlich, du hast schließlich dein altes Kinderzimmer in Elizabeth, New Jersey. Das ist ja so viel besser als ein Schrank.«

Ich denke kurz an Jamie und höre mich seufzen. »Es ist nicht nur der Schrank«, gebe ich zu.

»Sondern?«, fragt June.

»Lass mich raten – Junes ausschweifendes Sexleben?«, schlägt Danny grinsend vor.

»Nein, auch nicht Junes ausschweifendes Sexleben …«

»Hat es etwas mit mir zu tun?«, fragt Danny plötzlich ernst.

»Was? Nein!« Ich schüttle vehement den Kopf. »Das hat es nicht.« Danny mustert mich. »Du bist vielleicht ein Verräter, aber du bist mein Verräter.« Er formt ein lautloses *Danke* mit den Lippen, und ich lächle. »Es geht nicht um dich, und es geht auch nicht um den Schrank.« Ich zögere. »Der ist zwar echt klein, aber das ist nicht das Problem. Das Problem ist der Typ, der über euch wohnt.«

»James?«, fragt June und verschluckt sich fast an ihrem Bier. Ein paar Tropfen laufen ihr übers Kinn, und sie wischt sie mit dem Handrücken weg. »Was hast du gegen ihn? Der ist doch ein total netter Kerl!«

Danny bricht in schallendes Gelächter aus. »Lass dir nichts erzählen, Trainers. June findet ihn nicht nur nett, sie will ihn flachlegen.«

»Gar nicht wahr!«

»Ich bitte dich, du bist scharf auf ihn, seit er vor drei Monaten eingezogen ist!«

»Das bin ich nicht!«

Danny wendet sich mir zu. »Glaub ihr kein Wort!«, sagt er lachend, und mein Magen zieht sich auf die Größe einer Spielmurmel zusammen – warum genau, weiß ich auch nicht. Inzwischen könnte es alles sein: James, Danny oder einfach nur Hunger. »Sie würde ihm am liebsten jedes Mal, wenn sie ihn sieht, die Kleider vom Leib reißen«, flüstert er hinter vorgehaltener Hand, aber noch immer so laut, dass sie ihn hören kann.

June seufzt genervt, aber ich erkenne an ihrem Blick, dass es stimmt. Fuck. »Zurück zum Thema«, winkt sie ab und sieht mich an. »Was hast du gegen James? Und woher kennst du ihn überhaupt?«

Ich atme ganz tief ein, schließe kurz die Augen und antworte: »Er ist *mein* James …«

»Wie bitte?« June sieht mich an, als wäre ich ein Hausbesetzer, der plötzlich Ansprüche auf ihr Eigentum erhebt. »Was soll das bitte heißen, *dein* James?«

Ich will gerade antworten, da klingelt Dannys Handy. »Warte! Sagt bloß nichts Spannendes, solange ich weg bin.« Mit diesem Satz verschwindet er im Flur.

Dann fällt bei June der Groschen. »Moment ...« Sie starrt mich ungläubig an. »James ist *Jamie*?«

Ich nicke. »Das erste ›J‹ auf meiner Liste.«

»Dann ... dann hattest du Sex mit ihm?«

Danny stolpert zurück zu uns ins Schlafzimmer. »Wer hatte Sex mit wem?«

»Claire hatte Sex mit James«, antwortet June wie in Trance.

»Ich nehme es dir jetzt einfach mal nicht übel, dass du es so abwegig findest, dass ein Typ wie er mit mir ins Bett gehen würde ...«

Dannys Kiefermuskeln treten hervor. »Du hattest Sex mit James?«

»Ja, verdammt! Ich hatte zig Mal Sex mit James!«, sage ich gereizt. »Wir waren immerhin zwei Jahre lang zusammen, Herrgott noch mal!«

»Was!«, platzt es aus Danny heraus wie ein unkontrollierbares Niesen. »Er ist dein Ex? *Der* Jamie?«

»Ganz genau«, sage ich und seufze resigniert. »Der Kerl, der über euch wohnt, ist mein Ex.«

Wir schauen alle drei an die Decke, als würde er dort hängen.

»Oh, Trainers«, murmelt Danny und grinst mich kopfschüttelnd an. »Du hast echt kein Händchen für Männer.«

»Dafür aber einen wirklich exzellenten Geschmack«, wirft June ein.

»O ja«, antworte ich und lache bitter, »ich bin wie ein Trüffelschwein für Arschlöcher.«

»Also ...« Danny legt mir den Arm um die Schultern und schiebt mich in Richtung Flur. »Ich will alles wissen.«

»Ich auch«, sagt June und folgt uns in die Küche. »Jedes noch so schmutzige Detail.«

»Die vermutlich ganz besonders, was, June?«

»Haha«, murmelt sie, dann fügt sie hinzu: »Woher weißt du überhaupt, dass er über uns wohnt?«

»Das ist eine lange Geschichte«, sage ich ausweichend.

»Sehr gut«, antwortet June. »Ich bin nämlich kein bisschen müde.«

Die Geister, die ich rief.

Ich erzähle ihnen alles. Rückwärts aufgerollt. Ich fange bei der Feuerleiter an, hangle mich über Jamies Schäferstündchen auf dem Ohrensessel und meinem Sprung in Junes Schlafzimmer weiter bis nach London zu Jeremy. Anfangs lachen sie Tränen, am Ende laufen sie nur noch bei mir. Danny löchert mich mit Fragen, als wäre mein Leben eine Quizshow, bei der ich die Regeln nicht richtig verstanden habe. Und ich weiß nicht, was ihn mehr enttäuscht: dass ich mit einem Kerl zusammen war, der mich nach Strich und Faden verarscht hat, oder dass ich nicht als Köchin Schrägstrich Konditorin, sondern als Food-Kritikerin gearbeitet habe. Die Claire, die er kannte, hatte nämlich ganz andere Pläne. Verdammt naive Pläne, die sie nirgends hingeführt haben.

»Ich kenne Jeremy ja nicht«, sagt Danny, als wir wieder in der Gegenwart angekommen sind, »aber nach allem, was du erzählst, ist er ein ziemlicher Vollidiot.«

»Glaub mir, das ist er«, versichert ihm June, und ich frage mich, ob es richtig war, ihr von *jedem* seiner Fehltritte zu erzählen. Vielleicht hätten zwei oder drei ja gereicht.

»Dann passt er doch ganz gut zu mir«, sage ich in einem scherzhaften Tonfall, aber Danny beißt nicht an.

»Jetzt mal im Ernst, Trainers, warum bist du so lange mit ihm zusammengeblieben?«

»Jeremy hatte auch seine guten Seiten«, verteidige ich mich. Oder vielleicht doch eher ihn?

»Hör bloß auf, ihn zu verteidigen!«, sagt June streng.

»Das tue ich doch gar nicht!«

Sie seufzt. »Ach nein?«

»Nein.«

Ich kratze ein weiteres Stückchen vom Etikett meiner leeren Bierflasche ab, drehe es zwischen Zeigefinger und Daumen zu einer kleinen Papierwurst und lege sie zu den anderen auf den Tisch.

»Dann nenn mir eine.«

»Eine was?«, frage ich und schaue auf.

»Eine seiner guten Seiten – da er ja so viele hatte, sollte das doch kein Problem sein«, antwortet June spitz.

»Was soll der Scheiß?«, frage ich genervt. »Ist das hier die Inquisition?«

»Komm schon, Claire, gib doch einfach zu, dass Jeremy ein weiterer hoffnungsloser Fall war, den du retten wolltest.«

»Er war kein hoffnungsloser Fall. Und ich habe auch nicht versucht, ihn zu retten!« Ich schaue flehend zu Danny. Ein Teil in mir scheint heimlich darauf zu hoffen, dass er mir zu Hilfe eilt, doch er zuckt nur mit den Schultern und schaut mich mit hochgezogenen Augenbrauen an. »Dann denkst du das etwa auch?«

»Ich kann das nicht beurteilen«, sagt er vage, »aber du hast ein Faible für Männer, die dich schlecht behandeln ...«

Ein Faible für Männer, die mich schlecht behandeln. Stimmt das? Haben sie recht? Bin ich eine von den Frauen, die sich kaputte Männer aussuchen, nur um dann an dem Versuch zu scheitern, sie wieder in Ordnung zu bringen? Ist das meine Entschuldigung, unglücklich zu sein und nicht am Leben teilzunehmen? Wie ein Attest vom Arzt, das bescheinigt, dass ich beim Reckturnen leider nicht mitmachen darf?

Das ist doch Quatsch. Jamie war gar nicht kaputt. Zumindest nicht kaputter als ich. Und Julian ... na ja, der hat eben eine andere geliebt. Und im Nachhinein betrachtet, war Jeremy eigentlich hauptsächlich eine Flucht vor mir selbst. Das Problem war nur, dass mir meine Neurosen nach London gefolgt sind. Aber das war nicht Jeremys Schuld. Er ist an sich kein schlechter Kerl. Anfangs war er sogar richtig toll. Und witzig. Und anders. Ich glaube, vor allem *anders*. Er war so erfrischend britisch mit seinem kohlrabenschwarzen Humor und seiner bläulich weißen Haut. Ich mochte Jeremys messerscharfe Schlagfertigkeit. Er hat seine pointierten Antworten verteilt wie eine Nonne an der Klosterschule Stockhiebe. Ich fand das großartig. Die ersten beiden Jahre unserer Beziehung hat er mich zum Lachen gebracht. Natürlich nicht andauernd, aber oft. Eigentlich keine schlechte Bilanz bei den knapp drei Jahren, die wir zusammen waren. Wenn ich uns einen Richtwert für unsere Kompatibilität geben müsste, wären Jeremy und ich ein Zwei-Drittel-Paar gewesen. Im Bett war es zu zwei Dritteln gut, die Gespräche waren zu zwei Dritteln geistreich, und auch in Sachen Musik und Serien hatten wir geschmacklich eine Zwei-Drittel-Übereinstimmung. Doch das letzte Drittel hat irgendwie immer gefehlt. Zwei Drittel sind ein guter Anfang. Es ist eine grundsolide Basis – für einen Lebensabschnitt. Aber es reicht nicht für *für immer*. *Wir* haben nicht gereicht. Weder er mir noch ich ihm. Nur dass es sich bei Jeremy offensichtlicher geäußert hat. Er konnte einfach nicht die Finger von seinen zweiundzwanzigjährigen Groupies lassen. Die haben sich an seinen schlabbrigen Band-T-Shirts mit ihrem leichten Grauschleier und dem Schweißgeruch nämlich nicht gestört. Genauso wenig wie an der Tatsache, dass er eine Freundin hatte. Jeremy hat sie nach seinen Gigs im Tourbus oder in der Garderobe gevögelt und es mir meistens kurz danach erzählt. Voller Reue und mit dem Versprechen, es nie wieder zu tun. Nach dem zweiten Mal habe ich ihm nicht mehr geglaubt. Aber verlassen habe ich ihn trotzdem nicht. Ich weiß nicht, warum. Vielleicht, weil wir schon eine ganze Weile zusammen waren, als es das erste Mal passiert ist. Es war bereits in England, nach einem Konzert in einem Pub in Oxford, auf das ich nicht mitgehen konnte, weil ich zu krank war. Was für ein Arschloch. Als er es mir in derselben Nacht gebeichtet hat, hatte ich 39,6 Grad Fieber und dachte, ich halluziniere. Es war halb vier Uhr morgens und ich mehrere tausend Kilometer weit weg von zu Hause. Vielleicht habe ich ihm deswegen verziehen. Oder weil ich noch nicht bereit war, mich von der Aussteiger-Claire zu verabschieden. Ich wäre ohne Jeremy nicht in Europa geblieben, und ich wollte noch nicht gehen. Was ist es nur mit Musikern? Warum lässt allein die Vorstellung, von einem Sänger gefickt zu werden, die meisten Frauen sofort feucht werden? Das ist kein bitterer Kommentar, es ist mein voller Ernst. Schließlich haben Jeremy und ich uns genau so kennengelernt. Ich habe ihn auf der Bühne gesehen. Die Scheinwerfer haben ihren Schein auf Jeremy geworfen und ihn ins rechte Licht gerückt. Die Stimmung war ausgelassen und das Bier eisgekühlt. Aber es lag nicht am Alkohol. Es lag an seiner samtigen Stimme und der Art, wie er die Gitarre gehalten hat. Keine Ahnung, was uns Frauen so schwachmacht, wenn es um Männer mit Gitarren geht. Vielleicht ist es die Tatsache, dass sie die ganze Zeit vor ihrem Schritt herumfuchteln und uns mit diesen Handbewegungen hypnotisieren. Bei mir hat es ganz offensichtlich geklappt. Nach dem Gig bin ich hinter die Bühne gegangen, und wir hatten Sex in einem Meer aus Kabeln. Es war kurz, aber richtig gut. Erst danach haben wir uns offiziell vorgestellt.

»Wenn es nicht stimmt«, unterbricht Danny meine Gedanken, »warum hast du dich dann nicht einfach von ihm getrennt?«

»Vermutlich, weil ich mir nicht eingestehen wollte, dass ich wieder gescheitert bin.« Danny sieht mich an. »Ich weiß nicht, ob Jeremy ein hoffnungsloser Fall war. Vielleicht. Vielleicht auch nicht.«

»Er hat dich betrogen.«

»Ja«, antworte ich knapp und versuche, Dannys Blick auszuweichen. Aber er ist tief und schwer und zieht mich an wie ein Magnet.

»Aber letzten Endes hat *er* mit *dir* Schluss gemacht.«

»War das jetzt eine Frage oder eine Feststellung?«

»Ein bisschen von beidem«, entgegnet er und trinkt einen Schluck Bier.

»Es kann aber nicht beides sein.« Ich klinge bockig.

»Ich glaube, was Danny nicht ganz versteht«, sagt June vorsichtig, »ist, warum du dir das von ihm hast bieten lassen.«

Das ist eine sehr gute Frage, und sie ist wie Salzsäure für meinen Selbstwert.

»Es ist ja nicht so, dass ich nie darüber nachgedacht hätte, Schluss zu machen«, sage ich kleinlaut. »Das habe ich.«

»Aber du hast es nicht getan«, sagt Danny.

»Ja, verdammt, ich habe es nicht getan!«

»Warum nicht?«

»Was willst du von mir?«, fahre ich ihn an. »Soll ich zugeben, dass ich eine feige Kuh bin, die Angst davor hatte, allein zu sterben? Dass ich Angst davor hatte, meine letzte Chance auf Kinder zu verspielen? Oder davor, wie mich alle anschauen werden, wenn ich wieder zurückkomme? Ohne Mann, ohne Perspektive und ohne Job?« Sein Gesicht verschwimmt vor meinen Augen. »Bitte schön, ich gebe es zu!«

Danny sagt nichts. Er sieht mich nur an. Dann legt er seine Hand auf meine, und diese Berührung ist so tröstlich, dass ich es nicht fertigbringe, meine wegzuziehen, obwohl ich sauer auf ihn bin.

»Wir haben nicht zusammengepasst, und ich wollte das nicht wahrhaben«, flüstere ich schließlich, und Danny drückt meine Hand. »Jeremy war eine armselige Light-Version eines Mr. Bingly, mit einem Hang zur Untreue und viel schlechteren

Manieren, und ich wollte eigentlich einen dunkelhaarigen, launischen bis miesepetrigen Typen mit arroganter Ausstrahlung.«

June grinst mich an. »Das hast du so schön gesagt.«

Ich lächle unter Tränen. »Ich war Jeremy zu amerikanisch, und er war mir zu rothaarig.« Danny lacht unvermittelt auf und befeuchtet sich die Lippen. Ich setze die Flasche an, aber sie ist noch immer leer.

»Noch ein Bier?«, fragt June, und ich nicke. »Du auch, Dan?«

»Gern«, antwortet er, ohne mich aus den Augen zu lassen. Sein Blick ist genauso warm wie seine Hand. Als Dannys iPhone plötzlich anfängt zu vibrieren, zucke ich zusammen. Es ist 3.37 Uhr. Wer ruft ihn bitte um diese Zeit noch an? Gott, ich höre mich an wie Nat. Ich versuche, unauffällig einen Blick auf das Display zu erhaschen, kann aber nichts erkennen. »Tut mir leid, da muss ich rangehen.« Danny lässt meine Hand los und steht auf.

»Natürlich«, sage ich und zwinge mich zu einem Lächeln.

Er lächelt zurück, dann verlässt er die Küche. Mein Blick fällt auf meine Hand, die sich ohne seine wieder genauso einsam und leer anfühlt wie vorher. Jetzt sind sie und ich wenigstens wieder im Einklang.

»Hier«, sagt June und hält mir ein gekühltes Bier hin. »Sei froh, dass du ihn los bist.« Sie legt den Arm um mich. »Der Typ hat es nicht mal verdient, dass wir über ihn reden. Und damit meine ich, noch nicht einmal schlecht.«

»Kann sein.« Ich bemühe mich zu lächeln. »Lass uns das Thema wechseln. Erzähl mir mehr von dem heißen Italiener, den du neulich kennengelernt hast.«

»Was für ein heißer Italiener?« Sie nimmt den Arm weg und schaut mich fragend an. »Ah! Warte. Meinst du den vom vorletzten Wochenende?«

»Das kommt hin, ja«, antworte ich schmunzelnd. »Bitte sag jetzt nicht, dass du ihn vergessen hast.«

»Na ja, das war nur für eine Nacht.«

»Aber meintest du nicht, er wäre ganz nett?«

»*Es* war nett. Es. Der Sex. Nicht er.«

Ich muss lachen. »Wie machst du das nur?«

»Was?«, fragt sie und schaut mich verständnislos an.

»Na, wie schaffst du es, dich nie in einen dieser Typen zu verlieben?«

»Ganz ehrlich?« Ich nicke und setze die Flasche an. »Sie dürfen nur nicht zu intelligent sein.«

Ich verschlucke mich fast an meinem Bier. »Was?«

»Intelligenz macht mich schwach. Wenn ein Mann klug ist und Humor hat, wird es gefährlich. Deswegen schlafe ich grundsätzlich nur mit Männern, die ich ausschließlich rein körperlich anziehend finde.«

»Echt jetzt?«

»Ja.«

»Dann redet ihr gar nicht?«

»Nein, eigentlich nicht.« June presst die Lippen aufeinander. »Außer du zählst Dirty Talk zu Reden.«

»Nicht wirklich, nein.«

»Das dachte ich auch nicht.« June lächelt. »Mit diesen Kerlen geht es ums Vögeln, um mehr nicht.«

Ich zupfe an der Ecke des noch unversehrten Etiketts meiner Flasche herum, dann ziehe ich einen Streifen ab und drehe ihn zwischen den Fingern zusammen. »Manchmal wünschte ich, ich wäre mehr wie du.«

»In Bezug auf leeren Sex?«, fragt June und grinst süffisant.

»Immerhin hast du Sex.«

»Ja, das stimmt ... den habe ich.«

Ich lege den Kopf schräg und kneife die Augen leicht zusammen. »Höre ich da etwa ein Aber?«

»Na ja, der Sex ist leer.«

»Moment, dann ist es gar nicht so toll?«

»Das habe ich nicht gesagt.«

»Zwischen den Zeilen schon.«

»Na ja, währenddessen ist es meistens ziemlich gut«, sagt sie und grinst. »Manchmal sogar großartig. Weißt du, in dem Moment, wo ich komme, ist es mir herzlich egal, wer da gerade dafür sorgt. Aber danach ...«, sie zuckt mit den Schultern, »danach ist das anders.«

»Ist es das dann überhaupt wert?«

»Wert? Claire, ich bin jung und ich will Spaß haben, solange meine Brüste auch ohne Silikon noch so schön stehen.« June trinkt einen Schluck. »Außerdem stehe ich auf Sex.«

»Ach was ... das brauchst du mir nicht zu sagen, immerhin haben wir uns am College ein Zimmer geteilt.«

»Was kann ich bitte dafür, dass ich mädchenhaft, aber gleichzeitig total versaut rüberkomme?«

Ich pruste laut los. Als ich mich wieder beruhigt habe, sage ich kopfschüttelnd: »Ach, June, manchmal wünschte ich, ich wäre ein Mann.«

»Glaub mir, Süße, das wünschte ich auch.«

Wie man sich bettet.

Es ist bereits vier Uhr morgens, als June und ich in ihr Zimmer gehen und das Bett frisch beziehen. Dannys Stimme dringt durch die dünne Wand seines Zimmers zu uns herüber.

»Mit wem telefoniert der denn so lange?«

»Na ja, ich nehme mal an, mit Cassy«, antwortet June abwesend, während sie das zweite Kopfkissen in einen karierten Überzug stopft.

»Cassy? Wer ist Cassy?«

June schaut hoch. »Ach ja, stimmt, das weißt du ja gar nicht … Cassy ist Dannys Freundin.«

Der Inhalt dieser Aussage sickert langsam in mein Bewusstsein, so wie Wasser in staubtrockene Erde. Danny hat eine Freundin. Aber er hatte nie eine Freundin. Klar gab es Frauen – es gab haufenweise Frauen –, aber eben nicht nur eine. Da gab es nur mich.

Wir haben mit anderen geschlafen, aber waren die ganze Zeit zusammen Single. Ich habe Jamie nachgeweint, und Danny hat in einem Meer aus Nieten die richtige Frau gesucht.

»Cassy studiert in San Francisco«, bricht Junes Stimme in meine Gedanken, »aber an den Wochenenden ist sie meistens hier, nur dieses nicht, weil sie irgendeinen Workshop belegt hat. Du wirst sie aber sicher bald kennenlernen.«

Juhu! »Super«, murmle ich.

»Glaub mir, du wirst sie mögen. Ihr werdet bestimmt total gut miteinander klarkommen.«

»Wieso hast du mir nichts von ihr erzählt?« Das klang leider nicht so beiläufig, wie ich es gerne gehabt hätte.

Doch June scheint das nicht aufzufallen, denn sie schüttelt nur die Decke auf und sagt: »Ich bin nicht davon ausgegangen, dass es dich besonders interessiert. Abgesehen davon hatte ich den Eindruck, dass wir das Danny-Thema in den letzten Jahren beide ganz gern vermieden haben.«

Das haben wir. »Hast recht«, entgegne ich, knöpfe meine Jeans auf und ziehe sie runter. »Ich freue mich, dass er jemanden gefunden hat.« Nein, das tue ich nicht.

»Ja, ich auch«, sagt June lächelnd. »Und wenn alles klappt, kannst du vielleicht bald sein Zimmer haben.«

»Moment«, sage ich, die Jeans in den Kniekehlen, »er zieht aus?«

»Cassy und er suchen schon seit einer Weile nach einer eigenen Wohnung. Sie macht bald den Abschluss und will dann nach New York kommen. Aber wie du dir vorstellen kannst, ist das hier in der Gegend gar nicht so einfach. Und weiter raus wollen sie nicht.«

Ich ziehe mir das T-Shirt über den Kopf. »Das verstehe ich«, nuschle ich in den Stoff und bin froh, dass June mein grimassenhaftes Lächeln nicht sehen kann.

»Es könnte also sein, dass das noch eine Weile dauert. Der Schrank wird dir vermutlich erst mal reichen müssen.«

Ich stopfe das Oberteil in den Koffer und hole mein Nachthemd heraus. »Ach was, der ist doch super.« Ich spüre Junes skeptischen Blick auf mir, während ich den Verschluss meines BHs öffne. »Alles ist besser als mein altes Kinderzimmer.«

»Auch wieder wahr.«

Ich schlüpfe in das Nachthemd, dann bücke ich mich nach meinem Kulturbeutel, ziehe ein Abschminktuch heraus und wische mir die Wimperntusche von den Augen. Als ich nach der Zahnbürste greife, schaut June mich stirnrunzelnd an.

»Du willst jetzt nicht ernsthaft noch Zähne putzen?«
»Du etwa nicht?«
June schüttelt lachend den Kopf. »Ähm, nein, ganz sicher nicht. Es ist halb fünf Uhr morgens.« Sie zieht sich aus, lässt die Klamotten auf den Boden fallen und klettert in Unterhose und T-Shirt ins Bett. »Putz doch einfach nach dem Aufstehen«, sagt sie gähnend, »das war ein echt langer Tag.«
»Ist gut.« Manche Dinge ändern sich nie. Ich stelle den Wecker, lege mein Handy auf den Boden neben das Bett und krieche unter die zweite Daunendecke. Und in dieser Sekunde wird mir klar, dass ich nur deswegen ins Bad wollte, weil ich dann vielleicht Danny noch mal über den Weg gelaufen wäre. Warum auch immer.
»Nacht, Claire«, flüstert June, streckt sich und schaltet das Licht aus. »Träum schön.«
»Du auch.«
Ich höre, wie sie sich wegdreht. Ihre Decke raschelt, dann bewegt sie sich nicht mehr. Ich konzentriere mich auf die Geräusche, die durch die leicht geöffneten Fenster dringen. Sirenen, Autos, Musik. Die Matratze ist viel zu hart, und ich finde keine bequeme Position. Wenn ich die Arme unter der Decke habe, schwitze ich, wenn ich sie aber draußen lasse, ist mir kalt. Mein Blick wandert ziellos im Zimmer umher. Durch die Vorhänge dringt entfernt und gedämpft das Licht der Stadt, abgesehen davon ist es dunkel. Ich bin müde, aber gleichzeitig aufgedreht. Mein Körper ist wie ein störrisches Kleinkind, das Angst hat, etwas zu verpassen. Ich konzentriere mich auf Junes Atem. Er ist ruhig und gleichmäßig. Das gibt es doch nicht. Wie kann jemand so schnell einschlafen? Darum habe ich sie schon immer beneidet. Ich drehe mich leise fluchend auf die Seite und betrachte das Fenster, durch das ich vor ein paar Stunden geklettert bin. Warum ist Jamie mir gefolgt? Immerhin hatte er unmittelbar davor Sex.

Er ist ein paar Sekunden zuvor gekommen, und dann stürmt er mir halbnackt hinterher? Ich wäre ja schon ein bisschen beleidigt, wenn ein Typ, mit dem ich gerade geschlafen habe, auf einmal aufspringen und irgendeiner Frau nachrennen würde. Was wollte er? Und dann auch noch in Boxershorts und barfuß? Er kann ja wohl kaum erwartet haben, dass ich ihn auf ein Bier hereinbitte. Ach, vermutlich hat er gar nichts gedacht. Das würde wieder zu ihm passen. Erst handeln, dann denken. Wenn überhaupt. Wäre ich ihm gefolgt, wenn die Situation andersrum gewesen wäre? Bestimmt nicht. So ein männliches Ego ist ganz schön fragil. Wenn Frauen da einfach weglaufen würden, wäre die Hölle los. Ich versuche, mir eine solche Szene vorzustellen, was mir ziemlich schwerfällt. Und das nicht nur, weil ich fast schon vergessen habe, was Sex überhaupt ist, sondern weil es mir einfach nicht gelingen will, mir Jeremy auf diesem Ohrensessel vorzustellen. Und schon gar nicht, wie ich auf ihm sitze und Jamie uns dabei beobachtet. Der Jeremy in meinem Kopf sieht leider viel mehr aus wie Jamie, und der Typ, der uns zusieht, wie Danny.

Ich kneife die Augen fest zusammen. *Schlaf, Claire. Schlaf doch endlich.* Das würde ich ja gern. Ich wälze mich von einer Seite auf die andere, dann wieder auf den Rücken. Vielleicht sollte ich einfach wieder aufstehen. Ich könnte mir einen Tee machen. Oder lesen. Oder aus dem Fenster klettern und Jamie im Schlaf erdrosseln. Alles sehr verlockend.

Ich höre Schritte im Flur, dicht gefolgt von Dannys Stimme. Wie lange telefonieren die denn noch? Ich liege lauschend da, bewege mich nicht, versuche, anhand der Bruchstücke zu erraten, worüber sie sich unterhalten, aber ich kann sie nicht zusammensetzen. *Du wirst sie mögen.* Das klingt ja fast wie eine Drohung. Und überhaupt, vielleicht will ich sie ja gar nicht mögen? Aber warum sollte ich das nicht wollen? Ich höre, wie Danny leise lacht. Dann ist sie also auch noch witzig. Früher habe ich ihn zum

Lachen gebracht. Jetzt tut das Cassy. Cassy. Was für ein blöder Name. Ist bestimmt die Abkürzung von Cassandra. Ich wette, ihre Eltern wollten einen auf gebildet machen und haben sich deswegen für einen Namen aus der griechischen Mythologie entschieden. War sie nicht die Seherin? Oder verwechsle ich das? So viel zu gebildet. Mist. Ich versuche, an etwas anderes zu denken, aber die Frage lässt mich nicht mehr los. Also rolle ich mich zur Seite und taste blind nach meinem Handy. Der Lichtkegel des Displays durchbricht die Dunkelheit und schmerzt kurz in meinen Augen. Ich blinzle ein paar Mal, dann google ich »Cassandra« und wähle den Wikipedia-Eintrag aus. Da haben wir es ja. *Kassandra. Aus dem Altgriechischen. Direkt übersetzt: »die Männer umwickelt«.* Aha. So genau wollte ich es vielleicht doch nicht wissen.

Der Gott Apollon gab ihr wegen ihrer Schönheit die Gabe der Weissagung. Als sie jedoch seine Verführungsversuche zurückwies, verfluchte er sie und ihre Nachkommenschaft, auf dass niemand ihren Weissagungen Glauben schenken werde. Daher gilt sie in der antiken Mythologie als tragische Heldin, die immer das Unheil voraussah, aber niemals Gehör fand. Beim ersten Mal Lesen bleibt bei mir natürlich nur *Schönheit* und *Heldin* hängen, beim zweiten Mal dann auch der Rest. Ich klicke mich durch ein paar Bilder von Büsten und Statuen und Gemälden, dann tippe ich meinen Namen ein, und es gibt tatsächlich einen Eintrag. Er ist zwar viel kürzer und auch sehr viel weniger beeindruckend, aber immerhin. *Der Name Claire stammt von dem lateinischen Wort »clara« und bedeutet übertragen etwa die »Leuchtende«, »Klare«, »Helle« oder auch »Berühmte«.* Das passt ja hervorragend.

Ich seufze, lege das Handy weg und starre in die schwarze Leere über mir. Ungefähr dort steht Jamies Bett. In dieser Ecke. Es ist eine seltsame Vorstellung, dass uns nur diese Zimmerdecke voneinander trennt. Daran darf ich gar nicht denken. Und auch nicht an ihn. Denn die Kombination der Schlagwörter Jamie und Bett startet in meinem Kopf einen Film, der nicht gerade dazu beiträgt, mich müde zu machen. *Verdammt noch mal, Claire, denk an etwas anderes! An irgendetwas Unverfängliches!* Das würde ich ja gern, aber ich weiß nicht, wie. Ich bin so übermüdet und verzweifelt, dass ich kurz davor bin, mein Gesicht ganz fest ins Kissen zu drücken und laut loszuschreien. Als ob das etwas bringen würde.

Bitte, lieber Gott, lass mich einschlafen. Erlöse mich von den Bildern in meinem Kopf und schenk mir acht Stunden tiefen, traumlosen Schlaf.

Sonntag. Acht Tage Single.
Welcome to my Walk-in.

»Schätzchen, wir reden hier von einem *Kleiderschrank*.«

»Mom, es ist ein begehbarer Schrank.« Ich kneife mir in den Nasenrücken. »Und er hat ein Fenster.«

Gott hat mir zehn Stunden Schlaf geschenkt, dafür wurde ich von einem Anruf meiner Mom geweckt, und die zehn Stunden Schlaf, die ich hatte, waren seicht und vollgestopft mit Träumen, die ich nicht haben wollte. Es war eine Flut an Bildern, mit denen ich rein gar nichts anfangen kann. Ungefähr so, wie wenn ein Kind die Fernbedienung in die Finger bekommt und wild zwischen den Sendern hin- und herschaltet und man im Anschluss sagen soll, was man gerade gesehen hat. Abgesehen davon hat es noch fast eine Stunde gedauert, bis ich endlich weggedriftet bin, was mich zu dem Schluss bringt, dass Gott vermutlich überhaupt nichts damit zu tun hatte.

»Mom, bist du noch dran?«, frage ich, obwohl ich weiß, dass sie noch dran ist, weil ich sie atmen höre.

»Ich verstehe einfach nicht, warum du lieber in einen Kleiderschrank ziehst, als bei uns zu wohnen, das ist alles.«

»Oh, Mom, bitte ...«

»Was denn? Erst warst du eineinhalb Jahre lang weg – und das, ohne uns auch nur ein einziges Mal zu besuchen –, und dann, als du endlich wieder da bist, verschwindest du noch am selben

Abend zu deiner Freundin June. Und als wäre das noch nicht genug, willst du jetzt in ihren Schrank ziehen.« Ich beschließe, nicht zu erwähnen, dass sie ja auch mich hätten besuchen können, und ich erinnere sie auch nicht daran, dass ich zweiunddreißig bin und daher machen kann, was immer ich möchte, stattdessen atme ich einfach nur tief ein.

»Claire?«

»Ja.« Mir ist klar, dass sie auf eine Erklärung wartet, aber was soll ich sagen? *Ich halte es bei euch einfach nicht aus?* Oder: *Na ja, Nat und du macht mich eben krank?* Etwas sagt mir, dass das keine gute Idee ist. Schließlich war sie schon sauer, als ich vorhin gesagt habe, dass ich gerade keine Zeit habe und sie später zurückrufen würde. »Jetzt komm schon, Mom, ich könnte doch demnächst mal abends vorbeikommen.«

»Und wie? Du hast ja nicht einmal ein Auto. Und ich wage zu bezweifeln, dass du, *nur um uns zu sehen,* den Zug nehmen würdest.«

»Natürlich würde ich das.«

»Ach ja?«

»Ja«, antworte ich knapp. Und es stimmt. Ich würde es tun. Aber Lust habe ich ehrlich gesagt keine. Weder auf die Zugfahrt noch auf das Abendessen. »Josh und Alison können mich doch mitnehmen, dann müsste ich nachts auch nicht alleine zurückfahren.« Das ist das Schachmatt-Argument. Wenn Mom eines nicht will, dann, dass ich nachts allein unterwegs bin. Und schon gar nicht in einem Sündenpfuhl wie New York, wo man elf Tage ohne Mord so feiert, als wäre endlich Frieden im Nahen Osten. »Also, was denkst du?«, frage ich ein bisschen zu sehr, als wäre meine Mutter geistig zurückgeblieben. »Wie wäre es denn mit übermorgen zum Abendessen? Ich kann auch etwas mitbringen, wenn du keine Lust hast zu kochen.«

»Das Kochen stört mich nicht.«

»Dann ist das ein Ja?«, frage ich und kann nicht fassen, dass ich sie gerade dazu überrede, sie besuchen zu dürfen.

»Ja, ist es. Übermorgen klingt gut.« Sie macht eine kurze Pause.

»Und wann?«

»So um sieben?«

»Na gut.« Ich glaube es nicht. Jetzt schafft sie es auch noch, großzügig zu klingen. »Besprichst du das bitte mit deinem Bruder?«

»Kann ich machen.«

Mit meinem Bruder. Ah ja. Das kann ja heiter werden, wenn ihr Goldjunge plötzlich *mein Bruder* ist. Weiß ich, worauf ich mich da einlasse? Ertrage ich noch ein Abendessen mit Carey Mulligan und Mom in der Rolle ihrer bösen Schwiegermutter? Eigentlich stellt sich die Frage nicht, denn für einen Rückzieher ist es längst zu spät.

»Dann bis übermorgen um sieben, Schätzchen.«

»Ja, bis dann. Bye, Mom.«

Ich lege das Handy zur Seite. Die Sonne ist bereits hinter den Häuserfronten verschwunden, es ist Abend geworden. Das kommt davon, wenn man den Großteil des Tages verschläft. Wir haben dennoch einiges geschafft. Bilanz: Der Schrank ist leer und June gereizt. Ich weiß nicht, ob ihre Laune am Ausräumen liegt, daran, dass ich zu lange telefoniert habe, oder an Jamie, der uns getrampelte Hinweise darauf gibt, in welchem Bereich seines Schlafzimmers er sich gerade aufhält. Wie Klopfzeichen eines Gefangenen. June schaut immer wieder strafend zur Decke, als würde ihn das bestimmt dazu bringen, sanfter aufzutreten.

»Du brauchst ein Bett«, stellt June nüchtern fest und klappt den Zollstock auf. »Wenn du Glück hast«, murmelt sie und vermisst die Breite des Raumes, »dann bekommst du das Bett vielleicht sogar quer hier rein.« Sie liest die Zahl ab. »Ha! 2,40 Meter breit!« Sie klatscht triumphierend in die Hände. »Wenn du es unters Fenster stellst, gehen die Schranktüren noch komplett auf – sogar bei einem Doppelbett.«

»Wow«, sage ich und meine es so. »Das hätte ich nicht gedacht.«

Als mein Handy ein weiteres Mal klingelt, verdreht June genervt die Augen. »Wer ist das denn jetzt schon wieder?«

Ich schaue auf mein Handy-Display und muss grinsen. »Meine Grandma.«

»Na gut.« June zuckt die Schultern. »In dem Fall mache ich uns eine Kanne Eistee.« Sie legt den Zollstock aufs Fensterbrett. »Bin gleich wieder da.«

Das hat Danny auch gesagt, als er vor etwa einer halben Stunde aus Junes Zimmer verschwunden ist. Vielleicht war es eine Flucht. Oder er macht etwas zu essen. Oder er telefoniert schon wieder mit *Cassy*. June lächelt, dann schließt sie die Schranktüren hinter sich.

»Granny?«

»Claire-Liebes.« Ihre alte Stimme klingt für mich immer nach warmem Kakao und Vorlesen.

»Wie geht es dir? Ist alles okay?«

»Aber ja, mir geht es gut.« Ich höre das vertraute Knarren ihres alten Fußbodens und kann mir vorstellen, wie sie in ihrem Schaukelstuhl sitzt und aus dem Fenster sieht. »Dein Vater hat mir erzählt, dass du wieder zu Hause bist.«

Ich seufze. »Dann weißt du bestimmt auch schon von meinem Wandschrank.«

»Das tue ich.«

»Findest du auch, dass das eine blöde Idee ist?«

»Findest du denn, dass es eine ist?«, fragt sie zurück, und ich höre ein sanftes Lächeln in ihrer Antwort.

»Für jetzt ist es okay.« Ich mache eine Pause und schaue mich um. »Es ist nichts für die Ewigkeit.«

»Was ist schon für die Ewigkeit?«

»Ja, schon, aber wer wohnt in meinem Alter bitte in einem Schrank?«, frage ich grummelig.

»Ach, meine Süße, das ist nur ein Anfang.« Der Boden knarrt wieder. »Und das ist alles, was man braucht. Der Rest entwickelt sich ohnehin immer ganz anders, als man denkt.«

»Kann sein«, murmle ich, »ich fühle mich trotzdem wie eine Versagerin.«

»Aber warum?«

Ich durchquere mein Zimmer in drei großen Schritten. Ungefähr so muss es sich für einen Gefangenen in seiner Zelle anfühlen.

»Na, weil man in meinem Alter etwas erreicht haben sollte.«

»Etwas erreicht?«

»Ja.«

»Sagt wer?«

»Na ja, alle.«

»Also, ich sage das nicht«, stellt sie trocken fest und fügt dann hinzu: »Und damit sind es nicht alle.«

»Mensch, Granny, ich bin Anfang dreißig und habe keine Ahnung, was kommt. Wenn ich an meine Zukunft denke, sehe ich nur dieses riesige schwarze Loch.«

Es entsteht eine kurze Pause, dann fragt sie: »Was war denn dein ursprünglicher Plan?«

»Das ist so albern.« Sie wartet, und ich seufze schwer. »Ich ... ich dachte, mit Anfang dreißig hätte ich einen tollen Mann, einen Job, den ich mag und in dem ich richtig gut bin, und eine schöne Wohnung mit Balkon.« Ich halte inne, weil ich mir nicht sicher bin, ob ich den nächsten Teil aussprechen kann, ohne in Tränen auszubrechen. Ich räuspere mich. »Und ich dachte, ich hätte Kinder.«

»Aber davon ist nichts eingetroffen.«

»Vielen Dank, Granny, das weiß ich auch«, sage ich gereizt.

»Aber wenn das so ist, dann verstehe ich nicht, warum du unbedingt wieder einen Plan willst, wo doch der alte dich nirgends hingebracht hat.« Pause. »Wäre es nicht vielleicht besser, einfach keinen zu haben?«

»Keinen Plan?« Ich runzle die Stirn. »Man kann nicht einfach keinen Plan haben.«

»Und warum nicht?«

»Ganz einfach, weil man am Zeitgeist vorbeilebt, wenn man weder einen vollgestopften Terminkalender noch ein stressbedingtes Nervenleiden hat.«

Sie lacht.

»Granny, ich weiß nicht, was ich tun soll.«

»Aber ich weiß es.«

Ich bleibe am Fenster stehen und greife nach dem Zollstock. »Und was?«

»Morgen gehst du erst mal los und suchst dir einen Job. Irgendeinen. Ganz egal was.«

»Wie, egal was?«

»Es muss einfach nur ein Job sein, der dir ein bisschen Geld bringt. Vielleicht in einem Hotel.«

»Das ist es!«, sage ich sarkastisch. »Ich bewerbe mich als Zimmermädchen in einem Luxushotel, und da treffe ich dann meinen Traummann!« Ich denke kurz an Jennifer Lopez in *Maid in Manhattan,* und dann frage ich mich, wie mir diese Uniform wohl stehen würde. »Granny, das ist ein grandioser Plan. So werde ich es machen.«

»Es geht nicht darum, einen Traummann zu finden, Claire, es geht um die Freiheit, die dir das Geld eröffnet.«

Ich setze mich aufs Fensterbrett.

»Ich kann dir nicht versprechen, dass du heiraten wirst, und ich weiß auch nicht, ob du je Kinder bekommst, aber ich bin mir sicher, dass das der richtige Weg ist.«

»Ich habe Angst davor, eines Tages mutterseelenallein zu enden … in einer Wohnung mit vierzig Katzen.«

Ich spüre Tränen in meine Augen steigen.

»Claire, ich war achtundvierzig Jahre lang verheiratet und habe vier Kinder zur Welt gebracht, und trotzdem bin ich jetzt allein ... Letzten Endes sind wir alle allein.«

»Falls du mich damit aufbauen wolltest, es hat nicht geklappt«, murmle ich.

»Wenn man sich selbst genügt, ist es nicht schlimm, allein zu sein.«

Wenn man sich selbst genügt. Könnte ich mir je genügen? Und wenn ja, wie?

»Such dir eine Arbeit«, wiederholt Granny liebevoll. »Und dann mach jeden Tag etwas, was du noch nie getan hast. Oder etwas, wovor du dich fürchtest. Setze deine Grenzen neu.«

»Wenn das so einfach wäre.«

»Ich befürchte, das sind die Dinge, die wirklich wichtig sind, nie.«

»Das wäre aber schön.«

»Claire, mein Mädchen, in dir schlummern Talente und Wünsche, von denen du noch gar nichts weißt oder die du im Laufe der Jahre vergessen hast. Jetzt hast du die Chance, dich wieder an sie zu erinnern.«

»Ach, Granny«, sage ich und atme hörbar ein. »Magst du nicht vielleicht zu mir in den Schrank ziehen? Mit dir könnte das ganz nett werden.«

Sie lacht auf. »Das ist ein gutes Stichwort, das bringt mich nämlich zum eigentlichen Grund meines Anrufs zurück.« Sie macht eine kurze Pause. »Brauchst du etwas? Vielleicht ein bisschen Geld für den Start? Oder Möbel?«

»Das ist lieb, Granny, aber bis auf ein Bett und eine Kleiderstange bekomme ich hier sowieso nichts rein.«

»Hast du das Bett denn schon?«

»Noch nicht, aber ich fahre in den nächsten Tagen mal zu IKEA.«

»Das ist nicht nötig. Ich möchte dir das Bett aus dem Gästezimmer schenken.«

»Was?«, frage ich lauter als nötig. »Nein.«

»Liebling, ich wohne hier ganz alleine in einem riesigen Haus voll mit Mobiliar, das ich nicht brauche. Und du ziehst in einen begehbaren Schrank mit Fenster und brauchst ein Bett.« Sie macht eine kurze Pause. »Was wäre also naheliegender?«

»Cooles Wortspiel, Granny.«

»Danke.« Sie lacht warm und brüchig. »Edgar fährt noch heute eine Lieferung nach New York und könnte das Bett gleich mitnehmen.«

»Wer ist Edgar?«

»Ein Freund von mir. Er ist Schreiner und hat einen Anhänger.«

»Ich weiß das wirklich zu schätzen, aber das Gestell ist bestimmt zu groß.«

»Ich habe es abgemessen. Es sind 2,28 mal 2,28 Meter. Bekommst du das in deinen Schrank?«

»Ehrlich? Nur 2,28 Meter? Das Bett kam mir immer riesig vor.«

»Du warst ja auch noch ziemlich klein, als du darin geschlafen hast.«

Ich erinnere mich daran, wie gern ich darauf herumgesprungen bin. Und wie ich aus den Daunendecken Höhlen gebaut habe. Immer, wenn ich in diesem Bett lag, kam ich mir vor wie eine Prinzessin. Granny hat sich abends neben mich gesetzt und mir Geschichten vorgelesen. Ich habe in meiner Kindheit fast jeden Sommer bei meinen Großeltern verbracht, und jedes Mal wollte ich am Ende nicht mehr nach Hause. Ich weiß noch genau, wie traurig Mom war, als ich sie mit acht einmal gefragt habe, ob ich nicht für immer bei Granny bleiben könnte. Sie hat natürlich nein gesagt, was ich ziemlich doof fand. Damals habe ich das nicht kapiert. Und auch nicht, warum sie geweint hat. Es hatte schließlich nichts mit ihr zu tun. Bei Granny war ich einfach glücklich. Ich war frei und unbeschwert und voller Träume. Damals hatte ich auch keinen Plan, und es war mir scheißegal.

»Kriegst du das Gestell durch die Türen?«, bricht Grannys Stimme in meine Gedanken. »Man kann es nämlich nicht zerlegen, nur die Beine abschrauben.«

Ich denke kurz nach. »Na ja, der Schrank hat hohe Doppeltüren, das sollte also gehen, und ohne die Beine dürften wir es leicht schräg auch durch die anderen Türen bekommen.«

»Sehr gut. Edgar wäre gegen acht bei dir. Ich hoffe, du hast ein paar Freunde, die dir helfen können. Zu zweit werdet ihr dieses Ungetüm nämlich niemals tragen können.«

Es klopft an der Tür, und Danny steckt den Kopf herein. Er kommt lächelnd auf mich zu und stellt ein großes Glas Eistee auf das Fensterbrett. Die Eiswürfel klirren sommerlich.

»Ich habe Freunde«, sage ich und forme ein lautloses *Danke* mit den Lippen. Danny antwortet mit einem Zwinkern. »Ich hoffe, ich kann dich bald mal besuchen kommen.«

»Das wäre schön. Aber erst einmal suchst du dir einen Job.«

»Ist gut, das mache ich.«

»Und schick mir ein Foto, wenn das Bett an seinem neuen Platz steht. Ich habe jetzt nämlich auch so ein Telefon.«

»Im Ernst?«, frage ich lachend.

»Ja, Edgar hat es mir gekauft.«

»Scheint ja ein netter Kerl zu sein, dieser Edgar.« Ich schmunzle.

»Er ist nur ein Freund.«

»Na dann – ich schicke dir das Bild, sobald das Bett steht, Granny.«

»Pass auf dich auf, mein Schatz.«

»Du auf dich auch.«

Stairwell to hell.

Wir haben gerade das schwerste Bettgestell der Welt acht verdammte Stockwerke nach oben gehievt! Edgar, Danny, June, Sarah und ich. Jetzt bin ich tot. Meine Muskeln brennen, und meine Knie zittern wie die eines neugeborenen Fohlens. Ohne Sarah hätten wir das nicht gepackt. Sie wohnt fünf Etagen unter uns und versteht sich ziemlich gut mit Danny. Als sie unser elendiges Ächzen und Stöhnen im Flur gehört hat, ist sie uns zu Hilfe geeilt. Da war ich kurz vorm Heulen. Jetzt – eine Stunde später – steht mein Bett im Wandschrank und gibt mir das Gefühl von Unerschütterlichkeit. Es ist wie eine Festung aus Holz und Daunendecken. Wir haben es echt geschafft. Und es hat uns geschafft. In jeder denkbaren Hinsicht. Ich dachte, June würde Danny umbringen, wenn er ihr noch ein paar hilfreiche Tipps geben würde, wie sie das Bettgestell besser um die Ecke tragen könnte. Aber sie hat ihn leben lassen. Und bis auf einen eingeklemmten Zeigefinger und eine kleine Schürfwunde sind wir alle unversehrt. Ich wollte Edgar und Sarah als kleines Dankeschön zum Essen einladen, aber Edgar wollte nicht zu spät nach Hause fahren, und Sarah war bereits zum Abendessen verabredet.

Ich könnte ihr ein paar Muffins backen und sie ihr dann vor die Tür stellen. Wenn ich raten müsste, würde ich sagen, sie ist der »Lemon Cream Cheese Muffin«-Typ. Aber ohne Zuckerguss, einfach pur und saftig. Ich mache mir eine geistige Notiz und hoffe, dass ich in der kommenden Woche daran denke, die Zutaten zu kaufen. Und eine neue Muffinform. Meine ist nämlich in London geblieben. Es ist ein trauriger Gedanke, dass sie nie wieder jemand benutzen wird, aber auch nicht so traurig, dass ich Jeremy deswegen anrufen und ihn darum bitten würde, sie mir nach New York zu schicken.

Edgar ist gerade gefahren. Ich wollte ihm etwas Geld geben, wenigstens für die Fahrtkosten aufkommen, aber er hat es nicht angenommen. Er hat nur gesagt: »Du bist Elaines Enkelin.« Bei der Art, wie er ihren Namen gesagt hat, hätte ich am liebsten schmachtend geseufzt. Er ist ein echt feiner Kerl. Manchmal habe ich den Eindruck, die gibt es nur in der Generation 70 plus. Wie in dieser Nancy-Meyers-Komödie, wo Robert DeNiro den kultivierten Witwer spielt, der als Praktikant in einer total angesagten Agentur anfängt. Ein toller Film. Ungefähr so ist Edgar auch. Ich habe ihn zu einer schnellen Tasse Kaffee überredet und ihm wenigstens ein paar Sandwiches für die Fahrt gemacht.

Jetzt ist er weg. June duscht, Danny kocht, und ich hänge kopfüber in einem blau-weiß gestreiften Damastüberzug. Solche Bettwäsche würde mich in den Ruin stürzen, aber Granny schläft nur in so was. Sie ist der Meinung, dass man sich keinen besseren Luxus leisten kann. Und dank ihr kann ich das jetzt auch, denn sie hat Edgar nicht nur das Gestell inklusive Matratze mitbringen lassen, sondern zusätzlich auch noch zwei Daunendecken, zwei Kopfkissen und drei Garnituren Bettzeug eingepackt.

Als ich mit dem Überziehen fertig bin, stehe ich vor einem Meer aus Federn. Es sieht aus wie eine Nachspeise, in der man schlafen kann. Ich mache ein Foto und schicke es an Granny. Nicht einmal eine Minute später schickt sie mir gefühlte siebenundvierzig Smileys zurück. Was ist es nur mit alten Menschen und Smileys?

»Trainers? June?«, ruft Danny durch den Flur. »In fünf Minuten gibt es Essen.«

In diesem Moment liebe ich mein Leben. Ich liebe den Duft von gutem Essen, ich liebe die beiden Menschen, mit denen ich hier wohne, und ich liebe es, dass ich hier meinen Platz gefunden habe. Das ist ein völlig neues und gleichzeitig altvertrautes Gefühl.

»Oh, Dan, das war verdammt lecker!«, sagt June und wischt sich mit dem Handrücken über den Mund. »Wie soll ich bitte überleben, wenn du weg bist?«

»Noch bin ich ja nicht weg.« Er streckt sich. »Außerdem hast du jetzt Claire.« Danny schaut zu mir. »Im Vergleich zu ihren Koch- und Backkünsten bin ich ein trauriger Versager.«

»Blödsinn«, antworte ich und winke ab.

June setzt sich abrupt auf. »Erinnert ihr euch noch an diese legendäre Gemüselasagne, die ihr am College immer zusammen gemacht habt?«

»Klar«, sagt Danny, »wie könnte ich die vergessen?«

»Habt ihr das Rezept noch?«, fragt June hoffnungsvoll.

»Also, ich nicht, aber du doch bestimmt, Trainers?« Er grinst mich an. »Die Frage ist nur, ob du es in deinen drei Millionen Rezepten findest.«

Ich konnte nie etwas wegschmeißen, das mit Backen oder Kochen zu tun hatte. Das war ein richtiger Zwang. Ich war am College öfter in der Gemeinschaftsküche als in den Vorlesungen. Dementsprechend sind auch meine Noten ausgefallen. Dafür waren meine Muffins campusweit berühmt. Ein paar meiner Kommilitonen meinten sogar, dass ich eine eigene Bakery eröffnen sollte. Damals war ich noch wahnsinnig genug, selbst daran zu glauben.

»Du hast sie doch noch, oder?«, bricht Dannys Stimme in meine Gedanken.

»Soll das ein Witz sein? Natürlich habe ich sie noch! Ich hab sie sogar abgetippt.«

»Nicht schlecht.« Er nickt anerkennend. »Was war der Anlass? Nein, warte, ich weiß es … du wärst sonst in Papier erstickt?«

»So ähnlich«, sage ich ausweichend, weil ich nicht zugeben will, dass meine Kochbücher und die drei Millionen Ausdrucke und zerfledderten Seiten aus Magazinen Jeremy in den Wahnsinn getrieben haben. Es waren wirklich viele, und unsere Wohnung war echt klein. Nach einem riesigen Streit, in dem er gedroht hat, meinen ganzen Scheiß anzuzünden, habe ich angefangen, alle Rezepte an meinem Laptop abzutippen und abzuspeichern. Es ist nicht mehr so charmant, aber es ist verdammt praktisch. Und es hat mir meine Flucht nach Hause im wahrsten Sinne des Wortes erheblich erleichtert.

Danny steht auf und nimmt unsere Teller vom Tisch. »Was hältst du davon, wenn wir die Lasagne am Wochenende machen?« Er sieht mich an. »Du und ich, so wie in alten Zeiten.« Es ist komisch, das aus seinem Mund zu hören. Wie ein Seitenhieb, der vermutlich gar keiner war.

»Okay«, sage ich und lächle. »Und wann?«

»Lass uns Freitag nach der Arbeit einkaufen gehen. Kochen tun wir dann am Sonntag. Deal?«

»Nach welcher Arbeit?«, frage ich bitter.

»Vergiss den Teil.«

Kurz frage ich mich, warum er nicht den Samstag vorgeschlagen hat, sage aber nur: »Okay, Deal.«

»Was spricht gegen Samstag?«, fragt June.

»Da haben wir vage etwas mit Freunden ausgemacht.« *Wir.* Danny ist Teil eines Wir-Paares? Das darf er nicht sein. Das wäre schrecklich.

»Okay, dann Sonntag.« June klatscht. »Yay! Das wird der Hammer.«

»Ja, das wird bestimmt toll«, sagt Danny und stellt die Teller in die Spüle. Er dreht sich zu mir um. »Ich freue mich, wenn Cassy und du euch kennenlernt.« Er schaut mich an, und ich weiß nicht, ob er erwartet, dass ich etwas dazu sage. Aber was soll ich dazu groß sagen? O ja? Ich mich auch? Juhu? »Es ist spät. Ich geh dann mal ins Bett.« Danny nickt mit dem Kopf zum Flur. »Gute Nacht, ihr zwei.«

»Gute Nacht.«

Auf Spurensuche.

Ich kriege Cassy nicht aus dem Kopf. Mein Verstand malt ihr das Gesicht und den Körper einer Göttin. Ich versuche, nicht an Danny und an damals zu denken. Ich versuche, wieder in meinen Happy Place zu finden, aber ich scheine die Karte verloren zu haben. Und letztlich tue ich das, was der moderne Mensch eben so tut, wenn er Antworten sucht. Ich gehe zu Facebook. Aber da Danny und ich bei Facebook nicht befreundet sind, weil wir es die letzten Jahre im echten Leben auch nicht waren, ist sein Profil für mich fast leer. Ich sehe so gut wie nichts. Vor allem keine Fotos von Cassy – dem eigentlichen Grund meines Besuchs. Alles, was ich angezeigt bekomme, sind drei Profilbilder und sein Beziehungsstatus, und den kannte ich bereits. Ich klicke mich durch seine Fotos. Die ersten beiden sind ziemlich nichtssagend, aber das dritte ist toll. Ich betrachte es, und mein Herz schlägt schneller. Danny blickt ernst in die Kamera. Er ist in einem Lokal, und in seinen Augen schimmert das Kerzenlicht. Sein Haar ist frisch geschnitten und sein Kinn glattrasiert. Es muss ein besonderer Anlass gewesen sein, denn er trägt ein schwarzes Hemd und ein Sakko. Ich speichere das Bild auf meinem Schreibtisch, dann klicke ich mich durch seine Freundesliste. Ich finde Cassy sofort, aber ihr Profil ist hermetisch abgeriegelt. Ganz toll. Da gibt es so viel moderne Technik und ich kann trotzdem nichts über die dumme Kuh herausfinden. Gerade als ich meinen Laptop frustriert zur Seite schieben will, entdecke ich den Namen Sarah Hawks und klicke darauf. Das ist eindeutig die Sarah von vorhin. Ohne weiter darüber nachzudenken, biete ich ihr die Freundschaft an, dann scrolle ich mich durch ihre Einträge. Zwei einsame Fotos von Konzerten, sonst nichts. Als ich das Browserfenster gerade schließen will, bemerke ich unter ihrem Profilbild einen Link, der auf einen Blog verweist. *One girl's music box.* Ich klicke darauf und lese den neuesten Eintrag.

Song: IRONIC
Interpret: ALANIS MORISSETTE
Es gibt Songs, da ist es die Melodie, die einem eine Gänsehaut über den ganzen Körper jagen lässt. Die ersten paar Takte und man hält bei dem, was man gerade tut, fast ehrfürchtig inne, lauscht der Musik aus den Boxen oder den Kopfhörern und begibt sich, dank der Musik, auf eine Reise, die man nie geplant hat.
Und dann wiederum gibt es Songs wie diesen, der einen mit den Lyrics so eiskalt erwischt, einen bestimmten Punkt in unserem Innern trifft und längst vergessene Erinnerungen wieder zum Leben erweckt. Ein Fahrticket zu einer Zeit in unserem Leben, an die wir so lange nicht mehr gedacht haben und die uns ein melancholisches Lächeln ins Gesicht zaubert. Die besten Erinnerungen sind noch immer solche, die man fast vergessen hat und bei denen wir die Hilfe von Musik brauchen, um den Staub von damals wegzupusten. Urplötzlich sehen, schmecken und fühlen wir die Dinge von damals so, als würden sie direkt noch einmal passieren – nur viel langsamer, im Takt der Musik, passend zu den Textzeilen, damit wir sie intensiver als damals erleben können. Ein Geschenk, das wir viel zu selten auspacken. Ich bin diesem Song so unendlich dankbar, denn ich habe diese Erinnerung – auch wenn sie in meinem Fall eher schmerzhaft ist – schon viel zu lange nicht mehr besucht. Vielleicht schenkt euch dieses Lied ja auch einen Trip in eure Vergangenheit, an einen besonderen Ort, zu einem besonderen Men-

schen oder hilft euch dabei, gerade jetzt, in diesem Moment, eine besondere Erinnerung einzufangen, die ihr in der Zukunft wieder besucht.
Bis zum nächsten Musiktipp,
eure Sarah

Unter dem Text ist ein eingebettetes Video. Ich drücke auf *Play*. Als die Melodie beginnt, spüre ich augenblicklich die Gänsehaut. Die Erinnerungen kriechen über meinen Körper, und Tränen sammeln sich in meinen Augen. Dieses Lied lief vor vielen Jahren bei einer Party. Es war ein ganz normaler Abend – bis ich die falsche Entscheidung getroffen habe. Danny und ich haben die ganze Zeit herumgealbert. Alles hat gepasst. Die Stimmung, die Sterne und wir. Ich wollte ihn küssen. Alles in mir wollte ihn küssen. Aber etwas in mir hat mich davon abgehalten, und ich habe den Moment verstreichen lassen. Im Nachhinein glaube ich, dass es richtig gewesen wäre. Doch jetzt ist es zu spät. Ja, es ist ironisch. Ziemlich sogar.

Freitag. Dreizehn Tage Single.
Dear Diary.

Liebes Tagebuch,

das ist mein erster Tagebucheintrag seit Jahren, und seit diesem letzten Eintrag ist viel passiert. Wenn ich ehrlich bin, weiß ich gar nicht, wo ich anfangen soll. Vielleicht damit, warum ich wieder anfange, Tagebuch zu schreiben. Oder damit, dass ich in Junes begehbaren Wandschrank gezogen bin. Ja, ich bin wieder in den Staaten. Jeremy ist Geschichte und ich wieder allein. Ein Teil meines Lebens ist so, als wäre ich nie weg gewesen - das wöchentliche Abendessen bei Mom und Dad zum Beispiel -, andere sind völlig anders - dass Josh sich verlobt hat.

Vielleicht setze ich am besten genau da an. Am vergangenen Dienstagabend. Da war ich mit Josh und Alison bei Mom und Dad. Das Essen war gut, aber die Stimmung so unterkühlt, dass es mich wunderte, dass ich meinen Atem nicht als Nebelschwade über den Tisch habe schweben sehen. Wir hatten uns echt bemüht. Jeder hat sein breitestes Lächeln getragen wie ein Festtagsoutfit. Und genau so hat es sich angefühlt: ziemlich unbequem und ziemlich weit weg von ansteckend. Apropos: Nat und Bill und die Kinder waren nicht da, weil Hazel Bronchitis hatte. Eigentlich ein Segen, aber das bedeutete nun mal auch, dass kein Kinderlärm das Schweigen zwischen uns übertönen konnte. Es war teilweise so laut, dass es den gesamten Raum gefüllt hat. Ab halb zehn habe ich Josh mit Blicken angefleht zu fliehen.

Auf dem Weg zur Tür hat Mom mir einen Karton in die Hand gedrückt und mich gefragt, ob ich nicht ein paar meiner Sachen für mein neues Zimmer haben möchte. Erst dachte ich, es wäre eine latent aggressive Aufforderung, meinen gesamten Kram mitzunehmen, wenn ich schon nicht bei ihnen wohnen will, aber im Nachhinein glaube ich, dass Mom mir eigentlich damit sagen wollte, dass sie nicht mehr sauer auf mich ist. Ich glaube ja, sie ist zu sehr damit beschäftigt, Alison nicht zu mögen, um auch noch meinetwegen verärgert zu sein. Mom hat mir ein paar meiner Lieblingsbücher, Duftkerzen und die große Teetasse mit den goldenen Streublümchen eingepackt. Zu Hause habe ich festgestellt, dass ganz unten in dem Karton auch meine alten Tagebücher lagen. Im ersten Moment wollte ich sie nicht anfassen, ein bisschen so, als wären sie verflucht, aber dann habe ich angefangen, darin zu blättern und mich dann komplett darin verloren. Ich habe stundenlang gelesen, einen Eintrag nach dem anderen, und da ist es mir klargeworden: Solange ich denken kann, habe ich lieber unter jemandem gelitten, als allein zu sein. Diese Erkenntnis hat mich getroffen wie ein Faustschlag. Ich meine, das war fast wie ein Hobby. Die Erinnerungen in meinem Kopf haben sich im Zeitraffer abgespielt. In nur einer einzigen Nacht habe ich die Zusammenfassung meines bisherigen Liebeslebens gesehen. Ein Mosaik, das leider zum Großteil aus Verletzungen besteht.
Ich habe gelesen, bis die Sonne aufgegangen ist. Dann habe ich mich auf die Feuertreppe gesetzt und geweint. Keine Ahnung, wie lange, aber eine Weile. Ich habe mich gefragt, ob ich zu den Menschen gehöre, die leiden müssen, um sich selbst zu spüren. Ob ich weiß, wer ich bin, wenn es mir niemand sagt. Ohne männlichen Spiegel. Oder überhaupt irgendeinen Spiegel. Ich wäre gerne einfach nur Claire und wünschte, das würde mir reichen.
Der erste Schritt auf dem Weg zu mir ist ein Job. Und um ganz sicherzugehen, habe ich sogar zwei. Ab morgen kellnere ich jeden Samstagabend in einer ziemlich coolen Bar zwei Blocks die Straße runter. Sie

heißt The Gym und gehört einem Typen, der auch im Knights wohnt -
was ehrlich gesagt der einzige Grund ist, warum ich den Job habe.
June hat neulich abends einfach so bei ihm geklingelt - obwohl ich
sie sicher eine Stunde lang angefleht habe, es nicht zu tun - und ihn
dann ohne Umwege gefragt, ob er nicht vielleicht noch eine Kellnerin
brauchen könnte. Ich stand eine Etage höher wie angewurzelt im Flur
und habe mich gefühlt wie damals, als meine Freundinnen und ich
uns noch gegenseitig verkuppelt haben, weil wir viel zu viel Angst
davor hatten, uns persönlich eine Abfuhr zu holen. June hat mich
diesem Andrew verkauft, als wäre ich eine Jungfrau auf dem Bazar:
»Claire sieht wirklich gut aus. Und sie ist sexy. Verdammt sexy sogar.
Glaub mir, sie wird dir gefallen.« Ich glaube, es hat nicht viel gefehlt
und sie hätte ihm meine Körbchengröße verraten. Andrew hat gelacht -
es war ein angenehmes, warmes Lachen -, und dann hat er zugesagt.
Einfach so.
Eigentlich wäre das toll. Wenn June nicht vergessen hätte anzumerken,
dass ich eine total talentfreie Zone bin, wenn es um mehrere volle
Gläser auf nur einem Tablett geht. Ich habe keinen Gleichgewichts-
sinn. Es grenzt an ein Wunder, dass ich gehen kann. Dementsprechend nervös bin ich. Und das nicht nur, weil ich an manchen
Tagen zwei linke Hände habe, sondern weil ich das Gefühl nicht los-
werde, dass ich viel zu uncool für diesen Laden bin. Ich wette,
Andrew wird enttäuscht sein, wenn er mich sieht. Er wird mich mit
diesem »Und Sie sind?«-Blick anschauen, und dann werde ich ihm
sagen, dass ich Junes Freundin Claire bin, und er wird seufzend
nicken, weil ich leider so gar nicht zu Junes Beschreibung passe.
Aus diesem Grund habe ich mir vorsichtshalber noch einen zweiten
Job gesucht. Seit Mittwoch arbeite ich in einem kleinen Programmkino
hier um die Ecke. Ich bin fünf Tage die Woche für jeweils vier Stunden
dort. Mom würde sagen, es fordert mich nicht genug, aber genau das
gefällt mir. Es ist völlig anspruchslose Arbeit ohne Zukunft. Abgesehen
davon mag ich die Filmauswahl. Sie zeigen dort ziemlich viele euro-

päische Filme, und mittwochs läuft in der Spätvorstellung sogar die Rocky Horror Picture Show - wenn das mal kein Zeichen ist. Ich war bisher zwei Mal dort, und es macht wirklich Spaß. Vielleicht, weil Leute, die ins Kino gehen, meistens gut gelaunt sind. Oder weil ich nicht denken muss. Oder aber weil niemand etwas von mir erwartet. Ich verkaufe einfach nur Popcorn und reiße Karten ab, und wenn der Film losgeht, schleiche ich mich in die Vorstellungen. Mir ist klar, dass das nichts für die Ewigkeit ist, aber ich will auch nichts für die Ewigkeit. Alles, was ich brauchte, war ein Anfang. Und den habe ich jetzt. Seit ein paar Tagen bin ich wieder ein Mensch mit einem - kleinen - Einkommen und einer Adresse. Mein Schrank ist vollständig eingerichtet, ich habe eineinhalb Jobs und fast so etwas wie einen Lebenswillen. Ich habe ein Bett und eine Kleiderstange mit zwei Regalbrettern darüber - die nur deswegen so gut halten, weil Danny sie für mich aufgehängt hat - und ein Rollo, das ebenfalls er aufgehängt hat. Es ist dunkelblau und wirklich schön, aber leider auch wirklich durchsichtig. Etwas, das mir blöderweise erst aufgefallen ist, als es schon hing. Naja, einen Vorteil hat die Sache: Ich werde früher wach. Der Nachteil ist, dass man von draußen alles sehen kann, was ich tue - was meistens jedoch gar nichts ist.

Seit vorgestern habe ich anstelle der nackten Glühbirne, die baumelnd von der Decke hing, sogar eine Lampe. Es ist ein kleiner und ziemlich kitschiger Kronleuchter mit geschliffenen Glaskristallen, die im Licht wunderschön funkeln. Als die Sonne vorhin tief genug stand, haben ihre Strahlen viele kleine Regenbögen an die Wände geworfen, und es hat sich ein bisschen so angefühlt, als säße ich auf einer Wolke. Passend zum Moment habe ich »Lucy in the Sky with Diamonds« angehört und an Danny gedacht. An ihn und mich und den Joint auf dem Dach seines alten Autos. Und in genau dem Augenblick hat er an meiner Tür geklopft und mir eröffnet, dass er eine Lösung für mein Tisch-Problem gefunden hat. Das war nämlich neben der Deckenlampe die eine Sache, die mir noch gefehlt hat:

ein Platz zum Schreiben und Zeichnen. Ich dachte, mir würde das Fensterbrett ausreichen, aber es ist leider nicht tief genug; was mich aber nicht davon abgehalten hätte, es weiter als Schreibtisch zu nutzen. Aber dann hatte Danny eine Idee. Er meinte, man könnte Regalbretter am Fußende des Bettes anbringen. Erst habe ich nicht verstanden, was er meint, doch nachdem er es mir kurz skizziert hatte, war ich begeistert. Zwischen dem Fußende des Bettgestells und der Wand zu seinem Zimmer war gerade genug Platz für die nötige Tiefe der Regalbretter. Es war Millimeterarbeit, aber es hat geklappt. Jetzt kann ich im Schneidersitz auf der Matratze sitzen und schreiben. Seit einer Stunde hängen sie, und seit einer halben schreibe ich. Und neben dem Platz zum Arbeiten habe ich auch noch ein bisschen Stauraum für meine Farben und Stifte. Und für die Bücher und Kerzen und das ganze Zeug. Eben war mein improvisierter Tisch nur eine Idee, jetzt ist sie Realität. Ich hatte vergessen, dass so etwas so schnell gehen kann. Ich kannte es die letzten drei Jahre immer nur so: Ich bitte Jeremy darum, sich um etwas zu kümmern, was er mir murrend verspricht, aber sofort wieder vergisst. Ich erinnere ihn siebenundneunzig Mal daran, was ihn zur Weißglut treibt, aber leider nicht genug, um es sich zu merken, geschweige denn, es tatsächlich zu tun. Mit Jeremy war alles eine endlos scheinende Diskussion, und zu guter Letzt habe ich mich entweder selbst darum gekümmert oder es ist nie passiert. So wie mit dem Schuhschrank, den ich vergangenes Jahr für uns bestellt habe. Der steht noch immer originalverpackt bei ihm im Keller.

Kopfschüttelnd greife ich nach meinem inzwischen lauwarmen Kaffee und trinke einen großen Schluck. Das nächste Lied setzt ein, und ich muss automatisch lächeln. Ich kann nicht sagen, wie oft ich »Other Man« von Jimi Charles Moody gehört habe, seit ich ihn auf Sarahs Blog entdeckt habe, aber ich glaube, manche Lieder gehen einem einfach nie auf die Nerven. Ich frage mich, von wem er da singt. Und ich frage mich, ob er sie irgendwann einmal bekommen hat.

Es gibt Frauen, für die Männer Lieder schreiben. Vor Liebe und Sehnsucht triefende Texte, in denen sie sich nach ihnen verzehren. Ich gehöre nicht zu diesen Frauen. Ich war drei verdammte Jahre lang mit einem Songwriter zusammen und habe es nicht in ein einziges Lied geschafft. Ab und an habe ich mich heimlich gefragt, ob das etwas zu bedeuten hat, aber niemals ihn. Ich nehme an, ich hatte Angst, dass ich die Antwort nicht mögen könnte. Ich bin wohl kein Song-Material. Und auch kein Special-Thanks-Material. Ich war eine stinknormale Lebensabschnittspartnerin.

Mein Blick schweift nach draußen. Der Himmel färbt sich rot und lila, und im gegenüberliegenden Gebäude brennen die ersten Lichter. Ich schaue auf die Uhr.

Bald kommt June nach Hause. Mit Danny und ihr zusammenzuwohnen, ist wie eine seltsame Zeitreise in eine Version meiner Vergangenheit, die es so nie gab. Gestern zum Beispiel haben wir Erdbeereis gemacht und danach stundenlang Poker gespielt. Etwas, das wir am College kein einziges Mal getan haben – weder das mit dem Eis noch das Kartenspielen. Trotzdem hat es sich angefühlt wie ein Déjà-vu. Ich liebe es, wenn wir abends in der Küche sitzen – oder seit neuestem in meinem Bett – und reden und lachen. Ich liebe es, wenn wir miteinander kochen und June uns beim Essen von ihrem neuen Boss erzählt. June ist IT-Expertin und macht den ganzen Tag hochkomplexe Dinge, von denen sie sagt, dass sie gar nicht hochkomplex sind. Wie auch immer. Jedenfalls hat sie jetzt einen neuen Boss. Anfang vierzig, dominant, cholerisch und damit genau Junes Typ – auch wenn sie das niemals zugeben würde. Sie glaubt, dass es ihm Spaß macht, sie zu quälen. Und ich glaube, dass es ihr Spaß macht, von ihm gequält zu werden.

Junes Leben ist wie eine Seifenoper, die total süchtig macht. Es passt zu dieser Stadt. Aufregend, schillernd und dreckig-glamourös. Ich könnte ihr ewig zuhören. Und das nicht nur, weil sie weiß, wie man Geschichten erzählt, sondern weil ihre Geschichten erzählenswert sind. Gestern haben June und ich uns nach dem Abendessen in mein Bett gekuschelt, eine Flasche billigen Rotwein getrunken und geredet. Eigentlich hat nur sie geredet, aber es war schön, ihr zuzuhören. Anfangs war Danny noch mit dabei, aber dann musste er telefonieren. Cassy scheint auch viel zu erzählen zu haben. Na ja. Nach Junes Soap haben wir uns dann noch den Anfang von der Nicht-Zeichentrick-Version von Cinderella angeschaut und sind dabei eingeschlafen.

Ja, ich mag meinen begehbaren Schrank. Es ist erstaunlich, wie schnell man sich an einem Ort wohl fühlen kann, der vor kurzem noch völlig fremd war. Aber das tue ich. Ich fühle mich zu Hause. Nicht einmal Jamies Aura kann daran etwas ändern. Ab und zu schwebt das Wissen, dass meine Zimmerdecke sein Fußboden ist, wie ein Damoklesschwert über mir, und mir entgeht auch nicht die Ironie, dass ich der Fußboden bin. Aber ich muss zugeben, dass sein Schatten nicht einmal annähernd so dunkel und beängstigend ist, wie ich befürchtet hatte. Je länger unser peinlicher Feuertreppen-Zwischenfall her ist, desto mehr fühlt es sich so an, als hätte ich das alles nur geträumt. Vielleicht habe ich das ja? Immerhin habe ich ihn seitdem nicht wiedergesehen. Vielleicht sah dieser nackte Typ ihm einfach nur verdammt ähnlich? Und wusste rein zufällig meinen Vor- und Nachnamen. Wohl eher nicht. Aber das spielt keine Rolle. Jamie und ich sind lange her und genauso lang vorbei.

Außerdem habe ich es schon eine ganze Woche geschafft, ihm nicht über den Weg zu laufen, was vielleicht auch damit zu tun hat, dass ich grundsätzlich die Treppen nehme - das ist sehr gesund und bringt mich jedes Mal fast um - und zur Arbeit und zum Einkaufen nicht einfach nur zu Fuß gehe, sondern fast jogge. Sollte ich Jamie dennoch eines Tages unterwegs begegnen, werde ich ihm einfach fest in die Augen schauen, freundlich hallo sagen und mich dann mit erhobenem Haupt und durchgedrücktem Rücken davonmachen. In der Theorie klingt das ganz einfach, ich befürchte allerdings, dass es in der Realität nicht ganz so ablaufen würde. Wahrscheinlicher ist, dass ich ihn anstarre und völlig bewegungsunfähig vor ihm stehe wie ein Reh im Lichtkegel eines Autos. Wahrscheinlicher ist, dass ich kein Wort herausbekomme und ich, wenn mein Fluchtinstinkt nach dreihundert Jahren endlich mal einsetzt, schreiend wegrenne.

Solange ich also davon ausgehen muss, dass ich zu einem souveränen Hallo nicht in der Lage bin, nehme ich eben Umwege. Zu Hause bleiben ist nämlich keine Option. Immerhin bin ich zuständig für die Einkäufe, und ich glaube kaum, dass Danny und June Verständnis dafür hätten, dass ich die Wohnung nicht verlassen kann, weil ich mich zu sehr davor fürchte, Jamie im Flur zu begegnen. Ich muss also raus. Das war der Deal: Ich zahle keine Miete, dafür gehe ich für uns einkaufen und halte Küche und Bad sauber. Das ist ein verdammt guter Deal für New York. Fast so gut wie eine mietpreisgebundene Wohnung. Also stelle ich mich meinen Ängsten, nehme Treppen und Umwege und tue das, was mir am schwersten fällt: Ich lebe in den Tag hinein und arrangiere mich mit den Fragezeichen, die wie Felsmassive in der Zukunft auf mich warten. Wer weiß? Vielleicht liegt mir Klettern ja. Vielleicht ist das ja eines von meinen geheimen Talenten, von denen Granny gesprochen hat.

Ich greife nach der Karte, die auf dem Regal neben dem Bett steht, klappe sie auf und betrachte Grannys altmodische Schrift. Die geneigten, filigranen Linien. *Claire-Liebes, Du wohnst vielleicht in einem Schrank, aber Du wirst schlafen wie eine Prinzessin.* So ist es. Ich schlafe genauso wie damals in den vielen Sommern, als ich klein war und noch keine Sorgen hatte. Und auch noch keinen Plan.

Ich habe die Stadt, die niemals schläft, direkt vor der Tür und mein Märchenbett im Knights Building als Refugium. Diese Wohnung ist wie eine rettende Insel mitten in Manhattan. Wer hätte das gedacht? Am Ende meines Tunnels ist doch ein Licht. Es ist warm und hell und schön. Ich gebe es ja wirklich nur sehr ungern zu, aber es geht mir gut. Und das obwohl ich nicht weiß, was kommen wird. Obwohl ich mal wieder verlassen wurde. Und obwohl Jamie gerade einmal dreieinhalb Meter über mir wohnt.

Das gerade ist der Beginn einer neuen Ära. Die Claire, die diese Zeilen hier schreibt, ist eine Claire ohne Mann. Eine Claire, die auf dem Weg vom College bis in die Gegenwart irgendwie vergessen hat, dass es eine Claire ohne Mann überhaupt gibt. Eine Claire, die nicht mehr weiß, wovon sie einmal geträumt hat, und die sich unbedingt daran erinnern will. »Write hard and clear about what hurts.« Das soll Hemingway gesagt haben und immerhin war der wirklich klug.

Ich weiß nicht, ob es einen Masterplan gibt, und ich weiß auch nicht, ob das mit Jeremy kaputtgehen musste, damit ich endlich meinen eigenen Weg gehe. Aber ich glaube, dass man manchmal alles abstreifen muss, was man nicht mehr braucht, und sich das zurückholen muss, was einem die ganze Zeit gefehlt hat. Danny zum Beispiel. Und mehr Zeit mit June. Und neue Erinnerungen.

Ich bin mitten in New York – nicht mehr knapp daneben! Ich bin wie eine Zelle in einem riesigen Organismus. Vielleicht noch nicht ganz angekommen, aber auf dem besten Weg dorthin. Irgendwie ist alles anders, aber irgendwie auch nicht. Danny, June und ich sind dieselben geblieben und haben uns doch verändert. Der neue Danny ist viel zu vergeben, die neue June zu sehr Single, und die neue Claire hat keine Ahnung, wer sie ist. Aber das Gefühl zwischen uns ist dasselbe. Daran hat sich nichts geändert.

Heute Abend lerne ich Cassy kennen, und darauf könnte ich gut verzichten. Aber mal ganz ehrlich – wie schlimm kann sie schon sein?

Please kill me.

Ich hasse Cassy. Ich kann sie nicht ausstehen. Sie ist witzig, hat einen tollen Modegeschmack und sieht aus wie eine mysteriösere Version von mir. Ihr Haar ist auch braun, aber heller und länger, ihre Augen sind groß und leuchten golden wie Bernsteine, und ihr Lachen ist angenehm, laut und ansteckend. Das alles ist schlimm, aber damit könnte ich noch leben. Womit ich aber nicht leben kann, ist, dass sie ausschließlich Schwarz trägt. Das ist meine Farbe! Klar weiß ich, dass ich kein alleiniges Recht darauf habe, aber in meinem Kopf habe ich es eben irgendwie doch. Und ein Teil von mir scheint zu denken, dass das auch für Danny gilt.

Früher lag sein Arm um meine Schultern, jetzt liegt er um ihre. Früher habe ich ihn zum Lachen gebracht, jetzt tut sie das. Zugegeben, Danny und ich waren immer nur Freunde, aber ich war trotzdem die Frau in seinem Leben. Die, die ihm wichtig war. Jetzt ist sie es. Und als wäre es nicht schon grausam genug, dass wir denselben Kleidungsstil haben und Cassy sich meinen besten Freund unter den Nagel gerissen hat, ist June auch ganz begeistert von ihr. Ich habe also noch nicht einmal jemanden, mit dem ich hemmungslos über sie herziehen kann. Cassy hat meinen Platz eingenommen, und es macht leider nicht den Eindruck, als wäre sie nur ein Platzhalter. Cassy hat nicht vor zu gehen. Ich wurde ersetzt.

Danny lächelt mich an. Er ist stolz, dass die Frau an seiner Seite seine Freundin ist. Die Art, wie er sie ansieht, sagt mir, dass sie die eine ist und ich immer nur die andere war. Sein Blick findet meinen, und in diesem Moment wird mir klar, warum er sich nie wieder bei mir gemeldet hat. Er hat eine verbesserte Claire gefunden. Eine Claire, die er nicht nur richtig gern hatte, sondern die er auch noch richtig gern flachlegen wollte.

»Was ist mit dir?«, fragt Cassy in meine Richtung und streicht dabei scheinbar gedankenverloren mit den Fingerspitzen über Dannys Handrücken. »Was sind deine Pläne?«

Sie klingt interessiert, aber der argwöhnische Teil in mir denkt sofort, dass sie dieses Thema nur anspricht, weil ich keine habe. Ich straffe die Schultern und sage: »Es gibt keine.«

»Im Ernst?« Sie klingt erstaunt.

»Im Ernst.«

»Das ist mutig.«

»Was daran ist bitte mutig?«

»Also, ich würde total durchdrehen, wenn ich am Ende einer langen Beziehung in den Wandschrank einer Freundin ziehen müsste und keine Ahnung hätte, was als Nächstes kommt.«

Ich würde ihr gerade am liebsten die Augen auskratzen. Oder ihr sagen, dass das ganz schön viel Meinung für so wenig Ahnung ist. Oder beides. Doch ich tue weder noch. Ich lächle nur und antworte ungerührt: »Ich mag den Schrank.«

»Darauf trinke ich«, sagt June grinsend und streckt mir ihre Flasche entgegen. »Mein Schrank ist dein Schrank.« June und ich lachen.

Danny prostet uns zu, und sogar Cassy stößt mit uns an, doch der Ausdruck in ihren Augen sagt klar und deutlich, dass sie mich für eine totale Versagerin hält. Ich frage mich, warum mich das kümmert. Aber das tut es. Leider.

Zweieinhalb Stunden später weiß ich mehr von Cassy, als mir lieb ist. Ich weiß von ihrem ach-so-tollen Notendurchschnitt, davon, wie stolz sie darauf ist, dass Danny vom New York Magazine unter die zehn besten Illustratoren des Landes gewählt wurde – etwas, das er mir vorsichtshalber erst gar nicht erzählt hat –, und ich habe erfahren, wie fantastisch Cassy tanzt. Ich dachte, sie wäre einfach nur eine kleine Studentin aus San Francisco, aber das ist sie nicht. Natürlich nicht. Cassy ist Solistin an der *San Francisco Ballet Company*. Wenn man dem Beschreibungstext der Internetseite Glauben schenken darf, *eines der vielversprechendsten Talente, die sie dort je unterrichten durften*. Ich habe natürlich – Masochist, der ich bin – noch am selben Abend nach Videos von ihren Auftritten gesucht und gleich Dutzende gefunden. Cassy in New York, Cassy in San Francisco, Cassy in Paris. Cassy überall. Sie ist nicht einfach nur gut, sie ist großartig. Sie tanzt nicht nur die Hauptrolle, sie *ist* die verdammte Hauptrolle. Und das nicht bloß im Ballett, sondern auch in Dannys Leben. Ich wette, sie ist der Wahnsinn im Bett. Biegbar wie eine Brezel mit einer Haut wie Milch und Honig. Sie ist das große Los, und Danny hat es gezogen. Das sollte mich doch freuen. Ich meine, er ist mein bester Freund. Aber es freut mich nicht. Es freut mich kein bisschen. Die Wahrheit ist, mich hat selten etwas weniger gefreut. Und dabei ist es mir scheißegal, wie perfekt ihre Pirouetten sind. Ich mag Cassy nicht. Weder sie noch ihre nervige Angewohnheit, Danny die ganze Zeit anzufassen. Als hätte sie einen verdammten Tick. Sie hat ihn die ganze Zeit gestreichelt, so als wäre er ihr Haustier. Im Dezember sind Danny und Cassy eineinhalb Jahre zusammen und genauso lang auch unzertrennlich – vielleicht nicht immer räumlich, dafür aber emotional –, O-Ton Cassy. Noch so eine Information, die ich nicht gebraucht hätte. Was ist es nur mit glücklichen Paaren, dass sie andauernd über ihre beschissenen Beziehungen reden müssen? Das will kein Mensch hören. Niemand will wissen, wie glücklich alle anderen sind. Am allerwenigsten ich. Der Gipfel war aber, als sie gesagt hat, dass

Danny und sie nie streiten. Sie hat wortwörtlich gesagt: »Danny und ich streiten nie.« Als würde sie das zu besseren Menschen machen. Kurz dachte ich, sie macht nur einen Scherz, aber es scheint zu stimmen, denn Danny hat genickt. Wer streitet bitte nie? Alle streiten doch mal. *Wir nicht.* O-Ton. Als wäre erst das das *Prädikat wertvoll* für eine gute Beziehung. Können zwei Menschen überhaupt richtig guten Sex haben, wenn sie niemals streiten? Kann denn die Kombination von zwei Körpern so richtig explosiv sein, wenn ansonsten alles streitlos und harmonisch vor sich hin plätschert? Und warum bekomme ich bitte beim Gedanken an Danny und Sex eine verdammte Gänsehaut? Das bin nicht ich. Ich denke nicht so. Jedenfalls nicht in Bezug auf ihn. Und falls ich es doch einmal gedacht habe, hätte ich es nicht zugegeben. Danny ist nicht mein Typ. Und ich nicht seiner. Aber wenn das stimmt, warum kann ich dann nicht aufhören, an ihn zu denken? Und warum habe ich vorhin im Bad heimlich an einem seiner getragenen T-Shirts gerochen? Das habe ich nie getan. Und ich hätte, weiß Gott, viele Möglichkeiten dazu gehabt.

Jetzt, drei Stunden später, sitze ich auf meinem Bett und versuche – ziemlich erfolglos, nebenbei bemerkt –, unser Abendessen in *Psycho* zu vergessen. Doch ich erlebe es in Endlosschleife. Ich sehe Cassy dabei zu, wie sie Danny am Arm berührt. Und am Rücken. Und an der Wange. Ich sehe ihr dabei zu, wie sie ihm durchs Haar streicht, den Kopf an seine Schulter lehnt und ihn liebevoll in die Halsbeuge küsst. Was für eine verdammte Klette.

Der schlimmste Augenblick des Abends war aber, als Cassy seine Hand genommen und gesagt hat: *Danny ist der Richtige für mich. Der eine. Daran habe ich keinen Zweifel.* Wie kann sie daran keinen Zweifel haben? Ich zweifle immer und an allem. Und warum hat sie das überhaupt erzählt? Macht man das etwa so? Und wieso zum Teufel habe ich bitte nach drei Jahren Beziehung einen Schlussstrich, und sie hat Danny? Das ist doch nicht fair.

Sie kennt ihn ja noch nicht einmal. Also, zumindest nicht so, wie ich ihn kenne. *Du meinst wohl eher kannte.* Okay, auch gut. Dann meine ich eben *kannte*. Es ist wirklich ein Witz. Sogar die Stimme in meinem Kopf hat sich auf Cassys Seite geschlagen. Nicht mal auf die eigenen Stimmen ist mehr Verlass.

Ich lehne mich zurück und lasse mich in die Decken sinken. Die Glaskristalle des Lüsters funkeln. Ich bin hellwach. Und hungrig. Ich hatte mich richtig auf den Burger gefreut, aber dann hat mir Cassy mit ihren blöden Streichelattacken den Appetit verdorben. Während ich wütend vor mich hin geköchelt habe, wurde der Burger vor mit kalt. Und am Ende wollte ich ihn nicht mehr. Seine Konsistenz hat mich irgendwie angewidert. Ich glaube, der Einzige, der noch weniger gegessen hat als ich, war Danny.

Danny ist der Richtige für mich. Der eine. Daran habe ich keinen Zweifel. Während sie das gesagt hat, hat sie mich angesehen. Ob das ein Zufall war? Bestimmt. Was sollte es auch sonst gewesen sein? Es war wohl kaum eine Warnung. Sie hat schließlich keinen Grund, mich zu warnen. Ich bin keine Konkurrenz. Und auch gar nicht interessiert. Ich hätte Danny haben können, lange bevor es sie gab. Das hätte ich. Also … vielleicht. Wir hatten mehr als genug durchwachte Nächte mit zu viel Alkohol und knisternden Blicken. Na gut, wenn ich ehrlich bin, waren es nur ein paar, und sie sind auch schon ziemlich lange her, aber es gab sie. Und es gab Funken. Nur, dass ich die lieber ignoriert habe.

Es ist zwei Uhr morgens, und mein Magen knurrt wie ein wütender kleiner Hund. Ich sollte mir etwas zu essen machen, aber ich will nicht aufstehen. June ist in der *Gym* – der Bar, nicht dem Fitness-Center –, und Danny und Cassy sind vor Ewigkeiten *nach nebenan* gegangen. Cassy hat es geschafft, diese beiden Worte so sexy klingen zu lassen, dass ich ihr am liebsten unter dem Tisch einen Tritt versetzt hätte.

Ich wette, er vögelt sie gerade. Ich wette, sie haben den Sex des Jahrhunderts. Warum bin ich bloß zu Hause geblieben? Warum habe ich nicht einfach die Flucht ergriffen, als ich die Chance dazu hatte? Ich hätte mit June weggehen können. Ich hätte mir die Bar genauer anschauen können, in der ich morgen anfange zu arbeiten. Ich hätte Spaß haben und mich betrinken können. Und was mache ich? Ich liege hier, starre an die Decke und lasse mich von Elton John beschallen, damit ich Cassys multiple Orgasmen nicht mit anhören muss. Diese Kopfhörer isolieren übrigens wirklich gut. Das muss man ihnen lassen. Ich höre nichts.

Eine halbe Stunde später treibt mich der Hunger letzten Endes aus meinem Bau. Ich schleiche barfuß durch Junes Zimmer und weiter durch den Flur. Die Kopfhörer lasse ich auf. Ich durchforste jeden Winkel der Küche nach etwas Essbarem. Ich suche überall. In den Küchenschränken, dem Regal, dem Kühlschrank. Es gibt drei Millionen Dinge, aber nichts, was ich haben will. Nichts. Rein gar nichts. Ich will gerade das Erdbeereis, das wir gestern gemacht haben, aus dem Gefrierfach holen, als ich im Augenwinkel eine Bewegung wahrnehme, erschrocken zur Seite springe und mir die Hand an der offenen Kühlschranktür stoße. Mein Herz hämmert gegen meine Rippen, als wollte es sie brechen.

Danny steht mit erhobenen Händen und großen Augen im Türrahmen. Ich sehe, dass seine Lippen sich bewegen, höre aber nur, wie Elton John zum drei Millionsten Mal »Tiny Dancer« singt. Ich reiße mir die Kopfhörer von den Ohren.

»Fuck, Trainers, tut mir leid!«, sagt er und versucht, sich ein Lachen zu verkneifen. »Ich wollte dich echt nicht erschrecken. Ich habe Geräusche aus der Küche gehört und mich gefragt, ob du vielleicht auch noch Hunger hast.« Er macht eine Pause. »Immerhin hast du deinen Burger vorhin kaum angerührt.« Bei dem Stichwort *Burger* zieht sich mein Magen laut knurrend zusammen. Danny grinst. »Wie wäre es mit Brokkoli-Cheddar-Toasts?«

Das Sandwich ist so gut, dass ich es mit geschlossenen Augen esse. Es schmeckt ganz genauso wie in meiner Erinnerung. Der geschmolzene Käse zieht Fäden, und der Brokkoli macht die Sache so grün, dass ich mir dieses Essen fast als gesund verkaufen kann. Knoblauch, Olivenöl, knusprig-krosses Brot und Cheddar. Köstlich. Es geht doch nichts über die Kombination aus Fett und Kohlenhydraten. Vor allem mitten in der Nacht.

»Und? Gut?«

Ich öffne die Augen, nicke begeistert und seufze genussvoll. Danny lacht. *Gott, ich habe sein Lachen so vermisst.* Wir sehen einander an. In seinem Blick schimmert noch der Hauch eines Lächelns. Seine vollen Lippen glänzen fettig, und dieser Anblick macht mich ganz plötzlich entsetzlich nervös. *Was ist nur los mit mir?* Ich schaue schnell weg und nehme mir noch ein weiteres Grilled-Cheese-Sandwich, hauptsächlich, damit meine Hände etwas zu tun haben. Ich spüre, dass er mich ansieht, und schaue zu ihm hinüber. Sah er wirklich schon immer so gut aus? Unmöglich. Aber was, wenn doch? Was, wenn meine destruktiven Gefühle für Jamie und Julian einen Negativ-Filter auf ihn gelegt haben? Kann das sein? Bin ich einem Filter auf den Leim gegangen, weil ich Angst hatte, dass sonst unsere Freundschaft kaputtgeht? Jamie und Julian waren beide wirklich heiß. Und auch Jeremy hatte einen gewissen Sex-Appeal – auch wenn das bei rötlich blondem Haar nur schwer vorstellbar ist. Aber sie waren kein Vergleich zu dem Mann, der gerade neben mir sitzt. Keiner von ihnen. Nicht mal Jamie. Ich betrachte Dannys Oberarme, seinen Hals und den Kiefer.

»Trainers?«

Ich schrecke zusammen. »Hm? Was?«

»Ist alles okay?«

»Ja. Klar.«

»Jeremy-Gedanken?«

Ähm, nein. »Ja, auch.«

»Dieser Idiot ist es gar nicht wert, dass du über ihn nachdenkst.«

»Ich weiß.«

»Aber das tust du.«

Oder ich gebe es vor. »Ja, das tue ich.«

Danny mustert mich. »Ich verstehe immer noch nicht, warum du mit ihm zusammengeblieben bist.«

»Vermutlich, damit man nicht sagen kann: *Seht her! Ein Mann mehr, mit dem es nicht geklappt hat.*« Es entsteht eine kurze Pause. »Wenn ich ganz ehrlich bin, wollte ich einfach zu jemandem gehören.«

Es erstaunt mich, wie leicht es mir fällt, das vor ihm laut auszusprechen. Normalerweise gestehe ich mir das nicht einmal vor mir selbst ein. Nicht mal dann, wenn ich getrunken habe.

»Ich verstehe, was du meinst.«

»Wirklich?«

»Ja, wirklich«, entgegnet er. »Ich begreife nur nicht, warum du zu einem Kerl wie *ihm* gehören wolltest.«

»Wen meinst du jetzt? Jeremy?«

Er nickt. »Ich meine, warum bist du überhaupt mit ihm zusammengekommen? Der Typ ist ein Idiot.«

Ich atme tief ein und erinnere mich an den Jeremy, der nach New York gekommen ist, weil er naiv genug war, an die unbegrenzten Möglichkeiten zu glauben. Er war pleite, verloren und gut im Bett. Wir hatten Spaß zusammen. Nach ein paar Wochen ist er zu mir in mein winziges Apartment in New Jersey gezogen. Wir haben nie darüber gesprochen. Es kam nie zu einem ernsten Gespräch, es ist einfach passiert. Aber das Glück wollte sich nicht einstellen. Weder bei seiner Musik noch bei uns. Zumindest nicht dauerhaft. Anfangs hat Jeremy New York die Schuld gegeben, dann kamen die Selbstzweifel und nach eineinhalb Jahren letzten Endes die Erkenntnis, dass es an der Zeit war, wieder nach London zurückzukehren, weil Jeremys Möglichkeiten leider eben doch begrenzt waren. Ich weiß nicht mehr, ob er mich explizit gefragt hat, ob ich mit ihm gehen will. Hat er je gesagt: »Claire, bitte komm mit mir?« Oder habe ich es nur zwischen den Zeilen gelesen? Keine Ahnung. Fakt ist, ich habe es getan. Ich habe einen Großteil meiner Sachen entsorgt oder verpackt und bin in ein Flugzeug gestiegen. Alles, was von meinem alten Leben übrig war, ist in zwei Kartons gelandet und die dann im Keller meiner Eltern. Und ich bin mit Jeremy und meinem kleinen schwarzen Koffer nach England gegangen. Würde ich es wieder tun? Keine Ahnung. Würde ich es gern rückgängig machen? Nein. London war großartig, und ich weiß nicht, ob ich mir ohne Jeremy meinen Traum, nach Europa zu gehen, je erfüllt hätte. Vermutlich nicht. Wie auch immer. Wir sind mit dem Rucksack durch England, Frankreich, Italien und Deutschland gereist. Wenn ich es mir recht überlege, waren wir eine Weile eigentlich doch ziemlich gut zusammen. Aber mit der Zeit wurden es zu viele Gigs und zu viele Fans und zu viele Entschuldigungen, die nichts wert waren, weil wir beide wussten, dass es wieder passieren würde. Ein Kerl wie Jeremy braucht die schönen Augen. Er braucht die Bühne und das schummrige Licht. In dieser Parallelwelt ist er ein *Star*. In unserer gemeinsamen Wohnung war er einfach nur Jeremy. Ein ziemlich durchschnittlicher Kerl mit rötlich blonden Haaren, den er ganz tief in sich drin nicht sonderlich mochte. Ein Typ mit einer nervigen Freundin, die zu hohe Ansprüche an ihn stellt und es nicht einsieht, ihm einen Orgasmus vorzutäuschen, nur um sein angeknackstes Ego zu streicheln.

»Komm schon, Trainers«, unterbricht Danny meine Gedanken. »Nenn mir nur einen Grund.«

Ich zucke mit den Schultern. »Ich war einsam. Und er war da.« Ich weiche Dannys Blick aus und spiele mit meinen Fingern. »Weißt du, er ... er hat mich zum Lachen gebracht. Und er hat mich gern zum Lachen gebracht.« Ich zucke mit den Schultern. »Ich mochte seinen Humor. Er war britisch und eigentlich zu viel ... manchmal richtig boshaft. Aber ich mochte das.« Ich mache eine Pause und schaue kurz zu Danny hinüber. »Also, zumindest solange seine Boshaftigkeit nicht in meine Richtung ging.«

Als ich Dannys durchdringenden Blick bemerke, schießt mein Puls unerwartet in die Höhe und ich von meinem Stuhl.

»Was ist? Ist alles okay?«

»Doch, ja, ich habe nur Durst.« Ich zeige auf den Kühlschrank. »Willst du auch was?«

»Nein danke.«

Ich hole mir eine Flasche Wasser, öffne sie und trinke einen großen Schluck.

»Er hatte also Humor.«

»Das dachte ich zumindest«, antworte ich und setze mich wieder neben ihn. Ich spüre die Wärme seines Arms, der neben meinem auf der Tischplatte liegt. »Aber eigentlich hat er immer dieselben Witze gemacht.« Ich schüttle resigniert den Kopf. »Manche davon waren verdammt lustig, aber eben leider nur die ersten vier Male.«

Danny schmunzelt und befeuchtet sich die Lippen, und ich ignoriere, wie extrem mein Körper auf diesen Anblick reagiert. Ich schaue zwischen seinem Mund und seinen Augen hin und her wie ein paralysiertes Huhn.

»Was ist?«, flüstert Danny. »Woran denkst du?« Was soll ich darauf sagen? Wie es wäre, dich jetzt zu küssen? Oder wie du mich anfasst? Oder was passiert wäre, wenn ich dich damals am College einfach geküsst hätte? »Trainers?«

Was sage ich denn jetzt? Ich räuspere mich. »Ich glaube, ich weiß, warum ich bei Jeremy geblieben bin.«

»Warum?«

»Weil es in unserer Gesellschaft besser ist, *überhaupt* eine Beziehung zu haben als gar keine. Sogar dann, wenn sie schlecht ist.«

Das ist zwar nicht das, was ich eben gedacht habe, aber es ist trotzdem die Wahrheit. Es ist eine davon. Und sie hat nichts mit seinen Lippen zu tun. Danny mustert mich ein paar Sekunden lang, dann nickt er. Es ist kein Höflichkeitsnicken. Es ist ein Nicken, das mir sagt, dass er wirklich versteht, was ich meine.

»Ich glaube, Jeremy und ich wollten wirklich, dass das mit uns beiden funktioniert, aber ein eiserner Wille allein reicht eben nicht aus.«

»Verdammt, Trainers, hör auf, so zu tun, als hättest du etwas falsch gemacht. *Er* hat *dich* betrogen.«

»Ich weiß.«

»Mehrmals.«

»Ja«, sage ich, »ich weiß.«

»Warum zum Teufel bist du nicht wütend auf ihn?«

»Ich war wütend, Danny, und ich war auch traurig. Und das, was Jeremy getan hat, war falsch, und es hat mich auch verletzt, aber es war nicht der Grund, warum es auseinandergegangen ist.«

»Sondern? Was war es dann?«

»Wir sind an einer Million Kleinigkeiten gescheitert. Es war alles und nichts. Und irgendwann gab es keinen Ausweg mehr. Jeremy und ich sind an Alltäglichkeiten und Langeweile gescheitert.«

Danny sieht mich an, und mein Herz schlägt viel zu schnell dafür, dass ich eigentlich nur dasitze und mich nicht bewege.

»Dieser Kerl war nicht der Richtige für dich«, sagt er leise, und ich muss lachen.

»Ich glaube langsam nicht mehr, dass es den für mich gibt.«

»Klar gibt es den.«

»Ja, genau.«

»Es gibt ihn. Ich weiß es.«

Ich versuche, seinem Blick auszuweichen, aber ich schaffe es nicht. Mein lautes Schlucken durchdringt die Stille.

»Und woher?«

»Claire, du siehst verdammt gut aus, bist intelligent und du hast Humor.«

»Ich weiß, das ist nett gemeint, aber ich sehe sicher nicht verdammt gut aus«, sage ich kopfschüttelnd. »Ich glaube, du verwechselst mich da mit June.«

»Trainers, glaub mir ... du siehst verdammt gut aus. Okay?«

Ich verdrehe die Augen und seufze.

»Man muss mir vielleicht keine Tüte über den Kopf stülpen, um meine Anwesenheit zu ertragen, aber verdammt gut? Ich bitte dich.«

»Du hast etwas von einem Manga-Comic.«

»Was?!« Ich lache laut los. »Das ist doch Quatsch.«

»Nein, ist es nicht«, entgegnet er vollkommen ernst. »Und glaub mir, Männer stehen auf Manga-Comics.«

»Ja, vielleicht wenn sie siebzehn sind«, antworte ich, »aber die wenigsten bleiben dabei.«

»Die, die Geschmack haben, schon.«

Er nimmt meine Hand. Danny hat bestimmt schon zehntausend Mal meine Hand genommen, aber noch nie hatte ich deswegen so eine Gänsehaut.

»Trainers, Frauen wie du machen Männern Angst.«

»Ach ja?«, frage ich ungläubig. »Was an mir ist bitte furchteinflößend?«

»Bei Frauen wie dir haben Kerle Angst davor, nicht gut genug zu sein.«

Ich schnaube abschätzig. »Komm schon, Danny, das sind genau die Lügen, die Freunde sich gegenseitig erzählen, damit sie sich nicht mehr ganz so beschissen fühlen ... aber es ist nicht wahr.«

»Ich glaube ehrlich, du unterschätzt die Ängste von Männern.«

»Und ich glaube, es ›Ängste‹« – ich setze das Wort mit den Fingern in Anführungszeichen – »zu nennen, ist nichts weiter als ein trauriger Versuch, die Realität zu leugnen.«

»Und die wäre?«, fragt Danny.

»Dass es nicht für jeden den richtigen Menschen gibt.« Es laut auszusprechen, tut unerwartet weh. Es tut so weh, dass ich sofort hoffe, Danny könnte mit seiner Manga-Comic-Angst-Theorie vielleicht doch recht haben.

»Glaubst du das wirklich?«

»Ich weiß langsam nicht mehr, was ich glauben soll. Mal angenommen, du hast recht«, sage ich leise, »und es gibt wirklich für jeden ein Gegenstück, warum bin ich dann allein?«

Danny drückt meine Hand. »Weil du dir immer die falschen Männer aussuchst.«

»Alles, was diese Typen gemeinsam haben, bin ich.«

»Kann schon sein.« Er zuckt mit den Schultern. »Aber von denen war auch keiner der Richtige.«

Ich spüre, wie seine Worte durch meinen Körper fließen. Er muss aufhören, solche Dinge zu sagen. Und er muss aufhören, sie zu meinen. Und vor allem muss er aufhören, mich so anzusehen.

»Das weißt du nicht«, flüstere ich.

»Doch, das tue ich«, flüstert er zurück.

»Und woher?«

»Weil der Richtige dich niemals hätte gehen lassen.«

Ein knarrendes Geräusch im Flur lässt uns abrupt aufschauen. Da steht Cassy. Und sie sieht alles andere als glücklich aus.

Claire de Lune.

Ich liege im Bett und versuche zu schlafen, aber meine Gedanken und der Mond lassen mich einfach nicht. Er leuchtet wie eine überdimensionale Taschenlampe in mein Zimmer, so als wollte er mich ärgern. Ich wende ihm den Rücken zu und kneife die Augen fest zusammen. Aber dahinter warten Danny und sein Lächeln auf mich. Ich sehe sein Gesicht in dreitausend Ausführungen. Von dem eines kleinen Jungen, mit dem ich als Kind Fangen gespielt habe, bis zu dem eines erwachsenen Mannes mit kleinen Lachfältchen und Bartschatten auf den Wangen. Mit verschiedenen Haarschnitten, aber immer mit diesem unverkennbaren Strahlen im Blick.

Ich schlage die Augen auf und die Decke zurück. *Verdammter Mond!* Frustriert rapple ich mich auf und ziehe das Rollo hoch. Sein Licht liegt kalt auf den Häuserfronten wie bei einer Theaterkulisse. Ich nehme die Kopfhörer ab, um das Kabel zu entwirren, als Dannys und Cassys Stimmen durch die Wand in meinen Schrank dringen. Sie reden. Ich verharre reglos vor dem Fensterbrett und versuche, etwas zu verstehen, aber ich höre nur ein unbestimmtes Genuschel. Mein Blick fällt auf mein Fenster. Was ist, wenn Danny seins offen hat? Dann könnte ich vielleicht hören, was sie sagen. Ich öffne den Riegel und schiebe ganz vorsichtig mein Fenster hoch, aber das Einzige, was aus dem Nachbarfenster nach draußen dringt, ist warmes Licht. Plötzlich wird es laut. Es ist nur ein Satz. Vielleicht zwei. Dann höre ich eine gebrummte Antwort und dann nichts mehr. Ich warte angespannt und lausche, aber es bleibt still. Kurze Zeit später geht das Licht aus.

Ich starre an die Wand. Da liegt er. Keine zwei Meter von mir entfernt. Direkt hinter den Regalbrettern. Als Danny sie aufgehängt hat, habe ich so getan, als würde ich etwas suchen, aber in Wirklichkeit habe ich ihm heimlich zugesehen. Ich habe darauf gewartet, dass er sich streckt und dann sein T-Shirt weit genug nach oben rutscht, dass ich dieses kleine Stück von seinem Bauch sehen kann. Diese Linie aus Haaren. *Nein, das ist alles nicht gut. Das ist sogar überhaupt nicht gut.* Ich lege mich hin und decke mich zu. *Gott, wir reden hier von Danny.* Von meinem besten Freund. Von dem Danny, mit dem ich jahrelang in einem Bett geschlafen habe, ohne auch nur einen einzigen unreinen Gedanken zu entwickeln. Bei der Vorstellung, *jetzt* neben ihm zu liegen, wird mir plötzlich schwindlig, und mein Magen krampft sich zusammen. Ich stehe nicht auf Danny. Das habe ich nie. Ja, gut, ich habe zwei, drei Mal geträumt, dass wir Sex hatten – okay, vielleicht auch öfter –, aber das ist lange her und hatte nichts zu bedeuten. Ich halte inne. Was, wenn es doch etwas zu bedeuten hatte? Nein. Hatte es nicht. Ich bin einfach nur übermüdet. Das ist alles. Ich bin übermüdet und einsam. Und Danny hat viele nette Dinge gesagt. Dinge, die ich hören wollte. Er hat sie gesagt, weil wir Freunde sind und weil Freunde das eben so machen. Mehr war es nicht. Danny war einfach nett und ich Post-Jeremy-bedingt empfänglich dafür. Aber wenn das stimmt, warum hoffe ich dann, dass ich mich täusche? Und warum fühlt es sich so an, als würde ich gerade versuchen, mich von einer ziemlich lausigen Lüge zu überzeugen? Denn genau das tut es. Mir bricht der Schweiß aus. Ich will das alles nicht. Ich will einfach nur einschlafen und mich morgen an nichts von alledem erinnern. Ich will da anknüpfen, wo ich mich auskenne. Bei Jeremy. Oder wegen mir auch bei Jamie. Aber ich weiß jetzt schon, dass das nichts wird. Kein Schlaf für Claire. Und kein Reset für mein blödes Leben. Manchmal wünschte ich, man könnte mich einfach auf die Werkseinstellungen zurücksetzen. Mit einem partiellen Gedächtnisschwund wäre ich auch einverstanden.

Wenn man mich vor einer Woche gefragt hätte, woran mein neues Leben scheitern würde, ich hätte auf Jamie getippt. Ich hätte gedacht, dass er zum Problem wird. Na ja, wer weiß, das kann ja noch werden. Ich habe ihn schließlich nur das eine Mal gesehen.

Ich schließe die Augen und konzentriere mich auf meinen Atem. Ein und aus. Ein und aus. Entspann dich, Claire. Alles ist gut. Ich öffne die Augen. Nein, nichts ist gut. Wie soll ich mich mit diesen Gedanken an Danny bitte entspannen? Ich setze mich auf, trete die Decke zur Seite und greife nach meinem Tagebuch. Dann schlafe ich eben nicht.

Ich klettere aus dem Fenster. Die Nacht ist angenehm warm. Als meine nackten Beine das kalte Metall der Feuertreppe berühren, ziehe ich scharf die Luft ein. Ich atme langsam wieder aus, dann setze ich die Kopfhörer auf und suche nach der passenden Musik. Und da ist sie: »Claire de Lune«.

Liebes Tagebuch,

ja, ich weiß, ich hatte gesagt, dass ich nicht mehr über Männer schreiben würde und dass es dieses Mal um mich geht. Und das tut es. Aber ich lebe nun mal nicht in einem männerfreien Raum. Ich lebe ja noch nicht einmal in einer männerfreien Wohnung. Und um genau den Mann geht es auch. Und ja, mir ist sehr wohl bewusst, dass so ein Sinneswandel nach nur einem einzigen Tagebucheintrag ziemlich peinlich ist, aber da wusste ich auch noch nicht, was nur ein paar Stunden später passieren würde. Genau genommen weiß ich noch nicht mal, ob überhaupt etwas passiert ist. Oder vielmehr ob das,

was passiert ist, etwas zu bedeuten hat. Vielleicht hätte ich das nämlich nur gern. Aber warum sollte ich das wollen? Ich meine, wir reden hier von Danny. Meinem Danny. Nur dass er nicht mehr mein Danny ist.
Okay, wo fange ich am besten an? Bei seiner blöden Freundin Cassy? Bei der Tatsache, dass die beiden einfach perfekt zusammen sind? Oder doch lieber bei den Grilled-Cheese-Sandwiches, die Danny vorhin für uns gemacht hat und die genauso geschmeckt haben wie früher? Eigentlich war alles so wie früher. Nur wir nicht. Oder vielleicht auch nur ich nicht. Ich kann nicht aufhören, an ihn zu denken. Wie eine liebeskranke Sechzehnjährige. Vielleicht werde ich jetzt verrückt? Ich habe keine Ahnung, was mit mir los ist. Alles, was ich weiß, ist, dass ich mit kalten Füßen und schweißnassen Händen auf der Feuertreppe sitze und nicht aufhören kann, mich zu fragen, ob das in der Küche nun eine Anspielung war oder nicht.
Aber es kann keine gewesen sein, weil Danny nichts von mir will. Und ich doch auch nicht von ihm. Dafür kennen wir uns viel zu lange. Andererseits hat es sich nicht angefühlt wie ein Satz, den ein guter Freund zu einem anderen sagt. Der Blick hat auch nicht gepasst. Und das Kribbeln in meinem Bauch erst recht nicht. Okay. Der Reihe nach. Danny und ich hatten einen Mitten-in-der-Nacht-Snack wie schon so viele Male zuvor – nur der Küchentisch war ein anderer. Wir haben gegessen und geredet. Alles schien wie immer, aber etwas war ganz anders. Vielleicht ich. Vielleicht bilde ich mir etwas ein, das gar nicht da war. Vielleicht sehe ich Dinge, die ich sehen will? Denn eigentlich war Danny so wie immer. So wie ich ihn kenne. Mit dem Unterschied, dass ich ihn plötzlich völlig anders wahrnehme. Auf einmal ist er nämlich das sexuellste Wesen, das ich mir vorstellen kann. Mit rauer Stimme und muskulösen Oberarmen. Vermutlich hatte er die immer, aber ich habe sie nicht bemerkt. Zumindest nicht so. Jetzt bemerke ich nichts anderes mehr. Liegt das an Cassy? Ist es der Freundin-Faktor? Macht sie ihn sexy? Ist sie die Zutat, die ihm immer

gefehlt hat, um meine volle Aufmerksamkeit zu bekommen? Oder war er vielleicht schon immer so anziehend und ich war einfach nur zu doof, das zu kapieren?

Ich habe so viele Tagebücher vollgeschrieben. So viele Einträge. Seite um Seite habe ich mein Herz ausgeschüttet. Aber nie ging es um Danny. Er war die ganze Zeit da, aber er war nie die Hauptrolle. Er war wie ein Statist, der ab und zu durchs Bild läuft, um die Scherben aufzusammeln, die andere Männer hinterlassen haben. Er hat mich bei der Hand genommen und mich durch meine Alpträume begleitet. Wir waren unzertrennlich, bis wir es dann eines Tages nicht mehr waren. Und jetzt ist er wieder da. Oder ich bin wieder da. Und auf einmal sehe ich ihn ohne Filter. Vielleicht ist es der Abstand. Wie bei einem Monet? Vielleicht war ich immer so nah an ihm dran, dass ich nur die Unordnung gesehen habe? Die vielen Kleckse, die immer ein bisschen wirr und zusammenhanglos auf mich gewirkt haben. Und jetzt, wo er weiter weg ist, kann ich ihn endlich so sehen, wie er wirklich ist.

Jetzt ist er auf einmal der Mann, für den ich nie bereit war. Es waren zu viele unterschiedliche Gefühle, und ich hätte zu viel aufs Spiel gesetzt. Wäre mehr aus uns geworden, hätte ich den Sex dazugewonnen, dafür aber vielleicht unsere Freundschaft verloren.

Ich darf nicht an Sex mit Danny denken. Ich darf auf gar keinen Fall daran denken. Mein Unterbewusstsein hat es sich ausgemalt, aber mein Bewusstsein wollte nichts davon wissen. Und jetzt kann ich plötzlich nicht mehr damit aufhören. Die Vorstellung, mit ihm zu schlafen, setzt meinen gesamten Körper unter Strom. Als wäre ich ein verdammter Zitteraal. Vor allem mein Gehirn. Wie kann man jemanden nach so vielen Jahren plötzlich so unbeschreiblich anziehend finden? Und wie hört man bitte wieder damit auf?

Ich darf Danny nicht so sehen. Und ich muss aufhören zu träumen. Vielleicht bin ich noch nicht alt, aber in Single-Jahren eben auch nicht mehr jung. Ich habe erste Fältchen, und meine biologische Uhr wird auch immer lauter. Aber wo findet man bitte jemanden, mit dem man nicht an der Routine scheitert? Einen Mann, der gut aussieht, aber kein Arschloch ist, und der im besten Fall keine Freundin hat? Wo sucht man nach der Liebe seines Lebens? Ich fühle mich, als wäre ich auf hoher See und um mich herum nichts als unendliche Weite. Kein Hafen in Sicht. Und der Mann, der mir nicht aus dem Kopf gehen will, hat eine verdammte Ballerina mit endlosen Beinen und weniger Neurosen. Alles, was ich zwischen den Zeilen gelesen habe, war vermutlich gar nicht da. Es ist wie in dem Film Er steht einfach nicht auf dich. Ich bin nicht die Ausnahme. Ich bin die Regel. Und Danny ist vergeben. Mehr gibt es dazu eigentlich nicht zu sagen.

Das Erwachen.

Ich habe noch nicht einmal die Augen offen und bin schon mies drauf. Kein Wunder. Immerhin hat mich Cassys blöde Stimme aus dem Schlaf gerissen. Flötend und fröhlich. Dieser Klang ist schlimmer als jeder Wecker. Und dann ging es auch noch ums Joggen. Klar joggt sie. Ich wette, in ihrer Freizeit rettet sie auch noch Wale und organisiert für schwerkranke Kinder Delphin-Schwimmen, wenn sie nicht gerade in Altenheimen vorliest. Dumme Gans. Ich höre, wie die Tür ins Schloss fällt, und wünsche mir, Cassy würde sich verlaufen und nie wieder zurückkommen.

Die Decke liegt auf mir wie ein Klumpen Blei. Ich nehme all meine Willensstärke zusammen, schlage sie zurück und stehe auf. Die Federwärme liegt auf meiner Haut. Ich habe nicht mal fünf Stunden geschlafen, und die fünf Stunden, die ich hatte, waren kein bisschen erholsam. Ich tappe barfuß zur Schranktür und öffne sie. Das war ein Fehler. Der Typ, der zwischen Junes gespreizten Schenkeln kniet, erleidet beinahe einen Herzinfarkt, als er sieht, wie ich verschlafen aus dem Schrank stolpere.

»Fuck! Wer ist das!?«, schreit der Typ und wirft sich in einen Berg aus Daunendecken, um seine Erektion vor mir zu verbergen. Bei diesem Anblick bricht June natürlich in schallendes Gelächter aus, was den Typen noch wütender macht. Unterdessen kann ich mich nicht entscheiden, ob ich lachen, mich vorstellen, schreiend aus dem Zimmer rennen oder einfach wieder in den Schrank flüchten soll – also bleibe ich wie angewurzelt neben dem Bett stehen und starre sie an.

»Das ist meine Mitbewohnerin und beste Freundin Claire«, sagt June, als sie sich wieder eingekriegt hat, dann schaut sie zu mir. »Claire, das ist Pete.«

»Und was hat sie in deinem Schrank zu suchen?!«

»Sie wohnt in dem Schrank.«

»Sie wohnt in dem Schrank?«

»Ja.«

Wäre das ein Film, würde ich jetzt lachen. Aber in der gegenwärtigen Situation ist das total unangebracht, deswegen verlagere ich mein Gewicht von einem Bein aufs andere und deute in Richtung Flur. »Ich ... ich gehe dann mal.«

»Ist gut«, sagt June, zwinkert mir zu und grinst. »Ich komme auch gleich.«

Die Art, wie sie den letzten Satz betont, lässt mich unvermittelt lachen. Niemand, den ich kenne, hätte den Nerv, nach so einer Aktion auch noch einen solchen Scherz zu machen.

»Es war so klar, dass das passieren würde«, sagt Danny lachend, als ich die Küche betrete, »ich hätte nur nicht gedacht, dass es *so schnell* passieren würde.«

»Na ja, es gibt Schlimmeres als eine Erektion am Morgen«, sage ich mit müder Stimme.

Danny wendet sich ab und schenkt dampfenden Kaffee in zwei Tassen. Eine für sich und eine für seine Ballerina. Er macht Frühstück, während sie joggt. Wie ekelhaft. Aber natürlich tut er das. Er ist schließlich der perfekte Freund. Er ist der Typ Mann, der seiner Freundin ein Bircher-Müsli zaubert, während sie ihre perfekten Beine beim Joggen noch perfekter macht.

»Du trinkst ihn doch noch schwarz, oder?«, fragt er und reicht mir eine der beiden Tassen.

»Ich …« Damit habe ich nicht gerechnet. »Ja, tue ich. Danke.«
»Keine Ursache.« Er lächelt mich an. »Hast du gut geschlafen?«
Nicht wirklich. »Ja, sehr. Und du?«
»Ein bisschen kurz, aber gut.« Danny schaut auf die Uhr. »Wir können gleich frühstücken. Cass ist nur kurz joggen.«

Cass. Ich verschlucke mein gehässiges *Ich weiß, sie hat mich geweckt* und sage stattdessen: »June und ihr Typ kommen bestimmt auch jeden Augenblick.«

Wie recht ich damit habe, höre ich, als Danny und ich uns an den gedeckten Tisch setzen und versuchen, das immer lauter werdende Stöhnen aus Junes Zimmer zu ignorieren. Mein Herz schlägt immer schneller, und meine Hände werden feucht. Jede Zelle in meinem Körper will in diesem Moment über Danny herfallen, und die Art, wie er mich ansieht, jagt einen heißen Schauer über meinen Rücken. Mit der einen Hand klammere ich mich an meine Kaffeetasse, mit der anderen spiele ich nervös mit meinem Buttermesser und versuche mir nicht vorzustellen, wie Danny aufsteht, das Geschirr mit einem Wisch auf den Boden schleudert und mich dann auf den Küchentisch wirft.

»Hey, ihr beiden«, bricht Cassy in meine erotischen Tagträume. Erst dringt sie in mein Leben ein und jetzt auch noch in meine Fantasie. Und wann ist sie nach Hause gekommen? Ich muss so in meine Gedanken vertieft gewesen sein, dass ich nicht mal die Wohnungstür gehört habe. Cassy küsst Danny auf die Wange. »Wie ich höre, ist June noch nicht ganz fertig. Dann kann ich noch kurz duschen?«

Er will antworten, aber seine Stimme versagt. Er räuspert sich. »Sicher, kein Problem.«

»Willst du mitkommen?«, flüstert sie, und ich würde ihr am liebsten das Messer in ihren straffen Schenkel rammen.

»Glaub mir, Babe, das würde zu lange dauern«, sagt Danny heiser und lächelt sie an.

Ich bin in der Hölle. Das hier ist meine persönliche Hölle: eingesperrt im Vorzimmer zu Junes Lustgrotte, mit nur einer Wand, die mich von Mr. und Mrs. Perfect trennt. Was habe ich mir nur dabei gedacht? Hier einzuziehen, war selbst für meine Verhältnisse eine blöde Idee. Auf einmal scheint New Jersey gar nicht mehr so schlecht. Alles ist besser als diese Wohnung, in der hinter jeder Ecke ein chemischer Kurzschluss auf mich wartet. Jamie von oben, Danny von hinten und June von nebenan. Nein, das ist zu viel.

»Dann hast du heute deine erste Schicht in der Bar?«, fragt Cassy, und ich nicke artig. »Na, wenn das so ist, sollten wir alle hingehen.« Sie schaut zu Danny. »Als moralische Unterstützung.«

Bitte nicht. Das fehlte noch. Wie die perfekte Cassy mir dabei zusieht, wie ich Cocktails durch die Gegend werfe.

»Das müsst ihr nicht«, sage ich und schaue panisch zu June, in der Hoffnung, dass sie den stillen Protest in meinem Blick erkennt.

»Aber das hat doch nichts mit müssen zu tun«, sagt Cassy samtig und schenkt mir ein perfektes Lächeln. »Das machen wir doch gern ... und abgesehen davon sind wir sowieso fast jeden Samstag dort.« Es sieht so aus, als hätte sie mindestens doppelt so viele Zähne wie ein normaler Mensch. Sie lächelt wie ein Haifisch. »Und für den Fall, dass du total versagst, bist du danach wenigstens nicht allein.«

Das ist keine nette Geste. Im Gegenteil. Cassy will mich nicht unterstützen, sie will nur einen Logenplatz, von dem aus sie mir beim Scheitern zusehen kann. Ich weiß nicht, wie genau ich es so schnell geschafft habe, mich bei ihr unbeliebt zu machen, aber es besteht kein Zweifel. Das Nichtmögen beruht auf Gegenseitigkeit.

»Sie wird nicht versagen«, sagt Danny und zwinkert mir aufmunternd zu.

»Will noch jemand Bacon?« June, Cassy und Pete schütteln die Köpfe. »Was ist mit dir, Trainers?«

»Nein danke. Ich hatte genug.« Und damit meine ich nicht nur Bacon.

»Warum nennst du sie eigentlich Trainers?«, fragt Pete und schiebt sich das letzte Stückchen Toast in den Mund.

»Das ist Cockney-Slang.«

»Das ist was?«, fragt Pete schmatzend.

»Cockney-Rhyming-Slang ... du weißt schon, diese englische Geheimsprache«, entgegnet June, aber etwas sagt mir, dass Pete keinen Schimmer hat, wovon sie spricht.

»Noch nie davon gehört.«

Danny greift nach seinem Handy, tippt etwas ein und sagt: »Hier ... Also, das Prinzip ist eigentlich ganz einfach. Man ersetzt zusammenhangslose Worte, damit Außenstehende nicht verstehen, wovon man spricht.« Ich erinnere mich noch genau an die Vorlesung, in der wir das Thema besprochen haben. Vor allem an Dannys Gesichtsausdruck, als er *Claire Rayners* unter den Beispielen entdeckt hat.

»Da haben wir's ja ... blablabla ... *das Wort, das man ausdrücken will, wird ersetzt durch einen mehrteiligen Ausdruck, der sich auf dieses Wort reimt. In den meisten Fällen (aber nicht immer) wird sogar nur der erste Teil des Reimbegriffs verwendet, wodurch man als Uneingeweihter den Sinn kaum noch erraten kann.*« Er schaut auf und einen Moment zu lang zu mir. »*Claire Rayners* reimt sich auf *Trainers*.«

Pete schaut Danny an, als hätte er den Verstand verloren. Aber Cassy hat es verstanden.

»Ich kapier's immer noch nicht«, nuschelt Pete in Junes Richtung.

»Im Cockney-Slang nennt man Trainingsschuhe, also Trainers, *Claire*.« Danny grinst mich an. »Und ich mache es eben rückwärts und nenne Claire *Trainers*.«

»Okay, jetzt verstehe ich es auch.« Pete nickt. »Das ist ein ziemlich cooler Spitzname.«

»Claire Rayners also«, sagt Cassy kühl und schaut zwischen Danny und mir hin und her, als hätte sie uns bei etwas erwischt. »Ich hatte ja keine Ahnung.« Ihr Lächeln ist eisig. »Na, wenn das mal kein gutes Omen ist.«

»Warum ein Omen?«, fragt Pete, aber alle anderen wissen, worauf sie anspielt.

Danny sieht Cassy tief in die Augen und antwortet: »Weil ich mit Nachnamen Rayners heiße.«

Laute Nacht, grausige Nacht.

Es ist drei Uhr morgens, und ich bin so fertig, dass ich mich kaum noch bewegen kann. Die Menschenmassen drängen sich an den Holztresen, als gäbe es das Bier umsonst, die Musik ist so laut, dass es mich wundert, dass ich noch nicht aus den Ohren blute, und die Stimmung so aufgeladen, als wäre der Bass elektrischer Strom, der durch unsere Adern fließt. Die Tanzfläche ist ein Meer aus Körpern, das sich wie ein einziger riesiger Organismus bewegt. Jetzt verstehe ich auch, warum Andrew seine Kneipe *The Gym* genannt hat. Ich bin schweißgebadet, mein Top klebt an mir wie ein zweite Haut, und ich habe einen Puls von mindestens 140.

»Ist bei dir alles okay, Claire?«, fragt Andrew über den Lärm hinweg.

»Ich lebe noch«, sage ich prustend, während ich zwei Bier aus dem Kühlschrank hinter mir hole.

Er lacht. »Los, mach 'ne Pause.«

Ich wette, das ist ein Test. Ich wette, wenn ich jetzt wirklich eine Pause mache, sagt Andrew mir danach, dass ich für den Job nicht das nötige Rückgrat habe und dass er mich hier nicht brauchen kann. Aber ich brauche diesen Job.

»Geh ruhig fünf Minuten raus. Komm, ich zeig dir den Hof.«
»Es … es geht schon«, rufe ich tapfer.

Er grinst, nimmt mich bei der Hand und zieht mich zu einer Schwingtür am Ende des Tresens. »Sally, übernimm mal Claires Barabschnitt.«

Sie schaut mich kurz an, grinst und sagt: »Geht klar, Boss.«
Warum sieht dieser Job bitte nur bei mir so aus wie eine Nahtoderfahrung? Sallys Stirn, ihre Haare und ihr T-Shirt sind trocken, und ihre Schminke sieht aus wie frisch aufgetragen. Nicht mal ihre Nase glänzt. Ganz im Gegensatz zu meiner. Ich bin klatschnass. So als wäre ich gerade in voller Montur ein paar Bahnen geschwommen. Gott, ich fühle mich wie die Neue bei *Coyote Ugly* – vor allem ugly.

Andrew stemmt sich gegen eine schwere Stahltür, und wir betreten einen kleinen Hof. Die Luft ist kühl und so voll Sauerstoff, dass es sich anfühlt, als würde ich mit dem Gesicht gegen eine Wand rennen. Ich atme schwer.

»Und? Besser?«, fragt Andrew und grinst.

»Tut mir leid«, sage ich und lehne mich erschöpft gegen eine Mauer.

»Das muss es nicht«, antwortet er lachend. »Für den ersten Abend machst du dich gar nicht schlecht.«

Ich schaue ihn so ungläubig an, dass er nur noch mehr lachen muss.

»Ich meine das vollkommen ernst.«

»Ja, genau …«

»Doch, wirklich!«, sagt er und versucht, dabei ernst zu schauen, was ihm aber nicht gelingt. »Das ist ein verdammt anstrengender Job, und man muss sich erst daran gewöhnen.«

»Bei Sally sieht das alles so einfach aus.«

»Sally macht das auch schon über ein Jahr.« Er trinkt einen Schluck Bier. »Glaub mir, in einem Jahr sieht das bei dir genauso einfach aus.«

»Wenn du das sagst«, antworte ich und dehne mein Genick.

Andrew grinst. »Ich *weiß* es.«

Die Tür neben uns geht auf.

»Ah, Jamie, hey.«

Das ist jetzt nicht wahr. Das kann nicht wahr sein. Bitte, bitte, lieber Gott, lass ihn *nicht* hier arbeiten.

»Ich würde sagen, der Laden ist voll.« Jamie hat ebenfalls eine Bierflasche in der Hand. Er trinkt einen Schluck, dann sagt er: »Ich wette, das ist der *Name* ... du glaubst nicht, wie viel Spaß es den Leuten macht, bei Facebook anzugeben, dass sie schon wieder in der *Gym* waren.«

Jamie lehnt sich mit müheloser Lässigkeit an die Hauswand. Ganz der James Dean, der er immer war.

»Also, Kyle und ich kommen mit den Bestellungen jedenfalls kaum hinterher.«

»Ich sage dir das ja wirklich nur sehr ungern, mein Freund, aber ich glaube, das liegt eher an der Zeit, die ihr damit verbringt, Frauen anzumachen«, sagt Andrew und lacht.

Das ist der Moment, in dem Jamie mich bemerkt.

»Ach ja, tut mir leid ... Jamie, das ist Claire, Claire, das ist Jamie.« Wir starren einander an, als hätten wir gerade dieselbe Halluzination. »Claire hat heute ihren ersten Tag.« Schweigen. »Kennt ihr euch?«

Auf Jamies Gesicht breitet sich ein Grinsen aus. Er grinst genauso wie damals. Schelmisch gemischt mit schüchtern. »Und ob wir uns kennen. Claire war meine erste große Liebe.«

»Das ist nicht dein Ernst«, sagt Andrew, als würde er darauf warten, dass Jamie ihm eröffnet, dass er nur einen blöden Scherz gemacht hat. »Echt jetzt?«

»O ja ...« Er nickt langsam und seufzt. »Das, mein Freund, ist die Frau, die mich entjungfert hat.«

»O-kay«, sagt Andrew und nickt mit dem Kinn in Richtung Tür, »ich geh dann mal besser rein ... ihr beide habt bestimmt einiges zu besprechen.«

»Nein«, antworte ich ernst und ziehe energisch die Tür auf, »das haben wir nicht.«

Ich will Jamie die Tür vor der Nase zuschlagen, aber es ist leider eine von diesen saublöden Brandschutztüren, die nur in Zeitlupe ins Schloss fallen. Jamie ruiniert mir meinen neuen Job und diese beschissene Tür meinen Abgang. Ich würde sagen, es läuft.

My next mistake?

»Wer ist das?«, fragt Sally und nickt zu einem Typen, der an meinem Ende der Bar sitzt.

»Keine Ahnung, ich kenne ihn nicht«, rufe ich über die Musik hinweg. »Warum?«

»Weil er dich die ganze Zeit anstarrt.« Sie zwinkert mir vielsagend zu.

Erst denke ich, dass sie mich nur verarscht, aber er starrt mich tatsächlich an. Ziemlich unverhohlen sogar. Ich versuche, mich auf meine Arbeit zu konzentrieren, aber das ist gar nicht so einfach, wenn so ein Typ einen so anschaut.

Er ist in etwa Mitte dreißig, hat mittelblondes Haar, das er in einem Man-Bun trägt – etwas, das ich normalerweise ziemlich albern finde, aber ihm steht das irgendwie –, und einen gepflegten Siebzehn-Tage-Bart. Ich stehe eigentlich nicht so auf den modernen Naturburschen im Karohemd, aber bei diesem Kerl wäre ich durchaus bereit, eine Ausnahme zu machen. Er sitzt lässig auf einem Barhocker, die tätowierten Arme auf den Tresen gestützt. Er trägt ein schwarzes T-Shirt mit weißer Aufschrift und ein breites Grinsen. Vielleicht grinst er so, weil ich so verschwitzt aussehe, als wäre ich direkt aus einem Achtziger-Jahre-Aerobic-Kurs in diese Bar katapultiert worden. Oder aber er grinst, weil mein Kopf so knallrot ist, dass es sogar in diesen Lichtverhältnissen noch auffällt. Ich weiß nicht, ob er mich an- oder belächelt, aber es ist ein nettes Lächeln. Und ziemlich sexy. Er lächelt wie

Danny. Okay, nicht ganz, aber immerhin ein kleines bisschen. Der Bart-Typ prostet mir mit seiner Bierflasche zu, dann trinkt er einen Schluck. Ich möchte ihn anlächeln, aber mein Hass auf Männer und mein Verstand sagen mir, dass ich das lassen soll. Und ausnahmsweise höre ich auf ihn.

»Wenn ich es nicht besser wüsste, würde ich sagen, du findest Bart Simpson da drüben gut?«

Beim Klang seiner Stimme schaue ich so ruckartig nach links, dass ich mir fast das Genick verrenke.

»Was willst du, Jamie?«

»Gar nichts. Ich arbeite nur.«

»Ja«, sage ich und mustere ihn abweisend, »aber *da drüben*.« Ich zeige auf das andere Ende des Ladens.

»Hey, ich wollte dir nur helfen, solange Sally eine rauchen ist«, sagt er und zuckt mit den Schultern, »aber wenn du ihren Abschnitt übernehmen willst, kann ich auch gern wieder gehen.« Er grinst. »Ein Wort von dir genügt.«

Bloß nicht. Er darf mich hier auf keinen Fall allein lassen.

»Du bist hier mehr als willkommen – solange du mich nicht ansprichst.«

»Autsch!« Jamie hält sich die Brust, als hätte ich ihm mit diesem Satz schreckliche Schmerzen zugefügt. Ganz schön daneben, wenn man bedenkt, dass es damals mein Herz war und seine Worte, die es gebrochen haben. Am liebsten will ich ihm sagen, was für ein blödes Arschloch er ist, aber wenn ich das tue, geht er am Ende an seine Bar zurück und ich sterbe in meiner ersten Schicht an einem Herzinfarkt. Also ignoriere ich ihn und schiele einen Moment zu meinem Holzfäller hinüber. Er ist noch da, doch sein Lächeln ist weg. Sein Blick fragt mich, ob zwischen mir und *diesem Kerl* etwas läuft. Ich grinse und schüttle den Kopf. Der Holzfäller lächelt wieder, und ich widme mich meiner nächsten Bestellung.

»Was darf's sein?«

»Zwei Bier.«

Ich bücke mich und ziehe zwei Flaschen aus dem Kühlschrank. Ich spüre, wie der Holzfäller jede meiner Bewegungen mit Blicken begleitet. Wer weiß, vielleicht wird diese Nacht ja doch noch ganz gut. Vielleicht wird sie mehr als gut? Vielleicht wird es die Nacht meines Lebens? Ich meine, könnte doch sein, oder? Vielleicht verlieben der Holzfäller und ich uns ja unsterblich ineinander? Es gibt sie doch immer wieder, diese Geschichten von der Kellnerin, die einen supernetten und bodenständigen Millionär trifft, der toll aussieht und ein schickes Stadthaus direkt am Central Park hat, mit netten Angestellten, einem Fahrer und einem Herz aus Gold. Vielleicht ist mein Holzfäller ja ein Onassis-Enkel? Vielleicht hat er eine Yacht in St. Tropez und ein Anwesen in den Hamptons? Oder er ist ein Start-up-Millionär? Oder ein Gaultier-Model? Ich drehe mich noch einmal nach ihm um, aber plötzlich sehe ich nicht mehr ihn, sondern nur noch diesen Kuss. Danny und Cassy eng umschlungen auf der Tanzfläche. Ich kann nicht sagen, ob gerade nur mein Herz oder meine ganze Welt stehengeblieben ist. Ich spüre nur noch den dumpfen Schmerz ganz tief zwischen meinen Rippen. So muss es sich anfühlen, ungebremst in eine Mauer zu rasen. Natürlich wusste ich, dass er sie küsst, aber doch nicht so! Dieser Kuss ist filmreif. Er ist ein perfektes Zusammenspiel aus Lippen und Zungen und Händen. Eine vollkommene Kombination aus Erotikstreifen und einer epischen Liebesgeschichte.

Und dann ist da plötzlich die Einsicht, vor der ich seit Tagen versuche wegzulaufen. Die Einsicht, die ich nicht haben darf, die sich aber nicht mehr leugnen lässt: Wie unfassbar ich in Danny verliebt bin. Ich liebe ihn. Ich liebe ihn auf eine grauenhaft schöne Art, die mich genussvoll zugrunde richtet. Und vielleicht tue ich das schon viel länger, als ich dachte. Ich möchte wegsehen, aber ich kann nicht. Ich bin wie der Gaffer, der weiß, dass es falsch ist, was er tut, es aber trotzdem nicht lassen kann. Bei diesem Anblick begreife ich, dass ich Danny verloren habe. Vielleicht hat er mir aber auch nie wirklich gehört.

Manchmal kann der Mensch, dem man verfällt, einen nicht auffangen. Und manchmal will er es auch nicht. Manchmal ist es schon zu spät, oder der Zeitpunkt ist einfach falsch. Vielleicht hatten Danny und ich einmal eine Chance, vielleicht auch nicht. Wenn wir sie hatten, haben wir sie verspielt.

Bei diesem Gedanken rutscht eine der beiden Bierflaschen zwischen meinen nassen Fingern hindurch und fällt im abgehackten Stroboskoplicht wie in Zeitlupe zu Boden, wo sie – zusammen mit meinen geheimsten Wünschen und Träumen – in eine Million Stücke zerspringt.

Love hurts.

»Claire? Bist du okay?«

Ich kauere in einem Scherbenhaufen und spüre, wie eine Träne nach der anderen über mein Gesicht läuft. Es sind so viele, dass ich kaum noch atmen kann.

Jamie sucht meine Hände nach Schnittwunden ab. Als er keine findet, zieht er mich hoch und wischt mit den Daumen vorsichtig über meine Wangen. »Hast du dir weh getan?«

Ich presse meine Lippen aufeinander und schüttle den Kopf.

»Ganz sicher?« Ich schaue hoch, und sein Gesicht verschwimmt vor meinen Augen.

»Hey ...« Er schließt mich in die Arme, und ich lasse es geschehen. Ich liege mit dem Gesicht an seiner harten Brust und schluchze wie ein kleines Kind. »Hey, es ist alles okay.«

Ich weiß, dass er weiß, dass das nicht stimmt. Wir haben uns vielleicht aus den Augen verloren und leben völlig verschiedene Leben und vielleicht sind wir sogar geschiedene Menschen, aber Jamie kennt mich trotzdem gut genug, um zu wissen, dass in diesem Moment rein gar nichts okay ist.

Ich habe nicht die leiseste Ahnung, wie ich in den Hof gekommen bin, aber plötzlich stehe ich in der lauen Nachtluft – noch immer in Jamies Armen. Die Sonne geht auf. Ihre Strahlen beenden diese grauenhafte Nacht, und ich bin ihnen dankbar dafür. Gott, was für ein Abend. Und wer hätte gedacht, dass er so enden würde? Ich heulend an Jamies Brust. Direkt neben den Mülltonnen. Ich atme tief durch. Ein und aus. Immer wieder. Meine Augen brennen, aber ich beruhige mich langsam.

»Besser?«

Ich weiche einen Schritt zurück und nicke. »Ja, es geht wieder.«

»Was war das eben?«, fragt er vorsichtig.

»Ich …« Ich zucke unbeholfen mit den Schultern. »Das war gar nichts.«

»Also, das war ganz sicher nicht *gar nichts*.« Jamie greift sanft unter mein Kinn und zwingt mich, ihn anzusehen. »Ich habe dich schon weinen gesehen, aber niemals so.«

Ich lache kurz auf und schiebe ihn weg. »Das sagt gerade der Kerl, wegen dem ich praktisch zwei Jahre lang durchgeheult habe.«

Er starrt mich an. »Du hast was?«

»Nichts. Vergiss es einfach.«

»Nein, Claire, ich vergesse es nicht.«

»Das ist lange her«, sage ich ausweichend.

»Ja, das ist es. Aber ist es wahr?«

»Dass ich dir zwei Jahre lang nachgeweint habe?« Meine Stimme ist kühl, und Jamie nickt. »Ja, ist es.«

Er schließt einen Moment die Augen. »Oh, Claire.«

»*Oh, Claire*?«, frage ich wütend. Sein Blick findet meinen. »Was dachtest du denn? Dass ich einfach so weitermachen würde? Dachtest du, ich komme da ganz locker drüber hinweg?«

Er atmet ein Mal tief ein, dann sagt er: »Ich hatte es gehofft.«

»Arschloch.«

Er hält mich am Arm fest. »Nein, warte, so habe ich das nicht gemeint.«

»Sondern? Wie hast du es dann gemeint?«

»Verdammt, Claire, ich wusste einfach nicht, was ich sonst hätte tun sollen!«

»Was du sonst hättest tun sollen? Sag mal, willst du mich verarschen? Glaubst du etwa, ich weiß nicht, worum es damals ging?«

»Was? Wovon sprichst du?«

»Jetzt tu doch nicht so! Du wolltest deine Freiheit! Du wolltest ohne Freundin ans College gehen!«

»*Das* denkst du von mir?«, fragt Jamie und schaut mich fassungslos an. »Im Ernst?«

»Was sollte ich auch sonst denken, Jamie?« Meine Stimme vibriert. »Du hast nie mit mir geredet! Du hast mir nie einen Grund genannt! Du hast einfach Schluss gemacht! Wenn du mich wirklich geliebt hättest …«

»Ich habe dich geliebt!«, fällt er mir ins Wort und fährt sich verzweifelt mit der Hand durchs Haar.

»Ach ja?«

»Ja!«

»Warum hast du dann nie mit mir gesprochen?« Er weicht meinem Blick aus. »Ich habe dich immer wieder gefragt, was mit dir los ist, ich habe versucht, mit dir zu reden, aber du hast alles abgeblockt!«

»Ja, verdammt, weil ich nicht wusste, wie ich es dir sagen soll!«

»Wie du mir *was* sagen sollst?! Wovon zum Teufel redest du eigentlich?« Meine Stimme hallt durch den Hof, doch er schweigt. Er schaut auf den schmutzigen Asphalt. »Weißt du was, Jamie, du musst es mir nicht sagen. Es spielt ohnehin keine Rolle mehr.«

»Doch, das tut es.«

»Nein, tut es nicht.«

Ich greife nach der Klinke, aber Jamie hält die Tür zu. »Claire, warte.«

Ich drehe mich zu ihm um.

»Was war der Grund?«

»Ich habe den Abschluss nicht geschafft, okay?«

Stille.

»Was?«

»Ja, verdammt!« Er seufzt und schüttelt den Kopf. »Claire, ich bin nie aufs College gegangen. Ich bin in Jersey geblieben und habe das Jahr wiederholt.«

Ich starre ihn an. »*Das* war der Grund? Deswegen hast du uns kaputt gemacht?«

»Das mit uns wäre niemals gutgegangen!«

Ich starre ihn an. »Ach ja?«

»Jetzt komm schon, Claire, neben dir war ich doch immer ein totaler Versager!« Ich will protestieren, aber Jamie hebt abwehrend die Hände. »Ich sage nicht, dass *du* mich so gesehen hast. *Ich* habe mich so gesehen.« Er macht eine Pause. »Und das eigentlich immer.«

»Aber …« Ich kann nicht glauben, was er da sagt. »Aber warum?«

Er schüttelt den Kopf und lächelt. »Keine Ahnung. Aber so war es.« Er fährt sich noch einmal durchs Haar. »Ich habe es wirklich versucht. Ich habe wirklich versucht, der Typ zu sein, den du haben willst.« Er schaut mir tief in die Augen. »Ich wollte jemand sein, auf den du zählen kannst und der in dein Leben passt, aber ich war es einfach nicht. Ich war nicht dieser Kerl. Und auch wenn du es nicht so gesehen hast, ich stand dir nur im Weg.«

»Das stimmt nicht.«

»Doch, das tut es …«

Ich schüttle den Kopf und wische die Tränen weg, die über meine Wangen rollen.

»Willst du mir erzählen, dass du auch dann ans College gegangen wärst, wenn ich dir die Wahrheit gesagt hätte?«

»Ich hätte gerne eine Wahl gehabt.«

»Du hättest mich gewählt.« Jamie mustert mich. »Wenn du gewusst hättest, dass ich den Abschluss wiederhole, dann wärst du mit mir in Jersey geblieben.«

»Ich ...«

»Komm schon, Claire, du wärst geblieben.«

»Okay, ja, kann sein ...«

»Nichts *kann sein.*«

»Na gut, ja, ich wäre geblieben. Wäre das denn so schrecklich gewesen?«

Er lächelt matt. »Ja.«

»Aber doch nur für ein Jahr!«, sage ich verzweifelt.

»Das war es nicht«, entgegnet Jamie und seufzt. »Es ging nicht um das Jahr. Es ging auch nicht ums College.«

»Sondern? Worum ging es dann?«

»Ich *musste* Schluss machen.«

Ich schüttle den Kopf. »Ich verstehe das nicht.«

»Ich musste Schluss machen, weil ...« Er befeuchtet sich die Lippen und seufzt. »... weil ich mich neben dir immer gefühlt habe wie ein kompletter Vollidiot.«

Schweigen. Wir sehen einander an, während die Wahrheit immer tiefer in mein Bewusstsein dringt. Wie eine Fremdsprache, die ich gerade erst lerne. Jamie kommt näher und nimmt mein Gesicht zwischen seine Hände. Sie sind warm und weich. Seine Stirn berührt meine. »Ich *habe* dich geliebt. Ich habe dich wirklich geliebt.«

Ein paar Sekunden bleiben wir so stehen. Er riecht an meinem Haar, und meine Hände erinnern sich vage an das Gefühl seiner Haut.

»Aber nicht genug«, flüstere ich.

Er schiebt mich ein Stück von sich weg und schüttelt den Kopf. »Viel zu sehr.« Er atmet tief ein. »Ich hätte dich aufgehalten. Und ich hätte dir deine Träume kaputt gemacht ... und das wollte ich nicht.«

»Aber genau das hast du getan.«

Er lächelt schief. »Wenn das so ist, dann tut es mir leid. Damals dachte ich, ich tue das Richtige.«

»Das Richtige?«, frage ich verzweifelt.

»Komm schon, ich war siebzehn Jahre alt«, sagt er, zieht mich an sich und fügt dann flüsternd hinzu: »und strunzdumm.« Ich lächle gegen seine Brust. »Claire-Bear, ich habe dich mehr geliebt, als du je begreifen wirst.«

Seine Stimme ist so klein, dass der Wind sie fast verschluckt. Sein Herz schlägt laut gegen meine Schläfe, und sein Atem trifft sanft auf meine Stirn. Wir stehen in einer Umarmung in einem winzigen Innenhof mitten in New York City und einfach so ist es vorbei. Die klaffende Wunde, die er vor Jahren in mir hinterlassen hat, und dieses übermächtige Phantom in meinem Kopf sind plötzlich Vergangenheit.

You gotta fight for your ... sex?

Ich öffne die Augen. Autsch. Mein ganzer Körper tut weh. Ein bisschen so, als wäre er ein einziger Muskel, den ich gestern in der *Gym* zu exzessiv trainiert habe. Ich schaue neben mich. Okay, und danach auch noch. Der Holzfäller heißt Paul und sieht nackt sogar noch besser aus als bekleidet. Wer hätte das gedacht?

Nach meiner Wiedergeburt im Hinterhof in Jamies Armen hat er mich angesprochen – und das echt in jeder Hinsicht. Sein Lächeln war aus der Nähe noch besser, seine Stimme warm und angenehm, und der Spruch auf seinem T-Shirt hat den Rest erledigt. Einem Kerl, der so aussieht und der dann auch noch ein *Fuck me maybe*-Shirt trägt, tut man diesen Gefallen doch gern. Als ich ihn June vorgestellt habe, hat sie nur dreckig gegrinst und mir zugeflüstert: »Ach, Claire, es geht doch einfach nichts über so einen richtig schönen Booty-Paul.« Ich habe Tränen gelacht und ihn nach meiner Schicht mit nach Hause genommen. Zwei Stunden und drei Orgasmen später bin ich in einen tiefen, traumlosen Dornröschenschlaf gefallen. Jetzt weiß ich endlich, was ihr vorher passiert ist ... von wegen von einer Spindel gestochen.

»Morgen«, brummt Paul und lächelt mich schief an. Seine Augen sind etwas gerötet, was sie noch blauer aussehen lässt.

»Morgen«, sage ich verschlafen.

Er dreht sich auf den Rücken und zieht mich an sich, dass ich mit dem Kopf auf seiner Schulter liege. Seine Haut ist getränkt in Schlaf, seine Fingerkuppen streichen sanft über meine Hüfte, und ich bin kurz davor zu schnurren. Macht es mich zur Schlampe, dass ich nichts von diesem Kerl weiß? Oder ist erst die Tatsache entscheidend, dass ich eigentlich nichts von ihm wissen will? Paul hat eine Geschichte. Er hat einen Geburtstag, ein Sternzeichen und einen Nachnamen. Er hat wahrscheinlich einen Job und eine Wohnung. Vielleicht hat er sogar Kinder und eine Frau. Und Geschwister, die er nicht ausstehen kann. Er ist irgendwo aufgewachsen und irgendeine Frau hat ihn geboren und großgezogen. Vielleicht allein, vielleicht mit jemandem zusammen. Vielleicht sieht Paul seinen Eltern ähnlich, vielleicht auch nicht. Die Wahrheit ist, es interessiert mich nicht. Es ist mir gleich, was er in seiner Freizeit tut, und es spielt keine Rolle, was er beruflich macht. Es ist mir vollkommen egal, woher er die Narbe an seinem Kinn hat oder ob die Tattoos an seinen Unterarmen eine Bedeutung haben. Ich habe keine Ahnung, ob Paul einen Stall voll Freunde hat, ein Einzelgänger ist oder ob er Witze macht, über die ich lachen kann. Ich weiß nicht, ob er gebildet ist oder Haustiere hat. Aber ich weiß, dass er gut im Bett ist. Ich weiß, dass er einen sehnigen und muskulösen Körper hat, mit dem er wunderbare Dinge tun kann. Und ich weiß, dass er »O Gott!« stöhnt, bevor er kommt. Mehr muss ich nicht wissen. Das reicht mir. Ich habe mich ausgezogen, meine Beine gespreizt und ihn ganz tief in mich eindringen lassen. Ich habe ihn genossen wie einen sexuellen Wellness-Trip mit Ultra-All-Inclusive-Leistungen.

Pauls Hand verschwindet zwischen meinen Beinen, und ich schließe automatisch die Augen. Eigentlich bin ich nicht der Typ für Sex nach dem Aufwachen. Das ist jedes Mal nur hektisch und stressig. Und vielleicht bin ich ja komisch, aber ich stehe nicht besonders auf morgendlichen Mundgeruch. Da Paul aber keinerlei Anstalten macht, mich zu küssen, entspanne ich mich und lasse ihn einfach mal machen. Schließlich sollte man Experten nie bei der Arbeit stören. Ich liege da und werde verwöhnt wie eine Diva. Ich spüre, wie mein Körper sich anspannt und wie mein Atem in unregelmäßigen Stößen meine Lungen verlässt. Dann kommt der Moment, in dem mein Verstand nachgibt – und das nicht etwa, weil er der Klügere ist, sondern weil Paul ihn einfach an meinem G-Punkt kurzerhand ausschaltet.

Erst als Pauls Gesicht etwa eine Viertelstunde später – es könnte aber auch mein ganzes Leben gewesen sein – wieder zwischen meinen Schenkeln auftaucht, komme ich langsam zu mir. Schweißgebadet und atemlos. Ich bin so glücklich und lebendig, dass ich nicht mehr aufhören kann zu lachen. Und dabei bin ich noch nicht mal am Ende meiner Therapie angekommen, denn Paul ist gerade erst so richtig warm geworden.

Vielleicht hat June ja recht und Sex ist wirklich die Lösung. Und vielleicht spielt das Problem dabei gar keine Rolle.

Kein Breakfast bei Tiffanys.

»Guten Morgen«, flöte ich, als ich die Küche betrete, aber die Gesichter von Danny und Cassy zeigen keinen guten Morgen, sondern eher sein Grauen. Ich nehme mir eine Tasse Kaffee und setze mich zu ihnen an den Tisch. »Ist alles okay?«

»Ja, alles gut«, sagt Cassy knapp.

»Bestens«, sagt Danny noch knapper.

Paul ist gerade gegangen. Mein Körper glüht, und mein Grinsen ist post-orgasmisch. Ich habe ihn gefragt, ob er noch etwas frühstücken will, und er hat nur geantwortet, dass er bereits gegessen hat. Wir haben gelacht. Wir haben keine Nummern getauscht oder uns verabredet, wir haben einfach nur gelacht, und dann ist er gegangen. Davor habe ich mich noch bei ihm für den Sex bedankt – man will ja nicht unhöflich sein – und dafür, dass er mich heute Morgen nicht wachgeküsst, sondern wachgevögelt hat; und er meinte, dass er mich immer wieder gerne wachvögelt, wenn ich das möchte. Paul ist wohl eher kein Millionär, und er hat wahrscheinlich auch kein Stadthaus am Central Park, aber vielleicht kommt er ja irgendwann wieder in die Bar, und vielleicht gibt es dann eine zweite Runde. Ganz ehrlich, ein Typ, der so eine Zunge hat, braucht auch keinen Fahrer.

»War wohl gut, was?«, sagt June, lässt sich auf den Stuhl neben mir fallen und grinst. »Es klang gut … war es gut?«

»Es war …«

»Ziemlich laut«, fällt mir Danny ins Wort.

Ich schaue ihn an.

»Ignorier ihn einfach«, sagt June, greift nach meiner Tasse und trinkt einen Schluck Kaffee. »Werdet ihr euch wiedersehen?«

Ich zucke mit den Schultern. »Keine Ahnung, kann sein.«

»Wie, keine Ahnung?«

»Na ja, ich weiß es eben noch nicht.«

»Moment ... du bist doch die Frau, die heute Nacht in meinem Schrank multiple Orgasmen hatte?«

Ich grinse. »Ja, das bin ich ... und?«

»Und?«, fragt June und zieht die Augenbrauen so hoch, dass sie fast in ihrem Haaransatz verschwinden. »Was ist denn das für eine Frage? So einen Kerl hält man sich warm.«

»*So einen Kerl hält man sich warm?*« Danny macht ein abschätziges Geräusch. »Ihr redet von dem Typen, als wäre er ein Mikrowellengericht.«

»Ich glaube ja, das stört dich mehr als ihn«, merkt Cassy spitz an.

Dannys Kiefermuskeln treten hervor. »Also, wenn Männer so über euch reden würden, würdet ihr euch aufregen.«

»Was heißt hier bitte, *wenn?*«, fragt Cassy lachend. »Männer reden so über uns.«

»Eben«, sage ich und trinke einen Schluck Kaffee. »Nur dass sich daran keiner stört.«

»Abgesehen davon ist es mir egal, wenn Männer so über mich reden.« June grinst mich an. »Jetzt aber zum eigentlichen Thema ... war er wirklich so gut oder hast du einen Teil nur gespielt?«

»Ich verstehe die Frage nicht?«

»Im Ernst jetzt?«, fragt Cassy, und Danny verdreht genervt die Augen.

»Ich spiele nichts vor«, sage ich und bin zufrieden, weil das die Wahrheit ist.

»Wirklich niemals?«, fragt Danny, und bei der Art, wie er mich ansieht, läuft es mir eiskalt die Wirbelsäule hinunter.

»Warum sollte ich das tun? Etwa ihm zuliebe?«

»Keine Ahnung. Es war einfach so laut.«

Ich befeuchte mir die Lippen. »Na ja, es war eben einfach so gut.«

June lacht. »Ich bin stolz auf dich, Süße.«

»Du bist stolz darauf, dass sie bedeutungslosen Sex mit irgendeinem dahergelaufenen Typen hatte?«, fragt Danny verständnislos.

»Wer sagt denn, dass der Sex bedeutungslos war?«, fragt Cassy und mustert Danny von der Seite.

»Da waren ja wohl kaum Gefühle im Spiel«, sagt Danny angewidert.

Ich lege den Kopf schräg. »Als ob du noch nie Sex ohne Gefühle hattest ...«

»Das ist lange her.«

»Also, wenn bedeutungsloser Sex so klingt«, sagt June und grinst mich an, »dann will ich ab jetzt nur noch bedeutungslosen Sex.«

»*Ab jetzt*?«, fragt Danny und lacht herablassend. »Du hast doch ausschließlich bedeutungslosen Sex.«

»Willst du mir irgendetwas sagen, Dan?«

»Eigentlich nicht ... dass du dich billig hergibst, weißt du schließlich selbst.«

»Das hat dich bisher nie gestört«, sagt June und lächelt kühl. »Warum jetzt auf einmal?«

»Es stört mich gar nicht.«

»Ach nein?«, fragt Cassy.

»Nein.«

»So klingt es aber.«

»Ich werde einfach nicht schlau aus euch Frauen ... Seit Jahren höre ich mir an, dass ihr respektiert und geliebt und ernstgenommen werden wollt, aber wenn das wirklich so wäre, würdet ihr euch doch nicht von irgendwelchen dahergelaufenen Vollidioten ficken lassen!« Er macht eine kurze Pause und schaut uns an. »Ihr habt leeren Sex, und dann wundert ihr euch, dass ihr euch hinterher benutzt fühlt?«

»Aber ich fühle mich gar nicht benutzt«, wende ich ein, doch Danny winkt ab.

»Ja, kann sein, aber die Hälfte der Zeit verliebt ihr euch dann doch in irgendwelche Wichser, die euch wie Scheiße behandeln!« Danny steht so plötzlich auf, dass June, Cassy und ich kurz zusammenzucken. Sein Stuhl schwankt, kippt aber nicht um. »Ihr lasst euch immer wieder wie Dreck behandeln und weint euch dann an den Schultern von Typen *wie mir* aus!« Danny nimmt seinen Teller, das Messer und die Tasse und wirft sie mit einem lauten Klirren ins Spülbecken. »Wenn ihr euch wie Schlampen verhaltet, braucht ihr euch nicht zu wundern, wenn ihr wie Schlampen behandelt werdet!«

Dannys Gesicht ist gerötet und fleckig, seine Nasenflügel flattern, und seine Augen sehen aus, als würden sie jeden Moment Blitze schießen.

»Jetzt komm mal wieder runter, Dan«, sagt June und steht auf. »Wir sind jung und schön und können tun und lassen, was immer wir wollen.«

»Spar dir den Mist, June«, sagt er abschätzig. »Ich kenne dich, und ich weiß, dass das alles Bullshit ist! Du tust immer so tough und als wäre dir alles egal, aber in Wirklichkeit willst du jemanden, der dich einfach so liebt, wie du bist!«

»Und bis ich den finde, lege ich die Hände in den Schoß und lerne stricken, oder was?« Sie schüttelt den Kopf. »Ich habe gern Sex, verklag mich doch.«

»Du machst dir was vor, June.«

»Dann bilde ich mir die vielen Orgasmen also nur ein, ja?«, fragt sie spöttisch.

»Das ist so lächerlich.«

»Ich glaube ja, das eigentliche Problem ist gar nicht, dass ich bedeutungslosen Sex habe, ich glaube, das, was euch Männer in Wirklichkeit stört, ist die Tatsache, dass Frauen endlich kapiert haben, dass man auch ohne Liebe verdammt guten Sex haben kann!«

Danny seufzt genervt. »Ach ja?«

»Also, ich gehe jetzt einfach mal davon aus, dass du die ekstatischen Schreie aus dem Schrank heute Nacht auch gehört hast.«

»Ich glaube, das ganze beschissene Haus war live dabei«, sagt Danny trocken.

»Was ist dein Problem?«, frage ich kopfschüttelnd.

»Ich weiß auch nicht, Claire, vielleicht finde ich den Gedanken einfach nicht so prickelnd, plötzlich mit zwei Schlampen zusammenzuwohnen.«

Danny und ich sehen einander an, die Luft klirrt vor Stille.

»Na, dann sollten wir hoffen, dass du und deine Freundin ganz schnell eine Wohnung findet«, zische ich. »Dann müssen du und deine altertümlichen Moralvorstellungen unseren ausschweifenden Lebensstil nicht länger ertragen ... Und ich hätte endlich ein *richtiges* Zimmer.«

Er schweigt einen Moment. »Dann sind wir uns ja einig.« Cassy steht auf, legt ihre Hand auf seinen Arm und verlässt die Küche so geräuschlos, als wäre sie ein Schatten. Danny sagt: »Ich komme auch gleich«, dann ist sie weg.

Was ist gerade passiert? Wie zum Teufel ist bitte aus einem One-Night-Stand so ein Streit geworden? Hat er recht? Bin ich eine Schlampe? Oder tue ich endlich das Richtige?

June, Danny und ich sind in einem Raum, aber es fühlt sich an, als wären wir in verschiedenen Welten. June und ich in der einen und Danny in einer anderen. Wir befinden uns am Rande des Wahnsinns, und ich suche nach einem Geländer, aber es gibt keins. Danny und ich sind nur noch einen Schritt vom Abgrund unserer Freundschaft entfernt. Und dieses Mal wäre es kein stiller Tod. Dieses Mal wäre es ein Streit.

Warum habe ich gesagt, dass es am besten wäre, wenn er auszieht? Das ist das genaue Gegenteil von dem, was ich will. Cassy soll weg. Aber er doch nicht. Warum sage ich manchmal Dinge, die ich nicht meine?

Na ja, vielleicht, weil Danny mich vorhin Schlampe genannt hat. Vielleicht, weil er auf seinem hohen Beziehungsross sitzt und auf mich runterschaut und kein Recht dazu hat. Ich schiebe meinen Stuhl zurück und stehe ebenfalls auf. Das Glühen in meinen Wangen ist erloschen, und die post-orgasmische Laune ist mir gründlich vergangen. Ich fürchte, es ist zu spät, mich zusammenzurollen und meinem Sex-Kater hinzugeben. Der streunt inzwischen um New Yorks Häuserecken und hat mich längst vergessen.

Der Tisch und unsere Ansichten stehen zwischen uns. Danny schaut mich an, aber ich kann nicht sagen, ob es ein trauriger oder ein leerer Blick ist. Früher hätte ich den Unterschied gekannt, aber früher ist lange her. Ich weiß, dass Danny recht hat. Ich wollte mir so gern einreden, dass es mir gutgeht, weil es mir lange genug beschissen ging. Ich wollte vergessen, dass ich Danny nicht haben kann und dass er glücklich ist. Ich wollte nicht mehr daran denken, dass Cassy alles hat, was ich nicht habe – wenn auch nur für eine Nacht. June verlässt die Küche. Ihr letzter Blick ist eine Mischung aus verletzt und wütend.

Als ich in Richtung Tür gehe, sagt Danny plötzlich: »Trainers?«

Ich drehe mich zu ihm um. »Was ist?«

Er kommt langsam näher. Gott, er riecht so gut.

»Auch wenn du es mir nicht glaubst, es geht mir um dich.«
»Tatsächlich?«
»Ich kenne dich. Bedeutungsloser Sex wird dich nie glücklich machen.«
»Kann sein, aber kein Sex ist auch keine Lösung.«
»Was du willst, ist Sex mit Liebe.«
Seine braunen Augen funkeln mich an.
»Weißt du was, Danny, du hast recht«, ich schüttle den Kopf, »aber du hattest kein Recht dazu, das vorhin zu sagen.«

Auf einem Dach vor unserer Zeit.

Liebes Tagebuch,
Danny macht mich krank. Er und sein blödes Muttermal und meine Gedanken an ihn. Ich wünschte, er wäre wieder so uninteressant, wie er es früher meistens war. Ich wünschte, er wäre wieder der Danny, an dessen Schulter ich mich wegen irgendeinem Arschloch ausheulen kann. Aber auf einmal ist er das Arschloch. Er ist zu dem Mann geworden, wegen dem ich mich ausheulen muss, und ich habe keine Schulter mehr, die mich über Wasser hält. Vielleicht habe ich mir deswegen Paul ins gemachte Bett geholt? Als eine Art muskulösen Rettungsring.
Ich würde mir gern einreden, dass Danny und ich nur Streit hatten, weil wir verkatert waren. Dass wir zu wenig Schlaf bekommen haben, weil ich mit Paul geschlafen habe. Aber das glaube ich nicht. Da hat nicht nur die Müdigkeit aus uns gesprochen. Wir waren schon oft verkatert, trotzdem hat Danny mich noch nie Schlampe genannt. Wobei ich damals auch keinen Sex hatte. Zumindest keinen bedeutungslosen. Vielleicht hätte ich den mal haben sollen, denn der bedeutungsvolle war meistens schlechter, und er hat dem jeweiligen Mann bestimmt nicht das bedeutet, was er mir bedeutet hat. Ich frage mich, was Danny sich einbildet. Ein einziger One-Night-Stand qualifiziert mich ja wohl kaum zur Schlampe. Ich meine, eine Zigarette macht einen ja auch nicht gleich zum Kettenraucher, oder etwa doch? Ich bin verwirrt, und mein Weltbild hängt schief. Und mit ihm unser Haussegen. Danny ist von meinem besten Freund zu einem Fremden

geworden und jetzt zum heißesten Wesen der Galaxis. Als ich ihm vorhin gegenüberstand, war ich kurz davor, meine Hand auszustrecken und ihm das T-Shirt vom Körper zu reißen. Mein Mund war so trocken, als wäre ich kurz vorm Verdursten und seiner wie eine frische Bergquelle, direkt vor meiner Nase. Meine Finger haben gekribbelt, und mein Herz hat geschlagen, als wäre ich auf der Flucht. Und das war ich. Vor ihm. Und vor der Person, die ich werde, wenn ich ihn ansehe. Der liebeskranken Claire. Der dummen Claire. Der Claire, die sich ihren fantastischen One-Night-Stand mit nur einem Satz verderben lässt. Arschloch. Wer denkt der, dass er ist?

Ich hoffe, er hat das mit der blöden Lasagne vergessen. Ich habe nämlich überhaupt keine Lust, mit ihm zu kochen. Am Ende ramme ich ihm aus einer Laune heraus ein Messer in die Brust, weil er mich nervt oder zu gut riecht. Oder weil ich nicht ertrage, wie er mich ansieht. Oder weil ich nicht ertrage, dass er mich _nicht_ ansieht. Im Moment will ich ihn nie wieder sehen, aber gleichzeitig will ich, dass er mich an sich zieht und küsst. Ich will, dass er mich so küsst, wie er Cassy geküsst hat. Seine Hände auf meinem Körper und diesen Blick, der mir sagt, dass er mich liebt.

Ich kann nicht mit ihm kochen. Ich darf nicht mal daran denken, neben ihm zu stehen und heimlich seine sehnigen Unterarme zu beobachten, während er das Gemüse schneidet, denn wenn ich das tue, köchelt mein Blut und mir wird schwindlig. Aber wenn wir die blöde Lasagne nicht machen, haben wir die Zutaten umsonst gekauft. Und außerdem habe ich mich echt darauf gefreut. Auf ein schönes Essen und die guten alten Zeiten. Pah.

Das war, bevor ich begriffen habe, dass ich mich Hals über Kopf in Danny verliebt habe. Wie hätte ich auch damit rechnen können? Wie rechnet man mit dem Unmöglichen? Und wie hätte ich mich für diesen filmreifen Kuss wappnen sollen? Eigentlich ist Danny an allem schuld. Erst er und dieser blöde Kuss haben mich in Booty-Pauls Arme getrieben. Getrieben beschreibt es ziemlich treffend.

»Claire?« Nicht mal auf dem Scheißdach hat man seine Ruhe. Diese Stadt ist eindeutig zu eng. Ich schaue hoch, aber die Sonne steht tief und blendet mich. »Wusste ich doch, dass du das bist.« Ich erkenne Jamies Stimme, bevor ich sein Gesicht sehen kann.

»Hi«, sage ich und schlage das Tagebuch zu.

Er zeigt auf die Decke. »Darf ich?« Ich nicke, dann setzt er sich zu mir. Jamie grinst und hält eine Flasche Bier hoch. »Auch eins?«

»Ja, gern.«

Er macht sie auf und reicht sie mir.

»War 'ne ziemlich laute Nacht, was?«

»Bitte nicht du auch noch«, sage ich und nehme sie. »Ich habe heute bereits eine Grundsatzdiskussion zum Thema *bedeutungsloser Sex* gehabt und brauche wirklich keine zweite.«

»Bedeutungsloser Sex?«

Ich seufze und nicke. »Das macht einen wohl zur Schlampe.«

»Komm schon, Claire, niemand erinnert sich an die Nächte, in denen er besonders viel geschlafen hat.« Er grinst noch immer. »Du hattest gestern eine Nacht mit verdammt wenig Schlaf und verdammt viel Sex. Das ist was Gutes.«

Er prostet mir zu.

»Worauf trinken wir?«, frage ich und stoße mit ihm an.

»Na, auf bedeutungslosen Sex natürlich.« Er trinkt einen Schluck, dann fügt er hinzu: »Wobei ich ehrlich gesagt nicht glaube, dass es so etwas wie *bedeutungslosen* Sex gibt.«

»Im Ernst?«

»Ich persönlich glaube, Sex bedeutet immer etwas.« Jamie zuckt mit den Schultern. »Und wenn es nur Anziehungskraft ist.« Ich denke kurz darüber nach und nippe an meinem Bier. »Dieser Bart-Simpson-Typ von gestern zum Beispiel muss etwas an sich gehabt haben, was du wolltest. Wenn auch nur für den Moment.« Er macht eine Pause und schaut mich an. »Man vögelt nicht mit jedem.«

»Das stimmt«, sage ich und nicke. »Aber es ging nicht wirklich um ihn. Wenn es nicht Paul gewesen wäre, dann wäre es ein anderer gewesen.«

»Paul, also …« Jamie zieht die Augenbrauen hoch.

»June hat ihn Booty-Paul getauft.«

Jamie lacht und nickt. »Finde ich gut.« Er trinkt einen Schluck Bier. »Und es ist okay.«

»Was ist okay?«

»Mit jemandem zu schlafen, den man nicht liebt.«

»Ist es das?«

Jamie nickt wieder. »Weißt du, manchmal schlafen wir mit jemandem, weil wir uns einsam fühlen, manchmal, weil wir geil sind, und manchmal, weil wir es genießen, wie jemand uns sieht – meistens, weil wir uns gerade selbst nicht besonders gut leiden können … und jeder Grund davon ist okay.« Er lächelt mich an. »Abgesehen davon, gibt es wirklich Schlimmeres als guten Sex …«

Ich muss lachen. »Danke.«

»Gern geschehen.«

Wir sitzen eine Weile schweigend nebeneinander und schauen über die Dächer, dann zeigt er auf das Tagebuch.

»Ich kann nicht glauben, dass du das immer noch machst.«

»Tagebuch schreiben?« Er nickt. »Ich habe es eine Weile nicht getan.«

»Und jetzt wieder?«

»Sieht so aus.«

»Wer ist der Mann?«

Ich ziehe die Beine an und stütze die Arme auf die Knie, als wollte ich mich vor einem Aufprall schützen. »Das kann ich dir nicht sagen.«

»Warum nicht?«

»Weil ich es nicht mehr leugnen kann, wenn ich es erst einmal laut ausgesprochen habe.«

»Ich sage das ja wirklich nur sehr ungern, aber ich fürchte, das eine hat mit dem anderen nichts zu tun.«

»Wärst du doch mal immer so weise gewesen.«

»Dir ist schon klar, dass ich davon ausgehe, dass es um mich geht, wenn du es mir nicht sagst.« Jamie grinst mich hinterhältig an. »Und das kannst du ja wohl unmöglich wollen.«

Ich stoße ihn in die Seite. »Du hältst dich echt für unwiderstehlich ...«

»Hey, ich hatte nie vor, so verdammt sexy zu sein, aber was soll man machen? Ich lebe damit, so gut es eben geht.«

Mein Lachen hallt durch die laue Nachmittagsluft. Es ist ein Lachen, das mich komplett durchschüttelt. Es lockert meine Muskeln und die Stimmung. Mit Jamie zusammen zu sein, ist erstaunlich einfach. Es ist ungezwungen und schön. Jamie legt seine Hand auf meine, und ich schaue ihn an. »Versprichst du mir was, Claire-Bear?«

Claire-Bear. So hat er mich früher immer genannt. »Das kommt ganz drauf an.«

»Warte nicht darauf, dass irgendjemand anders dich glücklich macht.«

Ich atme einmal tief ein und seufze.

»Wenn das so einfach wäre ...«

»Das ist es.«

»Ich ...« Ich weiche seinem Blick aus. »Ich werde es versuchen.«

»Tut mir leid, das ist nicht gut genug.«

»Ich weiß nicht, ob ich das schaffe, okay?«

»Nein, es ist nicht okay.«

Ich schaue ihn wieder an. »Denkst du etwa, ich suche mir das aus?«

»Ich habe keine Ahnung, Bear. Tust du das?«

»Nein, das tue ich nicht«, brumme ich verärgert und füge ein paar Sekunden später ein »Blödmann« hinzu. Jamie zieht mich an sich und legt den Arm um meine Schulter. Ich lege meinen Kopf auf seine und schließe die Augen. Es ist schon komisch. Noch vor ein paar Jahren habe ich auf Dannys Schulter Jamie nachgetrauert, und jetzt leide ich auf Jamies wegen Danny. Als hätten sie die Rollen getauscht. Verkehrte Welt.

»Du hast mir gefehlt, Bear.«

»Ich wette, das sagst du zu allen Ex-Freundinnen, die du zufällig wiedertriffst.«

»Tu ich nicht.«

»Du hast in den letzten Jahren wahrscheinlich nicht ein einziges Mal an mich gedacht.«

»Da liegst du so was von falsch«, sagt er lachend und zieht seinen Geldbeutel aus der Hosentasche. Er hält ihn mir entgegen. »Los, schau rein.« Als ich zögere, macht er ihn auf und sagt: »Hier.«

Hinter einer Plastikfolie sind ein paar Fotos und ein Papierschnipsel. Auf einem der Bilder sind wir. Jamie und ich. Lachend und total verliebt. Ich betrachte das Bild ein paar Sekunden, dann schaue ich hoch. »Das ... das hattest du wirklich immer da drin?«

Er nickt. »Und das hier ...« Jamie reicht mir den Papierschnipsel. Es ist eine Buntstiftzeichnung, die ich vor vielen Jahren einmal gemacht habe. Ein Junge, der mit viel Fantasie aussieht wie er, und ein Mädchen mit langen dunklen Haaren. Die beiden sind umgeben von vielen kleinen Herzchen. Es ist furchtbar kitschig und wunderschön. Die Ecken sind abgewetzt und die Farben verblasst. *Gott, das ist so lange her.* »Wie du siehst, habe ich oft an dich gedacht.«

Ich schaue ihn von der Seite an. »Das findest du viel?«, sage ich und lache. »Ich habe neun Tagebücher mit dir vollgeschrieben.«

»Ernsthaft? Neun?« Er starrt mich an, als wäre ich ein bisschen gestört.

»Neun.«

Jamie drückt mir einen Kuss auf die Stirn. Es ist ein liebevoller, fürsorglicher Kuss. So wie der eines guten Freundes oder eines großen Bruders. Es sind dieselben Lippen, die früher meinen Magen umgedreht haben, nur dass sie es jetzt nicht mehr tun.

»Wofür war der?«

»Dafür, dass du mich so geliebt hast.«

Ich lächle ihn an, dann betrachte ich noch einmal das Foto von uns. Wir waren so verdammt glücklich damals. Da sind keine Falten und keine Sorgen, nur strahlende Augen und Blicke, die verraten, dass wir an *für immer* nie gezweifelt haben. Auf diesem Bild lieben wir uns noch. In der Realität tun wir das nicht mehr. Und trotzdem sind wir wieder Jamie und Claire. Nur eben anders. Älter. Und nicht mehr verliebt.

Er steckt seinen Geldbeutel und uns wieder weg. »Und? Was machst du heute noch?«

»Also, eigentlich war geplant, dass Danny und ich eine Gemüselasagne machen.«

»Aber?«

»Aber …« Ich seufze. »Das ist kompliziert.«

»Ich mag kompliziert.« Jamie grinst. Es ist ein Grinsen, das ich mein halbes Leben lang kenne und die andere Hälfte vermisst habe. »Falls du darüber reden willst …«

Ich frage mich, ob ich das will. Ich frage mich, ob ich ihm vertrauen kann. Und dann wird mir klar, dass ich das bereits tue, ganz egal, ob ich es sollte oder nicht. Das ist die Sache mit dem Vertrauen. Man tut es oder man tut es nicht, und meistens weiß man erst hinterher, ob es richtig war. Ich mustere ihn. Und dann erzähle ich ihm alles. Ich erzähle ihm von Danny und vom College und davon, dass er immer mein bester Freund war und dass ich – bis auf ein paar Ausnahmen – wirklich nie etwas anderes in ihm gesehen habe.

Ich erzähle ihm von Julian und dieser einen Nacht, die alles in mir kaputt gemacht hat. Und dann erzähle ich ihm von Jeremy und London und der Tatsache, dass ich es in drei Jahren nicht in einen einzigen von Jeremys Songs geschafft habe. Ich erzähle ihm mein Leben. Den Teil, den er verpasst hat. Als wir bei Cassy, Danny und der Gemüselasagne ankommen, wird es bereits langsam dunkel.

»Du hast offensichtlich ein Faible für Männer mit J«, sagt Jamie und greift ein weiteres Mal nach seiner leeren Bierflasche.

»*Hatte*«, sage ich und zucke mit den Schultern. »Jetzt ist es ja ein D.«

»Was hältst du von der Idee, dass ich auch zu dem Essen komme?«

»Ernsthaft? Das würdest du?«

»Na klar.« Er greift sich ins Haar und grinst. »Ich stehe auf Gemüselasagne und auf Seifenopern. Und auf die Kombination stehe ich am meisten.«

Ich muss lachen. »Es wäre wirklich schön, wenn du kommst … aber nur, wenn du dich nicht von mir ausgenutzt fühlst.«

»Keine Angst, das tue ich nicht.« Jamie grinst.

»Bedeutet das, dass wir jetzt Freunde sind?«

Er nickt. »Ja, ich denke, das tut es.«

Die Gemüselasagne.

Das war ganz ohne jeden Zweifel das eisigste Kocherlebnis meines Lebens. Und das lag an mir. Danny hat bestimmt eine halbe Stunde lang versucht, mich in eine Unterhaltung zu verwickeln, und ich habe mich ungefähr genauso lang dagegen gewehrt. Irgendwann hat er dann aufgegeben, und wir saßen schweigend am Esstisch und haben haufenweise Gemüse geschnippelt und Berge an Käse gerieben. Ich habe seine Blicke gespürt und bin ihnen ausgewichen.

Die Schlampe war noch immer sauer. Jetzt ist die Lasagne im Ofen und quält mich mit ihrem würzigen geschmolzenen-Käse-Duft. Als Cassy die Küche betritt, packe ich gerade die Muffins, die ich vorhin für Sarah gebacken habe, in eine kleine Papiertüte.

»Oh, die sehen aber lecker aus«, sagt sie.

»Danke.« Kurz spiele ich mit dem Gedanken, ihr einen anzubieten, aber ich habe keine Lust, also mache ich eine kleine Schleife in das Geschenkband.

»Kann ich euch helfen?« Danny sagt nein, ich sage ja, und Cassy schaut irritiert zwischen uns hin und her. »Was denn nun? Ja oder nein?«

»Wir brauchen noch Gläser.« Ich nehme zwei aus dem Schrank und reiche sie ihr. Sie stellt sie neben die Teller, dann holt sie noch drei aus dem Schrank.

»Ist das nicht ein Gedeck zu viel?«, fragt sie.

»Sie hat recht«, antwortet Danny, und seine Stimme klingt rauh, weil er sie so lange nicht benutzt hat. »Wir sind nur zu viert ... June, du, Cass und ich.«

»Und Jamie«, sage ich kühl, während ich weiter das Besteck verteile.

»Wie bitte?«

Ich brauche ihn nicht anzusehen, um zu wissen, wie er gerade schaut. Ich kann seinen Blick *hören*.

»Ja«, entgegne ich knapp. »Ich habe ihn eingeladen ... ist das ein Problem?«

»Nein, gar nicht.«

Gott, er ist so ein lausiger Lügner.

»Hilf mir mal kurz«, sagt Cassy und schaut mich an, »ist Jamie der Typ aus der Bar?«

»Wenn du den meinst, mit dem ich letzte Nacht Sex hatte, dann nein, aber wenn du den Typen meinst, der über euch wohnt und der mit mir zusammen in der Bar arbeitet, dann ja.«

»Aber doch nicht etwa der, der aussieht wie Jared Leto?« Sie sieht mich mit großen Augen an.

Wenn ich es nicht besser wüsste, würde ich sagen, sie will Danny eins auswischen. Oder ihre Kein-Streit-Politik auf eine harte Probe stellen. »Der mit den dunklen Haaren und diesen krassen blauen Augen?«

»Ja, das klingt nach Jamie.« Und ich klinge wie eine stolze Mutter.

»Er ist ihr Ex«, sagt Danny trocken und stellt den Salzstreuer und die Pfeffermühle geräuschvoll auf den Tisch.

»Nein, echt?«, fragt Cassy. »Aber zwischen euch bahnt sich doch nicht etwa wieder was an, oder?« *Nein*, denke ich genervt, zucke dann aber doch nur vielsagend mit den Schultern, weil Danny in genau dem Moment in meine Richtung schaut. Ja, ich weiß, dass das nicht okay ist, aber das war sein Schlampen-Kommentar von heute Morgen auch nicht. Cassy grinst mich an. »Ihr zwei würdet wirklich ein tolles Paar abgeben.«

»Jamie und ich?«, frage ich, stelle mir aber Danny und mich zusammen vor.

»Auf jeden Fall ...«

»Hm«, sage ich und nehme mir ein Bier aus dem Kühlschrank, »ich glaube ehrlich gesagt nicht, dass da was draus wird.«

»Warum?«

»Ach, ich weiß nicht, das zwischen uns ist schon ewig her.«

Cassy stellt zwei bauchige Kerzenständer auf den Küchentisch. »Und wie lange ist *ewig?*«

»Puh, da waren wir noch an der Highschool.«

»Dann war er deine erste große Liebe?«

Danke, Cassy. Genau darauf wollte ich hinaus.

»Ja, das war er.«

»Er war auch der Erste, der ihr das Herz gebrochen hat.« Ich schaue zu Danny hinüber. »Jamie hat kurz vor dem Abschlussball mit ihr Schluss gemacht und sich dann nie wieder bei ihr gemeldet.« Er wendet sich mir zu. »So war es doch, oder?«

»Ja, so war es«, sage ich und schaue Danny direkt in die Augen, »meine erste große Liebe war er trotzdem.«

»Er hat sich in den letzten Jahren bestimmt auch verändert«, sagt Cassy und lächelt aufmunternd. Es ist beinahe anstrengend, wie sehr sie versucht, mir Jamie schmackhaft zu machen. »Ich meine, du bist sicher auch nicht mehr so, wie du damals an der Highschool warst. Du solltest ihm noch eine Chance geben ...«

»Sie sollte ihm noch eine Chance geben?«, fragt Danny und schüttelt verständnislos den Kopf. »Und warum sollte sie das?«

»Na, weil Menschen sich ändern und weil er ihre erste große Liebe ist.«

»Babe, das ist mehr als fünfzehn Jahre her.«

»Papperlapapp«, entgegnet Cassy und wedelt mit der Hand vor Dannys Gesicht herum. »Hör ihm gar nicht zu, Claire, er weiß nicht, wovon er spricht.« Sie scheint ihren Danny gerade nicht besonders gut leiden zu können, und das macht sie mir gleich viel sympathischer. »Die erste große Liebe vergisst man nicht, hab ich recht?«

Ich lächle und schaue zu Danny. »So ist es.«

Ich dachte, das Kochen war schlimm, aber das war ein Spaziergang im Vergleich zum Essen. Danny ist auf eine Art unhöflich, die man ihm nicht wirklich vorwerfen kann und die ich bisher noch nie bei ihm erlebt habe, Cassy tut so, als wäre alles in bester Ordnung, und June kämpft mit aller Macht gegen ihren angeborenen Instinkt, Jamie anzumachen. Das Einzige, was wirklich gelungen ist, ist die Gemüselasagne. Sie ist genau wie früher. Alles andere ist wie heute.

June zieht Jamie von der Seite mit ihrem Blick aus, während Dannys immer wieder auf Jamies Arm auf meiner Stuhllehne fällt. Jedes Mal, wenn sich unsere Haut berührt, atmet Danny angespannt ein, und das Feuer in seinen Augen brennt bis tief in meinen Bauch. Als Jamie mit dem Daumen über meinen Nacken streicht, zieht Danny scharf die Luft ein, und seine Nasenflügel blähen sich auf. Ich frage mich, was ihn wütender macht – die Tatsache, dass Jamie mich anfasst oder dass ich dumm genug bin, es ihm zu erlauben.

»Zeichnest du eigentlich noch, Bear?«, brummt Jamie.

»Moment mal, du zeichnest auch?«, fragt Cassy und sieht zu Danny hinüber. »Das hast du mir gar nicht erzählt.« Zum ersten Mal an diesem Abend erkennt man den Vorwurf deutlich in ihrer Stimme. Sie klingt, als hätte er ihr verschwiegen, dass er letzte Nacht Sex mit mir hatte.

»Ja, das tut sie«, sagt Jamie, »und sie ist richtig gut.«

Danny richtet sich in seinem Stuhl auf und zieht die Augenbrauen hoch. »Du kennst ihre Arbeiten?«

»Klar kenne ich die.«

»Auch die aus der Uni?«

»Nein, die nicht«, gibt Jamie zu, und Danny nickt zufrieden. »Aber ich kenne ihre ersten Skizzen. Ich war dabei, als alles angefangen hat.«

Jamie zieht seinen Geldbeutel aus der Hosentasche und zeigt allen die Buntstiftzeichnung, die er mir vorhin auf dem Dach gezeigt hat. Als Danny sie betrachtet, treten seine Kiefermuskeln hervor.

Cassy nimmt sie ihm aus der Hand, dann seufzt sie gerührt. »Die hast du die ganze Zeit aufgehoben?«

Jamie nickt und sieht mich an. »Ich hatte sie immer bei mir.«

Danny atmet flach. Sein Brustkorb hebt und senkt sich, und sein Blick hat etwas von einem Speer, der Jamie am liebsten durchbohren würde. Das geschieht ihm recht. Danny, nicht Jamie. Ihn so zu sehen, gibt mir eine Art der Genugtuung, die ich so nicht kenne. Von der ich ehrlich gesagt nie gedacht hätte, dass ich sie mal so dringend brauchen würde. Und schon gar nicht, dass gerade Jamie sie mir geben würde. Mein Herz rast, meine Hände sind feucht, und Dannys Blicke wirken wie Brandbeschleuniger.

»Will vielleicht noch jemand ein Stück Lasagne?«, fragt er unvermittelt, doch June und ich schütteln nur die Köpfe.

Cassy hält sich prustend ihren völlig flachen Bauch. »Ich kann nicht mehr«, sagt sie, würdigt ihn aber keines Blickes.

Jamie grinst und antwortet: »Nein danke, aber sie war wirklich gut.«

»Das freut mich.« Danny klingt entspannt, aber seine pulsierende Halsschlagader verrät, dass er es nicht ist. »Die haben Claire und ich am College immer zusammen gemacht.«

»Ich weiß. Sie hat es mir vorhin bei unserem Picknick auf dem Dach erzählt«, sagt Jamie grinsend.

Danny starrt mich an, und sein Blick fragt: *Ein Picknick auf dem Dach?!* Doch er schweigt.

»Danach musste ich daran denken, wie oft wir den Cheesecake meiner Mom gemacht haben ... Weißt du noch, Bear?«

Ich muss lachen. »Wie könnte ich das vergessen?«

Jamie steht auf und geht zum Kühlschrank. »Zur Feier des Tages habe ich einen für heute Abend gemacht.«

»Echt?« Ich setze mich ruckartig auf. »Ich habe gar nicht mitbekommen, dass du den da reingetan hast«, sage ich erstaunt.

»June hat euch abgelenkt«, antwortet er, während er einen großen Teller herausholt und ihn auf den Tisch stellt. »Hier.« Er grinst. »Ich glaube, er ist genauso geworden, wie du ihn magst.«

Cry me a river – or better yet, bake me a cheese cake.

»Den hast also du gebacken, ja?«, sagt Danny laut lachend. »Schon klar.«

Jamie schaut verwirrt auf den Kuchen, dann wieder zu Danny.

»Ähm, ja, das habe ich«, entgegnet Jamie mit einem verständnislosen Blick zu mir.

»Du backst«, sagt Danny ungläubig.

»Nicht andauernd, aber ja, manchmal.«

»Tja, dann passt ihr zwei wohl perfekt zusammen, was?«

Eigentlich will ich mich nicht einmischen, doch Danny scheint eine Art neuronalen Kurzschluss zu haben, und da wäre es Jamie gegenüber nicht fair, wenn ich nichts sage. »Komm schon, Danny, hör auf.«

»Ich soll aufhören?«

»Ja«, sage ich gereizt, aber er lacht nur. »Was ist bitte so komisch?«

»Gar nichts«, entgegnet er noch immer lachend, greift nach einem unbenutzten Messer und schneidet einfach Jamies Kuchen an. Mir bleibt die Kinnlade offen stehen. »Ich darf doch, oder?«, fragt Danny zu spät und rhetorisch. »Der war schon zum Essen gedacht, oder wolltest du Claire damit nur ins Bett kriegen?«

Was?

»Ich denke, dafür braucht es schon ein bisschen mehr, meinst du nicht?«, kontert Jamie.

»Keine Ahnung, aber ich bin mir sicher, dass du das ziemlich genau weißt. Wäre ja nicht das erste Mal.«

»Was zum Teufel ist nur los mit dir?«, fragt Cassy und steht unvermittelt auf.

»Cass«, sagt Danny, als hätte er für einen Moment vergessen, dass sie da ist. Ihr Gesichtsausdruck ist eine Kombination aus wütend und verletzt, und ihre Augen glänzen unter Tränen. Er will nach ihrer Hand greifen, doch sie reißt sich los und stürmt aus der Küche.

Für ein paar Sekunden sagt niemand etwas. June schüttelt verächtlich den Kopf, und Jamie steht neben dem Tisch und weiß nicht, wo er hinschauen soll. Mein Blick wandert von June über ihn zu Danny, der den Flur fixiert, als hätte ihm der Cassy gerade gewaltsam entrissen.

»Bravo«, sagt June verächtlich und schüttelt den Kopf, »das hast du ja wirklich ganz toll hingekriegt. Erst verletzt du Claire und mich, dann bist du grundlos unfreundlich zu Jamie und jetzt das mit Cass ... du hast echt einen Run.«

Danny schaut auf. »Grundlos? Wohl kaum.«

»Wenn das so ist, kannst du mir sicher erklären, was das gerade sollte.« June verschränkt die Arme vor der Brust.

»Wer bist du? Meine Mutter?«, fragt Danny und schnaubt abschätzig. »Ich muss dir *gar nichts* erklären, June.«

»Das stimmt«, sagt sie seufzend, »aber das da« – sie macht eine unbestimmte Handbewegung vor seinem Gesicht – »das bist nicht du.« Sie sehen einander an. »Dafür kenne ich dich zu lange und zu gut.« Danny presst die Lippen aufeinander und schluckt. »Ich kenne dich seit Jahren, Dan, und deswegen weiß ich auch, dass du eigentlich kein Arschloch bist.«

Danny schiebt seinen Stuhl zurück und steht auf. »Du hast

recht, das bin ich nicht«, sagt er schroff und nickt in Jamies Richtung. »*Er* ist das Arschloch.«

»Warum bin *ich* das Arschloch?«, fragt Jamie und zieht die Augenbrauen hoch.

Doch Danny antwortet nicht. Er mustert Jamie nur, dann geht er ohne ein weiteres Wort in sein Zimmer und wirft die Tür so fest hinter sich zu, dass die Gläser auf dem Esstisch klirren.

»Und da waren es nur noch drei«, murmelt Jamie und setzt sich wieder hin. »Also, wenn ich gewusst hätte, für wie viel Zündstoff dieser Kuchen sorgen würde, hätte ich ihn sicher nicht gebacken. Aber jetzt, wo der Schaden schon angerichtet ist – will jemand ein Stück?«

»Unbedingt«, sage ich und grinse in mich hinein. Ja, ich freue mich. Ich freue mich diebisch. Ein Teil in mir genießt es, wie Danny auf Jamie und den Cheesecake reagiert hat. Und ja, ich weiß, dass das nichts an den Tatsachen ändert, und ich weiß auch, dass mich das alles nicht freuen sollte, aber *o mein Gott,* wie er ihn angeschaut hat. Danny war so wütend. Und vielleicht ist das gestört, aber er ist verdammt sexy, wenn er wütend ist.

»Ich nehme auch ein Stück«, sagt June, steht auf und geht zum Geschirrschrank. »So viel zu *sie streiten sich nie*«, murmelt sie und holt drei Kuchenteller heraus. »Wollt ihr auch einen Kaffee?«

Zweimal ganze Wahrheit.

Eineinhalb Stunden und einen lauten Streit zwischen Danny und Cassy später ist Jamie gegangen. Die Luft nebenan ist noch immer dick und die in der Küche getränkt in Kaffeeduft, und ich bin so entsetzlich voll, dass ich mich kaum noch bewegen kann. Mein Magen ist schwer damit beschäftigt, zwei viel zu große Stücke Käsekuchen mit einer Riesenportion Gemüselasagne zu vermengen. Ich glaube, ich platze. Jeder Atemzug tut weh. Ich lehne mich zurück, blase die Backen auf und puste langsam die Luft aus, dann greife ich nach meinem Kaffee, weil ich hoffe, dass er mir ein bisschen beim Verdauen hilft. Ich habe wieder die *Life is lovely*-Tasse erwischt, und je lauter der Streit nebenan wird, desto mehr glaube ich, dass es stimmt. Gemein, ich weiß.

»Machst du das absichtlich?«, fragt June und schaut mich mit diesem ernsten Blick an, dem ich so schwer ausweichen kann.

»Was meinst du? Was soll ich absichtlich machen?«

»Seit du hier bist, ist Danny komisch.«

»Ich kann das schlecht beurteilen«, antworte ich ausweichend.

»Aber ich. Dan und Cassy haben bisher wirklich nie gestritten. Das ist gerade das erste Mal.«

»Ach, und das ist jetzt meine Schuld, oder was?«

June zuckt nur mit den Schultern. »Keine Ahnung, Claire, sag du es mir.«

»Denkst du ernsthaft, ich habe diesen Streit provoziert? Also, ich habe Jamie sicher nicht gesagt, dass er einen Käsekuchen backen soll, um Danny zu ärgern!«

»Ich weiß nicht, was genau hier läuft, ich weiß nur, dass die Stimmung zwischen den beiden das ganze Wochenende über nicht gut war und dass es jedes Mal etwas mit dir zu tun hatte.«

Ich starre June an. »Was soll das heißen? Wäre es dir lieber, wenn ich ausziehe?«

»Was?« June rümpft die Nase und schüttelt den Kopf. »Nein, natürlich nicht.«

»Sondern?«

»Du könntest mir sagen, was hier los ist.«

»Was hier los ist?«, frage ich, aber meine Stimme zittert viel zu sehr. Ich räuspere mich. »Du warst doch heute beim Frühstück selbst dabei.« June mustert mich völlig ungerührt. »Du hast ihn und seinen Ausbruch doch mitbekommen!«

»Ja, das habe ich.«

»Aber?«

»Aber ich habe auch mitbekommen, wie du Dan anschaust, wenn du denkst, dass es keiner sieht.«

»Was?«, frage ich viel zu empört. »Ich habe keine Ahnung, wovon du sprichst.«

»Stehst du auf ihn, Claire?«

Pause.

»Ob ich auf *Danny* stehe?«

June nickt.

»Das ist doch absurd«, flüstere ich aufgebracht.

»Ich glaube, du willst was von ihm.«

»Ich … nein!«

Ich versuche, ihrem Blick standzuhalten, schaffe es aber nicht.

»Steht er auf dich?«

»Er hat doch seine Cassy.«

»Aber das hättest du gerne.«

Ich schaue wieder hoch. »War das eine Frage?«

»Nein, eigentlich nicht.«

Ich beuge mich ein Stück vor, was mein Magen gar nicht gut findet, und flüstere: »June, ich will nichts von Danny, okay?«

»Schon klar.«

Verdammt. »Wirklich nicht.«

Sie spielt mit dem Henkel ihrer Kaffeetasse. »Claire, du weißt, dass ich auf deiner Seite bin, oder? Sogar dann, wenn ich nicht richtig finde, was du tust. Das weißt du doch, oder?«

Warum macht sie es mir so schwer? »Ja, das weiß ich.«

»Okay, dann tue ich jetzt einfach mal so, als würde ich dir glauben, dass zwischen dir und Danny nichts ist, aber nur für den Fall, dass du dich in den nächsten Tagen oder Wochen dazu durchringen solltest, mir die Wahrheit zu sagen, will ich, dass du weißt, dass meine Tür offen steht. Immer.« Sie macht eine kurze Pause, dann lacht sie plötzlich und sagt: »Das muss sie auch sein, sonst kommst du gar nicht in deinen Schrank.«

Ich möchte schmunzeln, aber ich schaffe es nicht. Sie weiß es. June weiß alles. Meine Gesichtsmuskeln sind wie gelähmt.

»Claire?«

Ich schlucke. »Hm?«

»Ich bitte dich nur um einen Gefallen.« Ich schaue sie fragend an. »Tu nichts, was du später bereuen könntest.«

June und ihre kryptischen Sätze. »Wie was?«

Sie lacht. »Da fallen mir ein paar Dinge ein.«

»Gleich einige?« Ich trinke einen großen Schluck kalten Kaffee. Die Tasse zittert in meinen Händen. »Zum Beispiel?«

»Schlaf nicht mit ihm.«

»Mit *Danny?*«

»Weder mit Danny noch mit Jamie.«

Ich verziehe verständnislos das Gesicht. »Warum sollte ich mit Jamie schlafen?«

»Weil man manchmal mit dem falschen Typen schläft, wenn der richtige gerade nebenan seine Freundin vögelt.« Ich schaue stur in meinen Schoß. Das ist eine von Junes Warnungen. Ich weiß, dass ich auf sie hören sollte. »Jamie sieht verdammt gut aus, ihr habt eine gemeinsame Vergangenheit, und er wohnt nur zehn Sekunden von dir entfernt. Und als wäre das noch nicht genug, arbeitet ihr auch noch zusammen in einer Bar. Ich weiß, du willst das nicht hören, aber Jamie ist gefährlich.«

»Das ist er nicht. Wir sind nur Freunde.«

»Aber ihr wart mal mehr.«

»Ich weiß«, sage ich und schaue ihr in die Augen, »aber das ist vorbei.«

»Wie kannst du da so sicher sein?«

»Ich bin es einfach, okay?«

»Weil du dich in Danny verliebt hast?«, fragt June und lächelt süßlich, während eine Gänsehaut langsam meinen Körper überzieht.

Ich will nicht noch mal lügen, aber zugeben kann ich es auch nicht. Also spiele ich mit meinen Fingern. Ich betrachte sie so fasziniert, als hätte ich sie gerade erst entdeckt.

»Hör zu, Claire.« June steht auf und macht die Tür zur Küche zu, dann setzt sie sich wieder zu mir, und ich zwinge mich, sie anzusehen. »Ab morgen seid ihr beide für eine Woche allein hier ... nur Danny und du.«

»Was?«, frage ich schrill. Sie darf nicht weggehen. Sie ist mein Puffer.

»Matthew hat vorhin angerufen.«

Ich ziehe die Augenbrauen hoch. »Wer ist denn auf einmal Matthew?«

Sie befeuchtet sich die Lippen. »Mein Chef.«

»Moment.« Ich schaue sie stutzig an. »Seit wann nennst du ihn Matthew?«

»Mensch, Claire, das spielt doch keine Rolle«, sagt sie pampig. So reagiert June immer, wenn man kurz davor ist, sie zu durchschauen. Sie fängt sich wieder, dann fährt sie fort: »Fakt ist, dass ich ihn nach Boston begleiten muss.«

»Nach Boston? Soso … und wozu?«

June rutscht auf ihrem Stuhl hin und her. »Ich weiß keine Einzelheiten … es ist irgendwas Persönliches.«

»Was soll das heißen, irgendwas *Persönliches?* Läuft da was zwischen euch?«

Sie schüttelt den Kopf, aber etwas in ihren Augen überzeugt mich nicht. Ich wittere meine Chance. Wenn ich nicht mehr über Danny reden will, muss ich genau jetzt das Thema wechseln. »Also, entweder lügst du mich an, oder du hoffst, dass zwischen euch beiden irgendwas passiert.«

»Ich lüge nicht.«

»Also willst du, dass zwischen euch etwas passiert?«

June zögert kurz, dann sagt sie: »Ja, das will ich.«

Ich kaue auf meiner Unterlippe herum. »Geht es nur um Sex?«

Sie schüttelt den Kopf.

»Du willst mehr?«

Jetzt betrachtet sie ihre Hände, als hätte sie noch nie etwas Interessanteres gesehen. Was ist nur mit den Menschen los? Erst verlobt sich mein Bruder mit Alison, dann verliebe ich mich in Danny und freunde mich aus heiterem Himmel mit Jamie an, und jetzt kommt auch noch jemand und durchbricht Junes Schutzwall. Es hagelt wirklich Wunder.

»Hast du dich in ihn verliebt?«, frage ich zögernd, weil das seit Tom ein Tabuthema ist.

»Ich … ich weiß es nicht.« Pause. »Ich habe wirklich keine Ahnung. Aber dieser Typ macht mich völlig *wahnsinnig*.«

Ich seufze und drücke ihre Hand. »Glaub mir, ich weiß genau, wie es dir geht.«

June spielt mit ihrer Kuchengabel herum, dann sagt sie: »Das muss echt komisch sein ...«

»Was meinst du?«, frage ich.

»Wenn man sich nach so vielen Jahren in seinen besten Freund verliebt ...«

War ja klar, dass sie nicht lockerlassen würde. So leicht lässt einen June nicht vom Haken.

Lie to me.

June und ich liegen Kopf an Kopf – sie auf ihrem Bett, ich auf meinem, getrennt von einer Pappkartonwand. Sie telefoniert mit Matthew, ich denke an Danny, und der streitet mit Cassy. Und über unseren Köpfen läuft Jamie herum. Das nenne ich mal WG-Leben.

Matthews Anruf hat mich davor bewahrt, June alles bis ins kleinste Detail erzählen zu müssen. Es hätte aber ohnehin keinen wirklichen Unterschied gemacht. Sie weiß es sowieso. Ich denke an ihren Blick, als sie seinen Namen auf dem Display gelesen hat, und muss lächeln. June ist verliebt. Und ich habe die Küche aufgeräumt. Aber das hat mich nicht gestört. Ich habe eine Weile ziemlich erfolglos versucht, Dannys und Cassys Streit zu belauschen, dann bin ich im Schlafanzug durch das geisterhaft dunkle Treppenhaus zu Sarahs Wohnung geschlichen, um ihr die Muffins zu geben. Ich wollte klingeln, aber dann war ich mir nicht sicher, ob es vielleicht schon zu spät ist und ich sie aufwecken würde – schließlich habe ich keine Ahnung, wann sie aufstehen muss –, und deswegen habe ich sie an ihrem Türknauf befestigt und das Post-it mit meiner Dankes-Nachricht auf die Papiertüte geklebt. Wer weiß, vielleicht isst sie ja einen der Muffins zum Frühstück? Ich hoffe, dass sie ihr schmecken. Sie waren saftig und zitronig und mit einer cremigen Frischkäseschicht. Falls sie sie nicht mag, wird sie die nette Absicht dahinter sehen. Und das ist die Hauptsache.

Da ich mich jetzt nicht mehr davor fürchten muss, Jamie über den Weg zu laufen, bin ich in Frank-N-Furters Aufzug gestiegen, aufs Dach hoch gefahren und über die Feuertreppe in mein Zimmer zurückgeschlichen. Erstens wollte ich Junes Gespräch nicht stören, und zweitens hatte ich Angst davor, womöglich in ihren Telefonsex reinzuplatzen. Bei June weiß man nie.

Jetzt sitze ich brütend in meinem Wandschrank und fächle mir Luft zu. So wohl ich mich hier auch fühle, in tropischen New Yorker Nächten verwandelt er sich in einen Backofen und mich in ein knuspriges Brötchen. Ich rapple mich schwerfällig auf, kämpfe mich aus meiner Schlafanzughose, die wie eine zweite Haut an meinen Beinen klebt, und schleudere sie in die Ecke, dann öffne ich das Fenster. Ich tue es ganz leise, weil ich den Streit nebenan nicht unterbrechen will. Nicht, dass sie sich am Ende wieder vertragen.

»Hältst du mich für bescheuert?«, höre ich Cassys Stimme und erstarre. »Denkst du, ich merke nicht, dass da etwas zwischen euch ist?«

»Cass, da ist nichts«, sagt Danny beschwichtigend. »Claire ist wie eine Schwester für mich.«

»Verarsch mich nicht, Danny. Ich weiß, was ich gesehen habe.«

»Und was genau war das, hm?«

»Einen eifersüchtigen Typen, der nicht damit klarkommt, dass da ein anderer Kerl ist.«

»Ich? Eifersüchtig? Etwa auf Jamie?« Danny lacht abschätzig. »Das ist doch lächerlich.«

»Wenn du nicht eifersüchtig warst, was sollte das dann alles?«

»Hör zu, Babe, ich liebe Claire, aber nicht auf die Art, wie du denkst ...«

»Sondern wie dann?«

»Wenn du mitgekriegt hättest, wie sie wegen diesem Arschloch gelitten hat, würdest du mich verstehen. Sie hat ihm *jahre-*

lang nachgeweint. *Jahre*, Cass!« Er macht eine kurze Pause, die betonen soll, wie erbärmlich ich bin. »Dieser blöde Idiot wird garantiert nur mit ihr schlafen und sie danach fallen lassen!«

»Das ist nicht dein Problem.«

»Nein, aber Claire ist mir wichtig.«

»Ja«, sagt Cassy laut, »*zu* wichtig!« Einen Moment ist es still, dann fügt sie hinzu: »Die letzten Jahre hat sie keine Rolle gespielt … und jetzt?«

»Es fällt mir einfach schwer, dabei zuzusehen, wie sie denselben Fehler noch einmal macht. Das ist alles.«

»Das ist ihre Entscheidung, verdammt! Claire ist eine erwachsene Frau, und sie kann schlafen, mit wem sie will!«

»Nicht mit ihm!«, brüllt Danny.

»Ach, und warum nicht?«

»Weil er sie damals fast zerstört hätte!«

Pause. Meine Handflächen schwitzen.

»Weißt du, was ich glaube?«, fragt Cassy.

»Nein, was denn?« Er klingt gereizt.

»Dass du in sie verliebt bist …«

Mein Herz setzt einen Schlag aus.

»Was? Das ist doch Blödsinn!«

»Nein, das ist es nicht! Ich habe gleich gewusst, dass da etwas zwischen euch ist … etwas, das da nicht sein sollte. Gleich am ersten Abend!«

»Cass, hör mir zu.«

»Lass mich …«, flüstert sie schroff.

»Babe, bitte …«

Ich wette, er wischt ihr gerade eine Träne von der Wange.

»Ich wollte nie etwas von Claire, und ich will auch jetzt nichts von ihr.« Ich kann nicht mehr atmen. »Ja, ich liebe sie, aber das ist total harmlos … ich liebe sie so, wie man eine Schwester liebt.«

Ich höre ein unterdrücktes Schluchzen und meinen Herzschlag, ansonsten ist es still.
»Wehe, du lügst mich an, Danny.«
»Ich lüge dich nicht an.«
Pause.
»Du bist nicht in sie verliebt?«
»Nein«, antwortet er ruhig, »das bin ich nicht.«

Nicht wahrhaben wollen.

Ich wische mir selbst die Tränen von den Wangen, weil niemand da ist, der es sonst tun könnte. Ich bin allein. Meine Augen brennen, und meine Nase ist dermaßen verstopft, dass ich kaum noch atmen kann. Gott sei Dank ist dieser schreckliche Sonntag bald vorbei. Nur noch vierzig Minuten, dann ist Montag. Das Problem ist nur, dass morgen nichts anders sein wird. Danny wird noch immer Cassy lieben und ich ihn.

Die beiden sind weg. Vermutlich bringt er sie gerade zum Flughafen. Ich bin mir nicht sicher, aber ich habe die Rollen ihres blöden Koffers gehört und ihre geflüsterte Unterhaltung im Flur. Sie haben sich wieder vertragen. Alles ist gut, und Cassy ist glücklich. Der Gedanke, dass die beiden in ein paar Stunden wieder das ganze Land trennen wird, ist zwar beruhigend, ändert aber leider nichts. Zumindest nicht wirklich.

Ich wusste, dass er vergeben ist. Ich wusste, dass es eine andre gibt. Trotzdem dachte ich irgendwie, dass da etwas zwischen uns war. Andeutungen und Blicke. Aber das ging wohl nur von mir aus. Und dann ist meine Fantasie mit mir durchgegangen. Genau wie damals bei Julian. Ich sehe das, was ich sehen will, und lese Dinge zwischen den Zeilen, die dort gar nicht sind. Ich weiß, dass ich ihm nicht egal bin. Das war ich nie. Genauso wie er mir nie egal war. Das merkt man zum Beispiel daran, dass ich jahrelang nicht mit ihm gesprochen, es aber trotzdem nicht fertiggebracht habe, seine Scheißnummer aus meiner Favoritenliste zu entfernen. Uns verbindet zu viel. Aber eben nicht genug. Nicht das, was ich gerne hätte. Danny ist nicht in mich verliebt. Nur ich in ihn. Und das so sehr, dass ich mir am liebsten mein blödes Herz aus der Brust reißen würde, damit es einfach aufhört. Warum nimmt mich das Ganze bitte so mit? Es war kein Geheimnis, dass er eine Freundin hat. Ich wusste, dass es Cassy gibt. Sie war schließlich nebenan. Ich habe die beiden zusammen gesehen.

Bei diesem Gedanken schießt mir sofort das Bild von ihrem Kuss durch den Kopf. Ich darf nicht daran denken, wie er sie festgehalten hat. Wie ihre Körper sich im abgehackten Stroboskoplicht bewegt haben. Und auch nicht an das Zusammenspiel ihrer Lippen. Aber ich kann nicht anders. Mein Herz schlägt plötzlich schneller. So, als wäre es körperlich anstrengend, sich nur daran zu *erinnern*. Ich weiß nicht, was schlimmer war: wie er sie geküsst hat oder dass jeder Außenstehende sehen konnte, dass sie zusammengehören.

Ich wünschte, ich hätte diesen Kuss nicht gesehen. Dann hätte ich die Flasche nicht fallen lassen, und ohne die Glasscherben und mich als heulendes Elend in der Bierpfütze hätte Jamie mich nicht trösten müssen und ich wäre nicht in seinen Armen gelandet. Wir hätten uns nicht ausgesprochen, und vermutlich hätte ich dann auch nicht mit Booty-Paul geschlafen – *Fuck me maybe*-Shirt hin oder her.

Danny ist schuld. Und zwar an allem. Daran, wie beschissen und einsam ich mich jetzt fühle. Daran, wie geschwollen meine Augen sind, und auch daran, wie schwer es mir fällt zu atmen. Es fühlt sich an, als läge ein Gürtel um meine Rippen und als hätte jedes seiner Worte ihn noch ein bisschen enger gezogen.

Er liebt mich also nicht. Und er ist auch nicht in mich verliebt. Okay. Das muss ich hinnehmen. Aber was sollte dann der ganze Scheiß, dass er weiß, dass es *den Richtigen* für mich gibt? Und warum hat er mich dabei so angesehen? Was sollte dieser Blick? Habe ich mir das alles wirklich nur eingebildet? Ich sehe sein Gesicht vor mir und den durchdringenden Ausdruck in seinen Augen.

In der Wohnung ist es totenstill. Zu still. Alles, was ich höre, sind meine Gedanken. Ich massiere meine Schläfen mit den Fingerkuppen und starre an die Wand. Sie ist viel zu nah. Je länger ich sie ansehe, desto mehr fühlt es sich an, als würde sie langsam auf mich zukommen. Immer näher. Bis ich schließlich zwischen Dannys und Junes Zimmern zerquetscht werde. Mein Magen zieht sich zusammen, meine Hände zittern, und ich spüre, wie der Schweiß aus meinen Poren dringt. Ich spüre ihn auf der Stirn, unter den Achseln und in den Kniekehlen. Was mache ich hier? Ich gehöre hier nicht her. Weder in diesen blöden Wandschrank noch in diese Wohnung. Ich bin wie eine alte Erinnerung, an der man zu sehr hängt, um sie gehen zu lassen, und die man in die Abstellkammer verbannt hat, wo sie letztlich langsam verrottet. Der Schweiß breitet sich auf meinem ganzen Körper aus. Ich atme flach. Sterne flirren durchs Zimmer. Ich zerre panisch an meinem Top, als würde es mir die Luft abschnüren, ziehe es mir über den Kopf und werfe es auf den Boden. Ich atme ganz tief ein und noch weiter wieder aus.

Und langsam, ganz langsam komme ich wieder zu mir. Ich hocke heulend und zitternd auf dem Bett und versuche zu begreifen, wie ich hier gelandet bin. Wie ist aus meinem Leben ein so anschauliches Beispiel dafür geworden, wie man es *nicht* machen sollte? Ich habe keine Perspektive. Gar keine. Ich habe einen ehemaligen besten Freund, den ich plötzlich andauernd küssen will, und verkaufe Popcorn und Bier. Gott, was ist nur mit mir passiert? Tränen laufen über mein Gesicht. Alles, was ich wollte, war ein intelligenter, humorvoller Mann mit gutem Musikgeschmack. Ein Mann, der weiß, bei welchen Liedern er die Klappe halten muss. Jemanden, mit dem ich lachen, schlafen und kochen kann. Und der über dieselben Witze lacht. Ich wollte jemanden finden, der sich bei mir zu Hause fühlt. Ist das zu viel verlangt?

Ich liebe sie so, wie man eine Schwester liebt. Eine Schwester. Das macht mich fertig. Ich dumme Idiotin dachte, seine Blicke wären die eines eifersüchtigen Mannes, aber das waren sie nicht. Es waren die eines Bruders. Er will mich nur beschützen – vor allem vor meiner eigenen Dummheit. Mir wird übel. Ich atme viel zu schnell. Mein Brustkorb ist eng, aber dieses Mal habe ich nichts mehr, was ich ausziehen könnte. Ich muss hier raus. So schnell wie möglich. Ich reiße hastig ein frisches Unterhemd und eine Shorts aus meinem provisorischen Schrank, ziehe beides über und klettere bewaffnet mit meinem Tagebuch und dem erstbesten Kugelschreiber in die Freiheit.

Liebes Tagebuch,
ich habe nichts gelernt. Gar nichts. Ich bin noch ganz genauso dumm wie damals mit fünfzehn. Das ist alles so zum Kotzen. Und warum hat June eigentlich immer recht? Das ist anstrengend und nervig. Auf einmal finde ich es nämlich gar nicht mehr so abwegig, mit Jamie ins Bett zu gehen. Es ist sogar ziemlich verlockend. Ich habe es nicht vor, und er würde es vermutlich auch gar nicht wollen, aber so ein bisschen körperliche Nähe und ein vertrauter Duft klingen im Moment nach einem ziemlich guten Plan. Wenn dabei auch noch ein Orgasmus rausspringen würde, hätte ich auch nichts dagegen einzuwenden. Warum noch mal tue ich es nicht? Ganz einfach, weil es falsch wäre. Und das aus so vielen Gründen. Ich wüsste wirklich gern, wie sehr Jamie sich im Bett verändert hat. Ich meine, damals auf meiner Neunzig- Zentimeter-Matratze waren wir ja fast noch Kinder. Ziemlich notgeile Kinder mit einem sehr gesunden Sexualtrieb, aber trotzdem. Wir sind nicht mehr dieselben. Jamie ist ein Mann. Und ich einsam. Bestimmt wäre es toll, mit ihm zu schlafen. Bei diesem Gedanken

habe ich natürlich sofort den nackten Jamie auf seinem Sessel vor Augen, und ich spüre, wie meine Wangen glühen.
Ich wette, er ist verdammt gut im Bett. Garantiert ist er das. Aber so gut es auch wäre, ich würde wahrscheinlich trotzdem heimlich an Danny denken und Jamie eigentlich nur benutzen. Und sogar wenn nicht, dann würde ich es hauptsächlich tun, um wenigstens für ein paar Minuten nicht an Danny denken zu müssen. Das wäre beides nicht okay. Aber schade ist es trotzdem.

Ich seufze und schaue über das Geländer in die bunte Lichterwelt zu meinen Füßen. Vor nicht einmal zwei Wochen ist mir fast schlecht geworden, wenn ich das getan habe, aber inzwischen macht es mir nichts mehr aus. Die Enge des Schrankes und die Hitze der letzten Nächte haben mich kuriert. Im Gegensatz zu meinem Zimmer können ich und meine verqueren Gedanken uns hier draußen nämlich ausbreiten. Ich klappe das Tagebuch zu, befestige den Stift und lege beides zur Seite. Als ich versuche einzuatmen, quietscht meine Nase wie eine rostige Tür. Sie ist total verstopft, und bei jedem Blinzeln spüre ich, dass meine Augen noch ziemlich aufgedunsen sind, aber immerhin ist dieses enge Gefühl um meine Brust fast verschwunden. Die Nacht ist schwül, und die Abgase machen es noch schlimmer. Ich bin verschwitzt und klebrig. Es ist windstill und die Luft so feucht und abgestanden, dass sie sich fast wie Badewasser anfühlt. Ich greife nach meinem Handy. Kurz vor zwölf. Das Display strahlt wie ein winziger Leuchtturm in die Dunkelheit. Ich folge seinem Licht und schaue in einen klaren, aber sternlosen Himmel. Mein Nacken schmerzt. Das Vibrieren in meiner Hand lässt mich wieder nach unten sehen. Eine neue Nachricht bei Facebook. Ich öffne die App und scrolle mich durch die neuesten Beiträge, die alle gleich langweilig sind. Ich lehne zwei Freundschaftsanfragen von Typen ab, die ich nicht kenne, dann bemerke ich, dass Sarah meine angenommen hat. Die neue Nachricht ist von ihr.

> Sarah Hawks: Claire, du hast mir gerade mit deinen Muffins das Leben gerettet. Ich kam vor einer halben Stunde total ausgehungert nach Hause und bin dann gleich über sie hergefallen. Ich hing kopfüber in der Tüte und habe drei hintereinander verschlungen. Ganz ehrlich, ich glaube, ich habe noch nie so gute Muffins gegessen. Vielen Dank dafür – auch wenn das echt nicht nötig gewesen wäre. PS: Machst du das eigentlich beruflich?

Ich strahle ihre Nachricht an, als wäre es Sarah selbst, dann tippe ich meine Antwort.

> Claire Gershwin: Nach diesem blöden Abend freut mich deine Nachricht ganz besonders. Ich wollte dir die Muffins eigentlich schon viel früher vorbeibringen, aber dann ist mir immer wieder das Leben dazwischengekommen. Du weißt schon: Job und Männer und Missverständnisse und so ein Zeug. Was deine Frage betrifft: Nein, ich mache das nicht beruflich, dafür aber sehr leidenschaftlich. 😊
> Sarah Hawks: Du hattest auch keinen guten Abend? Willkommen im Club. Wenn ich ehrlich bin, war es bei mir nicht nur dieser Abend. Ich bekomme langsam den Eindruck, dass es sich bei mir zu einer schlechten Phase entwickelt.
> Claire Gershwin: Kenne ich. Bei mir dauert die Phase schon fast ein ganzes Jahr.
> Sarah Hawks: Bei dir also auch? Das hört bestimmt wieder auf. Wir müssen nur ganz fest dran glauben.
> Claire Gershwin: Und was, wenn das nicht reicht?
> Sarah Hawks: Dann sind wir am Arsch. 😊

Ich grinse.

> Sarah Hawks: Nein, im Ernst. Das wird wieder. Ich bin mir sicher.
> Claire Gershwin: Ich hoffe es.
> Sarah Hawks: Ich auch. 😊 Jetzt muss ich aber ins Bett. In nicht einmal sechs Stunden geht mein Flug nach Chicago. Daran darf ich gar nicht denken. Das wird ein verdammt langer Tag. 😞
> Claire Gershwin: Okay, dann will ich dich nicht länger aufhalten. Gute Nacht und morgen einen guten Flug.
> Sarah Hawks: Danke dir, die wünsche ich dir auch. Deine Muffins kommen übrigens mit. 😊 Mal sehen, wie lange sie überleben … hehehe … Wenn ich es schaffe, melde ich mich mal aus Chicago.
> Claire Gershwin: Das würde mich freuen. Bis ganz bald, Sarah. Es war schön, mit dir zu schreiben.
> Sarah Hawks: Gleichfalls, Claire. Laters. 😊

Ich lege mein Handy weg und schaue zu Junes Fenster hinüber. Die Vorhänge sind zugezogen, aber ich sehe das Licht der Nachttischlampe, das sanft dazwischen hindurchscheint. Ich wette, June telefoniert noch mit Matthew. Irgendwie seltsam. Wir haben jahrelang zwei fast deckungsgleiche Leben geführt – und jetzt? Jetzt leben wir in verschiedenen Welten. Klar gibt es immer irgendeinen Mann – oder in Junes Fall auch mehrere –, und es gibt irgendeinen Job und natürlich auch all die anderen Probleme, die man eben so hat, aber am College waren June und ich wie *ein* Organismus. Als hätten wir uns nicht nur ein Zimmer, sondern auch ein Herz und ein Gehirn geteilt. Damals wussten wir *alles* voneinander. Jetzt nicht mehr. Vor unserem Gespräch heute Abend war ich klammheimlich in Danny verliebt, und June hat –

genauso klammheimlich – an Matthew gedacht. Wir haben Nacht für Nacht Kopf an Kopf gelegen und im Stillen gelitten. Alles, was uns getrennt hat, war eine dünne Wand. Aber anscheinend hat das genügt. Am College haben wir alles ungefiltert miterlebt. Es gab keine Wand. Und irgendwie fehlt es mir zu wissen, was sie denkt. Es fehlt mir, ein Teil von ihrem Leben zu sein. Mir fehlt die ungeschminkte Wahrheit, wie wir sie einmal hatten. Ein lautes *Ratsch* rechts von mir lässt mich plötzlich zusammenzucken. Neben dem nun offenen Vorhang steht June und schaut mich an.

»Claire«, flüstert sie und lächelt begeistert. »Du bist ja auch noch wach.«

Ich brumme zustimmend. »Konnte nicht schlafen.«

»O nein, etwa meinetwegen?«, fragt sie mit großen Augen.

»Nein, das übliche Problem: zu viele Gedanken.«

»Ich bin auch noch viel zu wach«, sagt sie und nickt zu meinem Schrank hinüber. »Noch Lust, einen Film zu schauen?«

Ich grinse. »Gern. Ich hole noch was zu trinken.«

»Sehr gut, dann hole ich den Ventilator.«

Montagmorgengrauen.

Ich schlage die Augen auf. Das Bettzeug ist feucht und mein Kopfschmerz dumpf. Ich höre das monotone Summen des Ventilators. *Gott, mein Schädel.* Ich sterbe. Vielleicht bin ich auch schon tot. Als ich mich zur Seite rolle, höre ich etwas knistern und ziehe wenig später einen Zettel unter meiner Wange hervor.

Guten Morgen, Süße,
(wobei es Morgengrauen besser trifft)
Danke für den Abend gestern – oder sollte ich sagen die Nacht? Und danke, dass wir keinen Film geschaut haben. Es war viel besser, über alles zu reden. Keine Heimlichtuereien mehr. Es lebe die ungeschminkte Wahrheit.
Auf deinem Fensterbrett findest du zwei Advil und ein großes Glas Wasser. Ich nehme an, du wirst sie beide brauchen, auch wenn ich hoffe, dass dein Kater nicht halb so bösartig ist wie meiner. Ich fühle mich nämlich, als hätte jemand die ganze Nacht auf meinem Gehirn herumgekaut und es mir dann kurz vor dem Weckerklingeln in den Schädel zurückgespuckt. Deswegen dachte ich, ich stelle dir vorsichtshalber alles bereit ... man weiß ja nie.
Ich sage es ja wirklich nur sehr ungern, Claire, aber ich glaube, wir werden alt. Oder es war zu viel Wein. Oder beides. Doch dieses Gespräch war es wert. Das waren wieder wir: die Claire und die June vom College. Bloß in jetzt und etwas reifer. Dafür nehme

ich sogar diesen Kater und das Beißring-Gefühl in meinem Kopf in Kauf.
Ich krabble jetzt mal zum Aufzug. Matthew wird jeden Moment da sein. Wir sehen uns in ein paar Tagen. Für den Fall, dass du mich brauchen solltest: Ich bin nur einen Anruf — oder einen Inlandsflug — entfernt.
Zu guter Letzt: Schlaf nicht mit Danny (und wenn wir schon dabei sind, auch nicht mit Jamie). Falls es aber doch passiert, weil es einfach nicht anders geht, genieß es gefälligst. Wir sind nämlich viel zu jung, um traurig zu sein. ☺
Hab dich lieb, Claire. Sehr sogar.
Ich schreibe dir aus Boston — sofern mein Kater mich bis dahin nicht umgebracht hat.
xxx June

Ich schlage meine Bettdecke zurück, und das ist so verdammt anstrengend, dass ich mich erst einmal kurz davon erholen muss. Meine Arme sind schwer und meine Beine sogar noch schwerer. Ich drehe meinen Kopf und schaue zu den Schmerztabletten hinüber, dann atme ich tief ein und robbe den rettenden Advils entgegen. Als ich mich aufsetze, dreht sich mein Zimmer, und es fühlt sich so an, als würde mein Gehirn in einem See aus billigem Rotwein umhertreiben. Gott, allein bei dem Gedanken an Wein wird mir schlecht. Ich greife nach den Tabletten, stecke mir beide auf einmal in den Mund und trinke in großen Schlucken Wasser hinterher. Mein Magen ist flau. Ich brauche dringend fettiges Essen. Spiegeleier und Bacon. Oder Pancakes, die in Ahornsirup schwimmen. Oder beides? Bei dem Gedanken, dass ich für etwas zu essen mein Bett verlassen und erst mal irgendwie in die Küche kommen muss, bemerke ich einen männlichen Umriss durch meine halbdurchsichtige Jalousie und schrecke zusammen, was mein Kopf so gar nicht gut findet.

»Morgen«, sagt ein viel zu beschwingt klingender Jamie, bückt sich und schaut durch den Spalt zwischen Fensterbrett und Rollo. »Wow, du siehst ja fertig aus.«

»Danke«, krächze ich und befehle meinen schweren Armen, das Rollo hochzuziehen. Erst wollen sie nicht, aber dann fügen sie sich. Das verdammte Sonnenlicht ist so hell wie noch nie zuvor in meinem Leben. Ich kneife die Augen zusammen und verziehe das Gesicht. Am liebsten würde ich einfach weiterschlafen. Und das für die nächsten drei Tage. Aber ich brauche erst noch meine Spiegeleier.

»Du brauchst dringend etwas zu essen«, sagt Jamie, als hätte er meine Gedanken gelesen. »Okay ... geh du duschen. Ich mache dir was.«

»*Wirklich*?«, frage ich mit so viel Dankbarkeit und Sehnsucht in der Stimme, dass Jamie in lautes Lachen ausbricht.

»Ja, wirklich.«

Ich kann sein Gesicht nur schemenhaft erkennen, das blöde Licht blendet mich viel zu sehr, und meine verkaterten Augen haben ziemliche Schwierigkeiten, scharf zu stellen. Sie driften schläfrig in ihren Höhlen umher.

»Muss ich duschen?«, frage ich heiser.

Und wieder lacht er. Laut und brummig. »Nein, Bear, das musst du nicht. Aber du würdest dich danach bestimmt besser fühlen.«

»Ich werde mich *nie wieder* besser fühlen.«

»Na gut. Leg dich hin. Dein Katerfrühstück kommt gleich.«

»Danke«, antworte ich in einem Seufzen und lächle ihn an, als wäre ich ein bisschen debil. Er schüttelt den Kopf und grinst, dann steigt er die Stufen zu seiner Wohnung hoch, und ich lasse das Rollo wieder runter. Daran, wie ich mich zurücklehne und zudecke, kann ich mich schon nicht mehr erinnern.

Der Duft von kross gebratenem Speck lässt mich die Augen öffnen. Spucke sammelt sich in meinem Mund. Ich bin also nicht tot. Meine Augäpfel sind heiß, aber sie tun nicht mehr weh. Ich setze mich auf und ziehe das Rollo ein Stück nach oben. Mein Gehirn fühlt sich nach wie vor geschwollen an, und es treibt auch noch in meinem Schädel umher, aber der dumpfe Schmerz hat nachgelassen. Nur das Sonnenlicht, das ist echt zu viel.

»Mylady, Ihr Frühstück«, sagt Jamie und stellt ein voll beladenes Tablett aufs Fensterbrett. Ich krieche dem Essen entgegen. Spiegeleier, Bacon, French Toast mit Ahornsirup und aufgeschnittenen Erdbeeren, daneben steht ein Glas mit frisch gepresstem Orangensaft. Es ist perfekt angerichtet. Wie in einem Luxushotel.

»Hast das *wirklich du* gemacht?«, frage ich heiser.

Er lacht. »Ja, wieso?«

»Na ja …« Ich schlucke laut, weil mir das Wasser im Mund zusammenläuft, dann sage ich: » … das sieht aus wie im Restaurant.«

»Glaub mir«, er hält mir Messer und Gabel hin, »so schmeckt es auch.« Jamie grinst. »Du solltest es essen, solange es noch heiß ist.«

Das muss er mir nicht zweimal sagen. Ich falle über sein Frühstück her wie ein hungriges Wolfsrudel. Die Mischung aus Speck und Ahornsirup weckt Lebensgeister in mir, von denen ich mir sicher war, der Rotwein hätte sie gestern kaltblütig ermordet. Süß trifft auf salzig, kross auf weich. Das flüssige Eigelb fließt über den knusprigen Toast und gibt mir den Rest. Mit dem letzten Stückchen tunke ich den Sirup auf. Ich bin kurz davor, den Teller abzulecken, da bemerke ich Jamie, wie er auf den Stufen sitzt, das Gesicht in die Hände gestützt und mich beobachtet. So wie ein Forscher eine unbekannte Spezies. Ich lege das Besteck zur Seite.

»Das scheint dir ja geschmeckt zu haben«, sagt er und lächelt. Meine Hände kleben. Und auch meine Mundwinkel. »Willst du noch was?« Ich schüttle den Kopf, was nicht bedeutet, dass ich nicht noch mehr davon essen könnte. »Bist du sicher? Ich kann noch was machen.«

»Nein danke.«

Er schaut mich an und grinst.

»Was ... was ist?«, frage ich und spüre, wie meine Wangen heiß werden.

»Du hast da was.«

Er zeigt auf mein Gesicht.

»Wo?«

Jamie beißt sich auf die Unterlippe, um nicht zu lachen. »Überall.«

»Überall?« Er nickt. *Verdammt.* Ich muss furchtbar aussehen. Verschmiert mit Wimperntusche, Sirup und Eigelb. »Vielleicht sollte ich jetzt duschen ...«

»Du solltest dir zumindest das Gesicht waschen.«

Ich weiche seinem Blick aus. »Okay, dann mach ich das mal.«

»Was hältst du von einem Kaffee?« Er schaut auf die Uhr. »Ich muss erst in knapp eineinhalb Stunden zur Arbeit.« *Zu welcher Arbeit?* »Was denkst du? In zwanzig Minuten wieder hier? Bekommst du das hin?«

»Pfft«, schnaube ich. »Ob ich das hinbekomme?«

Er lächelt mich an, dann bückt er sich nach dem Tablett, und da erst bemerke ich, dass es gar keins ist. Es ist ein Regalboden. Muss wohl aus seinem Bücherregal stammen. Doch, einfallsreich war Jamie immer. Wo andere nur die Probleme gesehen haben, hat er Lösungen gefunden. Seit er mich verlassen hat, war er immer der Teufel. Ich habe ihm jede gute Eigenschaft aberkannt und so getan, als hätte er keine gehabt. Aber die hatte er. Er hat sie noch. Sogar ziemlich viele. Es ist wirklich lange her, dass sich irgendjemand so um mich gekümmert hat. Vor allem ein Mann. Bei Jeremy hätte ich mit einem Fuß im Grab stehen müssen, um mich für eine seiner Tütensuppen zu qualifizieren. Jamie ist ein guter Kerl. Und das auch ganz ohne die rosarote Brille. Einfach so, wie er ist. Als er einen Schritt in Richtung Stufen macht, sehe ich, wie er meinen fast sauber geleckten Teller anschaut und in sich hineingrinst.

»Jamie?«

Er wendet sich mir zu. »Hm?«

»Danke.«

»Ach, wofür denn?«

»Im Ernst, Jamie«, sage ich eindringlich, »danke.«

»Bear«, antwortet er leise und zwinkert mir zu, »ich würde dir immer wieder das Leben retten.«

Spieglein, Spieglein …

Eine zerstörte Version von mir selbst starrt mir aus dem ovalen Badezimmerspiegel entgegen. Mein Gott, ich sehe ja furchtbar aus. Wie eine Drogensüchtige auf kaltem Entzug. Ich schüttle fassungslos den Kopf, und die Entzugs-Claire schüttelt mit. Meine Haut prickelt, und meine Schläfen pochen. Ich mustere meine rot geränderten Augen und die dunkel-aubergine-farbenen Schatten darunter. Man könnte meinen, ich wäre die ganze Nacht geschlagen worden. Ich habe öfter mal zu viel getrunken und zu wenig geschlafen, und dementsprechend oft sah ich auch schon schlimm aus, aber nur ganz selten so. Meine Wimperntusche ist überall, nur nicht mehr auf meinen Wimpern, meine Frisur erinnert an ein verwaistes Vogelnest, und meine Lippen sind aufgesprungen und farblos. Genauso wie meine Haut. Müsste ich den Farbton bestimmen, wäre es entweder Grège oder Eierschale mit nervösen roten Flecken. Ich befürchte, keine Dusche der Welt kann dieses Ausmaß der Zerstörung in Ordnung bringen. Vor allem nicht in weniger als fünfzehn Minuten. Aber einen Versuch ist es wert.

Zwölf Minuten später bin ich noch immer blass und fleckig, und ein gefühltes Viertel meiner Haare hängt zwischen den Borsten meiner Haarbürste, aber die Person, die mir jetzt entgegenblickt, weckt zumindest die Hoffnung, dass die echte Claire da noch irgendwo drin ist. Morgen bin ich wieder ich. Und wenn nicht morgen, dann spätestens übermorgen. Ich binde mir das nasse Haar zu einem Pferdeschwänzchen, das so lächerlich klein ist, dass es mich spontan an einen Schminkpinsel erinnert, klippe mir mit Haarspangen den Pony aus der Stirn und creme mir das Gesicht ein. Meine Haut saugt die Feuchtigkeit gierig auf. Wie es aussieht, hat sie genauso großen Durst wie ich. Und weil ich noch ein kleines bisschen Zeit habe und ich die Schatten unter meinen Augen absolut unerträglich finde, schummle ich und decke sie mit meiner getönten Tagescreme ab; was aber nicht besonders viel bringt. Wenn man es genau nimmt, betont sie die Augenringe nur noch mehr. Ich seufze resigniert, dann mache ich das Bad sauber.

Wenig später öffne ich die Tür einen Spalt und spitze hindurch. Die Vorstellung, Danny in nichts als einem Handtuch und mit meinem heutigen Gesicht in die Arme zu laufen, wäre wirklich das Sahnehäubchen auf meinem Grauen. Aber die Luft scheint rein zu sein. Kein Danny weit und breit. Barfuß tipple ich durch den Flur, und meine Füße schmatzen über den Holzboden. Ich schließe die Tür zu Junes Zimmer hinter mir und atme erleichtert aus. Als ich meinen Schrank betrete, sitzt Jamie bereits wartend auf dem Fensterbrett. Er sieht zur Tür, und sein Blick wandert einmal an mir runter und dann wieder hoch.

»Oh, ich …« Er steht auf und zeigt auf die Stufen. »Soll ich noch mal wiederkommen?«

»Nicht nötig, dreh dich einfach um.«

Jamie geht zum Geländer, legt die Hände darauf und schaut auf die Straße hinunter. Ich greife schnell nach etwas zum Anziehen und schlüpfe hinein. Irgendwie ist die Situation seltsam – immerhin weiß er, wie ich nackt aussehe.

»Fertig«, sage ich und krabble zum Fenster.

Er setzt sich wieder und reicht mir eine Tasse Kaffee. »Schwarz und bitter wie das Leben, richtig?«

»Richtig«, sage ich grinsend.

»Los, kletter raus.« Ich will widersprechen, aber Jamie schüttelt so energisch den Kopf, dass meiner allein bei dem Anblick weh tut. »Die Sonne wird dir guttun.« Das wage ich zu bezweifeln. »Komm schon, Bear, gib dir einen Ruck.« Das werde ich ganz sicher nicht. Ich bin zu müde. Jamie nimmt mir die Tasse aus der Hand und stellt sie neben sich auf den Boden. »Los jetzt«, sagt er und zieht die Augenbrauen hoch. Ich brumme vor mich hin, tue letztlich aber, was er sagt. Als die Wärme auf meine Haut trifft, atme ich tief ein. Er hat recht. Es tut gut.

»Schön, oder?« Er sagt das nicht besserwisserisch, er stellt es einfach nur fest. Das ist noch so etwas, das ich an ihm mag. Wir setzen uns nebeneinander auf die Feuertreppe. Das Metall ist heiß und die Stufe zu zweit eigentlich zu eng, aber die kühle Brise, die auf mein Gesicht trifft, lässt mich das vergessen. Eine Weile sitzen wir nur da, nippen an unserem Kaffee und schauen schweigend über die Stadt, dann sagt Jamie: »Du, Bear?«

»Hm?«

»Ich muss dir was gestehen …«

»Oh, oh.« Ich schaue ihn an. »Und was?«

»Ich … ich habe Junes Nachricht gelesen.«

»Welche Nach…?« Dann fällt sie mir wieder ein. »Oh.«

»Es war keine Absicht. Ich habe vorhin das Fenster weiter hochgeschoben, um den Kaffee abzustellen, und da ist mir ein Zettel entgegengeflogen.« Jamie macht eine Pause. »Muss der Luftzug gewesen sein.« Er zuckt entschuldigend mit den Schultern. »Ich habe ihn aufgefangen und dann …«, er räuspert sich, »dann habe ich ihn gelesen.«

»Verstehe.«

»Ich weiß, dass das falsch war, aber irgendwie …« Er macht ein *Ich-konnte-nicht-anders*-Gesicht.

»Ist schon okay«, sage ich. »Peinlich, aber okay.«

Jamie lacht. »Darf ich ehrlich sein?«

O mein Gott. »Wenn es sein muss.«

»Ein Teil von mir hat gehofft, dass genau das passiert. Ich meine, dass wir miteinander schlafen.«

»Ich glaube, ich kann mir *bildlich* vorstellen, welcher Teil das war«, rutscht es mir heraus, bevor ich es aufhalten kann.

»Bildlich?«, fragt er süffisant grinsend, befeuchtet sich die Lippen, und ich schaue schnell weg.

»Ich warte auf das Aber ...«

»Wie bitte?«

»Na ja, dein Satz klang so, als würde da noch ein Aber kommen.«

»Richtig«, antwortet Jamie, »das Aber ...« Er nimmt meine Hand. »Ich werde dich immer gut finden, Claire ... ich meine, so richtig gut.« Seine stechend blauen Augen funkeln im Sonnenlicht. »Aber ich will das hier« – er zeigt zwischen uns hin und her – »nicht aufs Spiel setzen.« Er seufzt. »Sollte es also *jemals* in diese Richtung gehen ...« Jamie zögert einen Moment und fügt dann hinzu: »dann würde ich dich abweisen.«

Ich ziehe die Augenbrauen hoch. »Tatsächlich?«

»Na ja, ich würde es zumindest versuchen.«

Ich muss lachen. »Es ist wegen der Augenringe, richtig?«

»Nein«, sagt er und stößt mich in die Seite. Das hat er mit siebzehn auch schon getan. »Und ich hoffe, das weißt du.«

»Das tue ich. Und ich weiß es auch sehr zu schätzen, dass du mich abweisen würdest, wenn ich mich an dich ranmache. Das ist überaus ritterlich von dir.«

»Du lachst, aber das ist es.« Unsere Blicke treffen sich. »Im Ernst, Bear. Ich will das nicht kaputt machen.«

»Ich auch nicht.«

»Okay«, sagt er seufzend, »kein Sex.«

»Kein Sex«, wiederhole ich ein bisschen enttäuscht.

»Und auch sonst kein Rummachen.«

Mein Blick fällt für einen Moment auf seinen Mund, und meine Ohren knacken, als ich schlucke.

»Willst du wohl aufhören!« Er grinst. »Claire, solche Blicke sind tabu.«

»Sagt wer?«

»Na, die Statuten des Gershwin-Witter-Freundschaftsabkommens.«

»Okay, du hast recht ...«

Jamie legt die Arme um mich und zieht mich ganz nah an sich heran.

»Ach, und das verstößt wohl nicht gegen das Abkommen?«, flüstere ich ihm ins Ohr.

»Klar tut es das«, flüstert er zurück, »aber dein Typ beobachtet uns durch sein Zimmerfenster.«

Mein Körper versteift sich. »Was?«

»Der ist so ein Idiot«, murmelt Jamie und streicht mir über den Rücken.

»Das ist er nicht.«

»Na ja, ein kleines bisschen schon.«

»Okay, er ist einer, aber das darf nur ich sagen.«

Jamie lässt mich los und bringt gerade so viel Abstand zwischen uns, dass wir uns in die Augen sehen können. Unsere Nasenspitzen berühren sich fast. »Ich darf es auch«, flüstert er, und sein Atem streift mein Gesicht. Er riecht nach gezuckertem Kaffee.

»Und warum?«, flüstere ich zurück.

»Weil ich denselben Fehler gemacht habe.«

Friedenspizza mit Knoblauch.

Der Tag neigt sich seinem Ende zu. Die Sonne ist verschwunden, und ich bin froh, dass sie ihre drückende Hitze mitgenommen hat. Ein Gewitter wäre gut. Und Regen, der den Staub und die Abgase aus der Luft wäscht. Ich rapple mich auf und betrachte den sommerlichen Nachthimmel, der sich wie eine gigantische Käseglocke in Dunkelblau- und Grüntönen über die Stadt und ihre Lichter spannt. Nachdem Jamie vor ein paar Stunden gegangen ist, habe ich mich wieder ins Bett gelegt. Und dort bin ich geblieben. Nur zwei Mal habe ich mich auf leisen Sohlen ins Bad geschlichen und gehofft, dass Danny mich nicht hört, aber abgesehen davon habe ich mich nicht bewegt. Ich bin eingenickt, wieder aufgewacht, habe mich wie im Delirium in meinem Zimmer umgesehen und bin dann sofort wieder eingeschlafen. Mein Körper war fiebrig heiß, und ich habe mich gefühlt, als würde ich eine schlimme Grippe ausbrüten. June hat es auf den Punkt gebracht: Wir werden alt. Früher habe ich das echt besser weggesteckt.

June. Ich setze mich auf und taste mit pulsierendem Blickfeld nach meinem Handy. June wollte sich aus Boston melden. Ich kneife ein Auge zu und gebe die PIN ein.

Zwei neue Nachrichten. Eine ist von ihr, die andere von Sarah.

Ich öffne erst die von June.

June Spector: Ich sterbe, Claire. Das ist kein Witz. Ich fühle mich grauenhaft. Und ich kann nicht sagen, ob das an diesem schrecklichen Kater liegt oder an dem viel zu heißen, aber leider auch viel zu gestörten Typen, mit dem ich hier bin. So oder so, ich fühle mich grauenhaft. Aber: Ich bin gut angekommen. Das Hotel ist Luxus pur, und das Essen wäre sicher gut, wenn ich es in mir behalten könnte. Ich kann dir gar nicht sagen, wie froh ich bin, wenn ich ins Bett gehen kann. Allein. Und ich bete zu Gott, dass ich morgen früh wieder ich bin. Oder wenigstens eine Version von mir, ohne Kaugummi-Gehirn und mit einem normalen Magen. Egal, wie viel Wasser ich trinke, ich habe immer noch Durst. Vorhin in der Lobby war ich kurz davor, in das riesige Aquarium zu springen und es auszutrinken.
Hoffe, dir geht's besser, Süße.
xxx, J.

Ich kneife ein Auge zu, damit ich die Tastatur besser erkenne, und tippe meine Antwort.

Claire Gershwin: Tut es nicht. Mein Gehirn nimmt an einem Austauschprogramm teil, und ich weiß nicht, ob es jemals wiederkommt. Ich rolle mich von einer Seite auf die andere, ächze vor mich hin und wünsche mir, dass ich die Zeit vorspulen kann. Ansonsten tue ich nicht viel. Ich schlafe und gehe Danny aus dem Weg. Und das ist anstrengend genug. Ich glaube, ich schaue jetzt einen Film. Mutterseelenallein und total verkatert. Vermutlich läuft es mal wieder auf *Cinderella* hinaus, weil ich die Realität einfach nicht ertrage.
Schlaf schön, June, ich wünschte, du wärst hier.
xxx, C.

Ich drücke auf *Senden*, dann öffne ich den Facebook-Messenger. Sarah hat mir ein Foto von einem weißen Teller geschickt. Bis auf einen Haufen Krümel ist er leer. Darunter steht: »Alle weg. 😊«

Ich grinse, wähle einen Smiley aus und schicke ihn ihr, dann lege ich das Handy weg, schalte meinen Laptop ein und starte *Cinderella*.

Ich liebe diesen Film. Ich könnte ihn immer wieder anschauen. Was heißt da *könnte*? Klar ist er kitschig, aber er erinnert mich an eine Zeit, in der ich noch an Märchen und Magie geglaubt habe. An eine Zeit, in der ich noch nicht zynisch war und alles angezweifelt habe. Manchmal frage ich mich, ob Walt Disney mich für immer verdorben oder vielleicht doch eher dafür gesorgt hat, dass ich niemals aufhöre zu träumen.

Ich schüttle die Kissen auf und kuschle mich in meine Bettdecke, als es leise an meinem Fenster klopft. Ich setze mich langsam auf. Als ich einen männlichen Umriss durch den dunklen Stoff erkenne, legt sich ein Lächeln auf meine Lippen. *Jamie*. Ich ziehe das Rollo hoch und erstarre.

»Danny?!« Meine Stimme klingt überrascht und ein bisschen schrill.

»Hey«, sagt er leise. »Ich hoffe, ich habe dich nicht geweckt? Ich ... ich habe das Licht brennen sehen, und da dachte ich ...«

»Nein, ich war wach«, falle ich ihm ins Wort. »Also mehr oder weniger.«

Danny legt einen Pizzakarton aufs Fensterbrett. »Ich habe mir eine Pizza bestellt und dachte, du hast vielleicht auch Hunger.« Er schiebt sie ein Stück näher an mich heran. Wie einen Köder. »Schinken mit extra Knoblauch.«

Er kennt mich gut. Viel zu gut. Gott, wie das riecht. Der Duft steigt mir in die Nase, und sofort läuft mir das Wasser im Mund zusammen. Kurz frage ich mich, ob er gesehen hat, dass Jamie mir heute Morgen etwas zu essen gebracht hat, oder ob er von selbst auf die Idee gekommen ist. Und dann frage ich mich, warum er mir überhaupt etwas zu essen bringt. Immerhin bin ich eine Schlampe, die immer dieselben Fehler macht. Bestimmt haben ihn seine brüderlichen Gefühle dazu veranlasst. Vielleicht denkt er, man macht das so, wenn die kleine Schwester schwer verkatert ist.

Als ich ihn nach ein paar Sekunden noch immer nur anstarre und nichts sage, räuspert er sich und fragt: »Hast du denn keinen Hunger?«

Er weiß genau, dass ich immer Hunger habe. Das ist bei mir wie ein Charakterzug.

»Doch.«

Danny lächelt zaghaft, öffnet den Karton, und der Duft von Käse, Basilikum und Knoblauch strömt zu mir ins Zimmer. Das sind unfaire Mittel. Der Geruch benebelt mein Gehirn und lässt mich weich werden.

»Danke ...«

Danny zeigt auf sein Fenster. »Keine Ursache«, sagt er und atmet tief ein, so als hätte er seine Mission erfolgreich hinter sich gebracht. »Ich geh dann mal wieder. Ich hoffe, sie schmeckt.«

Er macht einen Schritt weg von mir.

»Danny, warte.« Ich weiß nicht, ob es der Hunger ist, seine nette Geste oder die Tatsache, dass ich ihn um mich haben will, aber ich höre mich sagen: »Wir könnten zusammen essen ...« Ich mache eine Pause. »Also nur, wenn du willst.«

Das Lächeln, das sich auf seine Lippen legt, ist breit und erleichtert.

»Sehr gerne«, antwortet er, »ich hole nur schnell meine Pizza und etwas zu trinken.«

Dann ist er weg. Da, wo er eben noch stand, ist jetzt nur noch Dunkelheit. War das ein Fehler? Hätte ich mich einfach nur bedanken und ihm dann eine gute Nacht wünschen sollen? Bei dem Gedanken, dass wir gleich eng nebeneinandersitzen und

Pizza essen, zieht sich mein Magen zusammen. Was habe ich mir dabei gedacht? Ich kann nicht mit Danny auf einem Bett herumliegen und Pizza essen. Ich kann mit Danny überhaupt nirgends liegen, ohne mehr zu wollen.

Danny und ich sitzen mit einem ziemlich auffälligen Sicherheitsabstand nebeneinander und essen. Die Stimmung zwischen uns ist seltsam geladen. Wie bei einem Gewitter, das seit Stunden in der Luft liegt, aber einfach nicht ausbrechen will. Es ist die reinste Folter, mit ihm auf einem Bett zu sitzen. Zumindest für mich. Ich starre stur auf den Bildschirm. Meine Muskeln sind angespannt, und mein Herz schlägt zu schnell. Ich bin wieder der unsichere Teenager, der neben seinem Schwarm sitzt und darauf hofft, geküsst zu werden. Nur dass es dieses Mal nicht Jamie ist, sondern Danny. Und dass es keinen Kuss geben wird.

»Was hast du geschaut?«, fragt er und zeigt auf den Laptop.
»*Cinderella*.«
Er grinst. »Du und deine Märchen.«
Ja. Ich und meine Märchen. Die kleine Schwester. Schon klar.
Er schiebt seinen Pizzakarton zur Seite. »Wollen wir ihn zu Ende schauen?«
»Wozu? Damit du noch ein bisschen über mich lachen kannst?«
»Über dich lachen?« Er schüttelt verständnislos den Kopf. »Ich lache dich doch nicht aus.«
»Sondern?«
»Ich finde es großartig, dass du Märchen liebst.«
Ich sehe ihn ungläubig an. »Ach was …«
»Ja.«
»Und warum?«
Er zuckt mit den Schultern. »Weil ich es schön finde, dass du nie aufgehört hast zu träumen.« Als ich nicht reagiere, nickt er zum Laptop. »Also, was meinst du … wollen wir?«

Ich will, dass er mich küsst. Ich will, dass er mich liebt und Cassy verlässt. Ich will wissen, ob diese Lippen so weich sind, wie sie aussehen, und ob sie so schmecken, wie sein Atem riecht. Aber weil ich das alles nicht sagen kann, nicke ich und drücke auf *Play*.

Der Film ist zu Ende und ich schweißgebadet. Dannys Wärme strahlt zu mir herüber, und sein Parfum liegt quälend in der Luft. Als der Abspann endlich einsetzt, klappe ich schnell den Laptop zu. Dabei streift mein Unterarm seinen. Ich spüre die kleinen Härchen auf meiner Haut, und bei dieser winzigen Berührung läuft es mir eiskalt den Rücken hinunter. Wir bewegen uns nicht. Weder er noch ich. Für ein paar Sekunden ist es mucksmäuschenstill. Dann zieht er seinen Arm weg und räuspert sich.

»Trainers?«

Ich schlucke. »Hm?«

»Ich wollte mich bei dir entschuldigen.«

»Wofür genau?«, frage ich und mustere ihn. »Dafür, dass du mich Schlampe genannt hast, oder für deinen Ausbruch gestern beim Essen?«

»Für das alles.« Sein Blick durchdringt mich. »Ich weiß auch nicht, was in mich gefahren ist.« Er presst die Lippen aufeinander und schüttelt den Kopf. »Ich will einfach nicht, dass dir jemand weh tut, das ist alles.«

»Booty-Paul hat mir nicht weh getan«, antworte ich kühl. »Er hat es mir besorgt.«

Er schluckt. »Aber Jamie. Der hat dir weh getan.«

»Ja, und das ist ungefähr einhundert Jahre her.«

Danny stellt die Pizzakartons aufs Fensterbrett, schiebt den Laptop zur Seite und setzt sich mir gegenüber hin.

»Hast du vergessen, wie du seinetwegen gelitten hast? Ich nämlich nicht.«

»Ich auch nicht«, sage ich und schaue ihm direkt in die Augen, »aber das jetzt ist anders. *Wir* sind anders.«

»Und das weißt du sicher?«

»Ich weiß, dass ich Spaß mit ihm habe und dass ich gut mit ihm reden kann. Und ich weiß, dass es ihm nicht egal ist, wie es mir geht.«

»Das ist es mir auch nicht.«

»Das habe ich auch nicht gesagt.«

»Trainers, er wird dich wieder verletzen.« Ich lache auf. »Was ist?«, fragt er. »Warum lachst du?«

»Ach, vergiss es.«

»Nein ... sag es mir.«

»Weißt du, Danny, der Einzige, der mich in letzter Zeit verletzt hat, bist du.« Er starrt mich an, dann bricht er den Blickkontakt ab und fährt sich mit der Hand durchs Haar. »Du bist nicht mein großer Bruder, und es ist nicht deine Aufgabe, mich zu beschützen. Schon gar nicht vor meinen eigenen Fehlern.«

Eine Weile schaut er mich an, dann nickt er. »Du hast recht.«

Pause. Ich sehe ihm an, dass er nachdenkt, aber er wird seine Gedanken nicht aussprechen. Genauso wenig wie ich meine.

»Läuft etwas zwischen euch?«

»Zwischen Jamie und mir?«

Danny nickt und massiert sich mit dem Daumen der rechten Hand den Stresspunkt an seiner linken.

»Wir sind Freunde.«

Er befeuchtet sich die Lippen und legt den Kopf schräg. »Mit gewissen Vorzügen?«

»Nein«, sage ich und reiße mich von seinem Mund los. »Normale Freunde.« Danny und ich sehen einander etwas zu lange an, dann schaue ich weg.

»Waren die Muffins für ihn?« Ich schüttle den Kopf. *Warum interessiert ihn das?* »Wirklich nicht?«

»Nein, wirklich nicht.«

Es entsteht eine Pause. Von draußen höre ich hupende Autos und das hektische Heulen von Sirenen.

»Du hast früher andauernd gebacken.« Danny massiert sich noch immer die Hand. »Warum hast du damit aufgehört?«

Ich zucke mit den Schultern. »Keine Ahnung. Es gab keinen besonderen Grund.«

»Wolltest du nicht eine eigene Bakery? Das war doch immer dein Traum?«

Ich weiche seinem Blick aus. »Manche Träume sind nicht dazu gedacht, sie umzusetzen.«

»Der schon.«

Ich starre ihn an, und mein Blick sagt laut und deutlich, dass ich nicht mehr darüber reden will.

»Okay, ich bin still.« Er wirft einen Blick auf die Uhr und greift dann nach den Kartons. Die Pizzaränder, die ich nicht mehr geschafft habe, rutschen scharrend kratzend darin umher. »Ich geh dann mal schlafen. Es ist schon spät.«

Einen Tag später. Dienstag.
Flüsterpost meets Starlight Express.

Die Spätnachmittagssonne brennt von einem wolkenlosen Himmel. Es riecht nach Sonnencreme und Wiese – was es in New York nicht oft tut. Weit entfernt höre ich lachende Kinder und wie jemand Gitarre spielt. Seit ein paar Tagen ist die Stadt seltsam leer, weil die, die es sich leisten können, in den Hamptons sind. Sie genießen den Sommer in ihren Strandhäusern, während wir gegrillt werden.

In der Wohnung war es heiß wie in einem Backofen, aber das ist nicht der Grund, warum ich in den Central Park geflohen bin. Das lag an Danny. Und außerdem war es Jamies Idee.

Ich weiß nicht, ob Danny mich meidet, aber ich meide ihn. Zumindest ein Teil von mir. Der andere geht extra, nachdem er geduscht hat, ins Bad, um dort noch Reste seines Duschgel-Dufts einzuatmen. Einmal gestern und dann noch mal heute Morgen. Und als wäre das nicht schon schlimm genug, habe ich mich danach in meinen Schrank gesetzt und versucht zu erraten, was er nebenan wohl gerade tut – bis diese Bilder in meinem Kopf eindeutig in die falsche Richtung gingen. Sie haben mich zur Arbeit ins Kino begleitet und dort fröhlich weitergequält. Ich habe versucht, mich ihnen zu verweigern, aber das war so anstrengend, dass ich mich auf nichts anderes mehr konzentrieren konnte. Gott sei Dank ist mein Job so anspruchslos, und außerdem war ich mutterseelenallein, also hat keiner meine geistige Einschränkung mitbekommen. Ich habe mich mit einer Cola und Klatschzeitschriften hinter der Theke versteckt und die Zeit totgeschlagen. Ich habe Popcorn gegessen und mich mit den Liebschaften der Stars abgelenkt. Und dabei bin ich über ein Bild von Sam Clafin gestolpert – wenn es nach mir geht, einer der attraktivsten Männer, die es gibt. Seit ich ihn in *Love, Rosie* zum ersten Mal gesehen habe, bin ich ihm verfallen – was auch erklären dürfte, warum ich mir den Film gleich fünf Mal im Kino angesehen habe.

Aber das vorhin war anders. Anfangs war es so wie immer: Ich bin in Sams Anblick versunken. Das Bild war in einer miesen Qualität auf viel zu dünnem Papier gedruckt, aber ich konnte trotzdem diesen ganz bestimmten Blick in seinen Augen erkennen. Den, bei dem ich jedes Mal für einen Moment vergesse zu atmen. Eine Mischung aus nachdenklich und melancholisch. Aber wenn Sam Clafin lächelt, dann strahlt sein gesamtes Gesicht. Genau wie bei Danny. Das war der Moment, in dem meine Muskeln sich komplett versteift haben. Als hätten sie es vor meinem Gehirn verstanden. Ich mag Sam Clafin, und ich mag ihn auch als Schauspieler, aber am meisten mag ich an ihm, wie sehr er mich an Danny erinnert. Angefangen bei der Form seiner Augen über das Kinn bis hin zu seiner Frisur. Ich bin zurückgewichen, als wäre die Zeitschrift giftig oder als wäre es weniger wahr, wenn ich nur genügend Abstand zwischen mich und die Erkenntnis bringe. Ich habe versucht, mir einzureden, dass ich mir das einbilde. Dass ich vermutlich in jedem attraktiven Mann Danny sehen würde. Aber das stimmt nicht.

Danny sieht ihm wirklich ähnlich. Sie sehen natürlich nicht aus wie Zwillinge, aber sie könnten Brüder sein. Bis gestern habe ich das nicht gesehen. Weil ich es nicht sehen wollte. Weil es viel einfacher ist, für Sam Clafin zu schwärmen, als sich eingestehen zu müssen, dass man etwas für seinen besten Freund empfinden könnte. Diese Wahrheit hat mich wie eine Faust ins Gesicht geschlagen. Das war der Moment, als ich zum ersten Mal verstanden habe, wie grandios Verdrängung funktioniert. Und dann habe ich geweint. Lautlos. Weil ich mich so erfolgreich getäuscht habe.

Nachdem die vier Kinobesucher Kino zwei verlassen hatten – natürlich ohne ihren Müll mitzunehmen – warum sollten sie auch, wo es doch mich gibt? –, habe ich die leeren Popcorntüten und Trinkbecher vom Boden aufgelesen und an Danny gedacht. Daran, dass er der einzige Mann ist, der mich jemals wirklich kannte. Und dem ich jetzt die gute alte Claire vorspiele, weil die neue bedeuten würde, dass wir keine Freunde mehr sein können.

Es war irgendwie ein komischer Tag. Nicht unbedingt schlecht, aber seelisch anstrengend. Nach meiner Erleuchtung bin ich nach Hause gegangen, habe mich aufs Bett gelegt und an die Decke gestarrt, bis Mom mich angerufen und mir – natürlich ohne es wirklich zu sagen – vorgeworfen hat, dass schon wieder sie mich anrufen musste, weil ich ja leider immer so viel zu tun hätte. Ich habe geseufzt und mir ein paar ziemlich langweilige Geschichten von Nat und den Kindern angehört und dann noch von ihren neuen Blumenbeeten und der seltsamen Familie, die gerade drei Häuser weiter eingezogen ist. Dann haben wir aufgelegt, und ich habe weiter wie hypnotisiert an die Decke gestarrt und dabei an Sam und Danny gedacht. Dann kam Gott sei Dank Jamie. Er scheint einen sechsten Sinn für den perfekten Moment zu haben. Wir haben uns unterhalten und sind dann zusammen zur Hotdog-Bude an der Ecke gegangen.

Ich gebe es ja nur sehr ungern zu, aber wenn er mich nicht gezwungen hätte, hätte ich mir dort wohl eher keinen Hotdog gekauft. Aus der Ferne sah dieser kleine Wagen nämlich ziemlich widerlich aus, und der Typ, dem er gehört, ist dermaßen groß und bullig, dass ich es nicht gewagt hätte, mich ihm oder seinen Hotdogs zu nähern. Aber Jamie meinte, es wären die besten der Stadt, also habe ich einen probiert. Und was soll ich sagen? Natürlich hatte er recht. Ich habe drei davon vernichtet. Dafür kann ich mich jetzt kaum noch bewegen.

»Wir müssen los«, sagt Jamie, und ich schaue zu ihm rüber.
»Los?«, frage ich träge. »Wohin?«
»Das ist eine Überraschung.«
»Ich will keine Überraschung.«
»O doch, die willst du.«
Ich blinzle gegen das Sonnenlicht. »Nein, will ich nicht.«
Er setzt sich auf und schaut mich an. »Okay, die Wahrheit ist, dass ich noch arbeiten muss und dass du mich begleitest.«
»Ach was ... so ist das also«, antworte ich amüsiert.
»Ja, so ist es. Und es wird dir Spaß machen. Versprochen.«
Ich mustere ihn skeptisch. »Jamie, es hat vierhundert Grad, ich bin müde und verdaue gerade drei Hotdogs. Da macht außer Liegen gar nichts Spaß.«
Er lacht. »Bitte komm mit.«
»Wohin denn überhaupt? Und was ist das für ein Job?«
»Du bist heute vielleicht schwierig«, murmelt er und fügt dann hinzu: »Ich schreibe für ein Magazin.«
Ich rapple mich auf. »Du schreibst für ein Magazin?« Er nickt. »Und welches?«
»Wahrscheinlich kennst du es nicht – es heißt New York Trend. Aber sie haben die Vokale weggelassen, weil das irgendwie hip ist.«
»Moment ...« Ich greife in meine Tasche und ziehe eine zerfledderte Zeitschrift mit der Aufschrift *NY TRND – Trends and the City* hervor. »Etwa das hier?« Er nickt. »Wieso hast du mir nichts davon erzählt?«

»Keine Ahnung.« Jamie zupft ein paar Grashalme ab und dreht sie zwischen Daumen und Zeigefinger. »Es ist keine große Sache.«

»Keine große Sache?« Ich muss lachen.

»Claire, wir reden hier nicht vom New York Magazine.«

»Na und?« Ich halte ihm die Zeitschrift hin. »Welcher Artikel ist von dir?«

Er nimmt sie mir aus der Hand, blättert darin und seufzt. »Der hier.«

Ich lese den Namen der Kolumne.

»Warum *The Jungle Book?*«

»Mein Blog hieß so, und ich …«

»Du hattest einen Blog?«, falle ich ihm ins Wort.

»Ja, ich hatte einen Blog.« Jamie weicht meinem Blick aus, als wäre es ihm peinlich.

»Tut mir leid, ich habe dich unterbrochen … Du hattest also einen Blog.«

»Als ich nach New York gezogen bin, kannte ich niemanden, und ich kannte mich auch nicht wirklich aus. Also habe ich angefangen, Touren zu machen. Erst die Touri-Touren, dann auf eigene Faust. Ich wollte mich hier auskennen. Ich wollte, dass die Leute denken, dass ich hierhergehöre.«

»Du hast echt Touristen-Touren gemacht?«

»Ja, alle.«

»*Alle?*«, frage ich erstaunt, wenn nicht sogar schockiert.

»Jep, sogar den Helikopter-Rundflug.«

»Du verarschst mich doch.«

»Nein«, sagt Jamie lachend. »Das tue ich nicht.«

»Du überraschst mich immer wieder, Jamie Witter.«

Er grinst. »Na, jedenfalls habe ich irgendwann angefangen, New York für mich zu entdecken. Und dann habe ich darüber geschrieben. Und weil diese Stadt ein Betondschungel ist, habe ich mich für *The Jungle Book* entschieden.« Er verdreht die Augen. »Ja, ich weiß, es ist ein blöder Name, aber ich war jung und dumm, und mir ist nichts Besseres eingefallen.«

»Ich finde den Namen gar nicht blöd.«

»Ehrlich nicht?«

»Nein«, sage ich und lächle. »Ich finde ihn gut.«

Jamie wirkt erleichtert. Als wäre mein Urteil ihm wirklich wichtig. »Nach einer Weile habe ich zusätzlich zu den Blog-Einträgen Videos gemacht. Mit meinen Geheimtipps von New York.«

»Gibt es die noch?«

»Klar gibt es die noch. Ich mache jede Woche eins, passend zum Artikel.«

»Darf ich eins sehen?«

Er steht auf und streckt mir die Hand entgegen. »Du darfst eins mit mir machen.«

Ich mustere ihn. »Im Ernst?«

»Ja«, sagt Jamie und zieht mich hoch. »Ich zeige dir ein bisschen von meinem New York.«

Wir gehen in Richtung Fifth Avenue, wo hinter einer Wand aus Bäumen die Hochhäuser in den inzwischen dunkelblauen Himmel ragen. Die tiefstehende Sonne spiegelt sich orange in den Fenstern der Gebäude, und das Plaza Hotel baut sich vor uns auf wie ein modernes Märchenschloss. Als wir den Central Park verlassen, fühlt es sich an, als wäre er ein Nest, das uns vom hektischen Treiben der Stadt abgeschirmt hat. An der Grenze zu den Gehwegen prallt die träge Ruhe auf den Berufsverkehr. Die Taxis fließen zähflüssig durch die Straßen. Wir halten eines an und steigen ein.

»Grand Central Station«, sagt Jamie, und ich lehne mich zurück. Ich schaue aus dem Fenster, und plötzlich fühle ich mich wieder wie ein Kind. Wie damals, als wir das erste Mal mit Mom und Dad in die Stadt gefahren sind. Ich bin älter geworden, aber die Faszination ist dieselbe geblieben. Das Lichtermeer, die blinkende Reklame, die Häuserschluchten. Wir fahren am Apple Store und an sündhaft teuren Boutiquen vorbei, an Touristen mit müden, überforderten Gesichtern, die nach dem Weg fragen, und an Imbissbuden, die mit überteuerten Snacks locken. Die Klimaanlage im Auto brummt zu einem schnulzigen Oldie, der auch bei meiner Mom im Küchenradio laufen könnte. Die Fifth Avenue scheint endlos, obwohl wir eigentlich nur einen Bruchteil davon entlangfahren. Als wir bei der Fortysecond Street ankommen, biegt der Taxifahrer links ab, überquert die Madison Avenue und hält dann an. Bevor er dazu kommt, den Preis zu sagen, hält Jamie ihm bereits das Geld entgegen und sagt routiniert: »Stimmt so.« Dann steigen wir aus. »Da wären wir.«

»Und was genau wäre hier?«

Jamie holt eine lächerlich kleine Kamera aus seiner Hosentasche. »Die Flüster-Galerie.«

»Die was?«

»Wirst du gleich sehen«, sagt er und verschwindet grinsend in Richtung Eingang. Wir betreten die riesige Halle, und sofort steigt eine seltsame Melancholie in mir auf. Das passiert jedes Mal, wenn ich hier bin. Wie eine emotionale Zeitreise. Ich verbinde mit diesem Ort die unbändige Vorfreude auf die vielen Sommer bei Granny. Immer wenn Dad mich zum Bahnhof gebracht hat, habe ich nach oben geschaut und mich in dem perfekten Blauton der Deckenmalerei verloren. Ich habe mich immer am meisten auf das Pferd mit den Flügeln gefreut, das aus der Wolke auf mich zufliegt. Ich lege den Kopf in den Nacken und betrachte das Bild, das ich schon als kleines Mädchen so geliebt habe, und muss lächeln. Es ist seltsam, dass ein Raum, der so groß ist, gleichzeitig so heimelig sein kann. Die Decke liegt vierzig

Meter über mir, und die honigfarbenen Mauern, die mich umgeben, sind aus massivem Stein, aber die Atmosphäre ist eine Mischung aus gemütlich und heilig. Wie eine Kathedrale für die, die ankommen und ein neues Zuhause suchen.

»Claire?« Ich folge dem Klang von Jamies Stimme und sehe in sein lächelndes Gesicht. »Kommst du?«

Wir gehen hinunter zu den Restaurants und Imbissen und dann weiter in Richtung *Oyster Bar*, als Jamie plötzlich stehen bleibt und auf ein ziemlich unscheinbares Gewölbe neben uns zeigt. »Das ist die Flüster-Galerie.« Ich versuche, etwas Besonderes zu erkennen, aber es ist nichts zu sehen. Nur ein quadratisches Verbindungsstück zwischen ein paar Korridoren. Die Decke ist niedrig, leicht gewölbt und gefliest. »Stell du dich da hin«, sagt Jamie und nickt zu einer der Ecken am anderen Ende des Rundbogens. Dann geht er zu der diagonal gegenüberliegenden Säule. Ich höre Passanten an mir vorbeigehen. Für sie muss es so aussehen, als würden Jamie und ich synchron in die Ecken pinkeln.

»Claire?« Ich zucke zusammen. »Kannst du mich hören?« Ich starre auf die Säule vor mir, dann über meine Schulter. Jamie grinst zufrieden, während die Kamera meine Reaktion aufzeichnet. »Toll, oder?«

Mein Herz schlägt schneller. Ich war lange nicht mehr so begeistert von etwas. Fast schon kindlich. »Es ist mehr als toll«, flüstere ich gegen die Wand. »Danke, dass ich mitkommen durfte.«

»Danke, dass du mich begleitet hast.«

Ich bin noch ganz high von der Flüster-Galerie, als Jamie mich bereits die Stufen zum High Line Park hinaufscheucht.

»Ich war ewig nicht mehr hier«, sage ich.

»Ich komme oft her«, antwortet Jamie und lächelt. »Meistens allein.«

»Warum?«

»Warum allein, oder warum ich oft herkomme?«

»Beides.«

»Weil ich hier gut nachdenken kann. Es ist nicht zu einsam, aber es ist einsam genug.« Er zuckt mit den Schultern. »Keine Ahnung, ob das Sinn ergibt.«

»Tut es.«

»Ich freue mich echt, dass das heute klappt ... Ich will das jetzt schon seit Monaten machen, aber nie hat das Wetter mitgespielt.«

»Da ich keine Ahnung habe, wovon du sprichst, kann ich dazu nicht viel sagen.«

»Von April bis Oktober kann man hier jeden Dienstagabend die Sterne beobachten.«

»Im Ernst?«

Jamie zeigt auf drei große Teleskope und grinst. »Wollen wir?«

Es ist spät geworden, aber New York ist nachtaktiv. Jamie und ich dagegen sind ziemlich erschöpft. Und ich kann nicht sagen, ob es von der Hitze kommt oder vom stundenlangen Reden. Wir lagen mitten in New York City in einer Wiese umgeben vom Lärm und den Lichtern der Stadt. Jamie hat mir ein paar von seinen Videos gezeigt, und ich habe ihm von meiner Verdrängungserkenntnis erzählt. Er wollte natürlich unbedingt wissen, wie Sam Clafin aussieht, also habe ich ihm den Trailer zu *Love, Rosie* herausgesucht, und wie jedes Mal hatte ich am Ende Tränen in den Augen. Dieses Gesicht zusammen mit »High Hopes« von Kodaline ist einfach zu viel für mich. Als der Trailer vorbei war, hat Jamie nur gesagt: »Du bildest dir das nicht ein. Er sieht ihm wirklich ähnlich.«

Wir sind den High Line Park bis zum Ende entlanggeschlendert und dann in ein Meer aus kleinen Straßen eingetaucht.

Backsteinhäuser und hohe Laubbäume. Ihr Duft hat uns umgeben, und ihre Blätter raschelten über unseren Köpfen, als würden sie sich unterhalten.

Jetzt sitzen wir im Taxi auf dem Weg zurück zum Knights Building. Jamies Schweigen ist entspannt und müde, meins unüberhörbar laut. Ich versuche, nicht an Danny zu denken, aber je näher ich der Wohnung komme, desto schneller schlägt mein Herz. Rastlos und aufgeregt. Ich hoffe, dass er zu Hause ist, und zur selben Zeit hoffe ich, dass er es nicht ist.

»Bear?«, brummt Jamie, und ich schaue zu ihm rüber.

»Hm?«

»Läuft da was zwischen Danny und dir?«

»Wie kommst du darauf?«

»Ich habe euch gestern zusammen gesehen.« Er macht eine kurze Pause. »Ich habe nicht spioniert, falls du das denkst, ich wollte nur sichergehen, dass du noch lebst.«

Ich kann es mir bildlich vorstellen: Jamie vor meinem Fenster und der Feind und ich in meinem Bett.

»Da ist nichts.«

»Gut.«

»Warum gut?«

»Weil er eine Freundin hat.«

Ich weiche seinem Blick aus und murmle: »Das weiß ich auch.«

»Claire, ich will wirklich, dass du glücklich bist, und wenn er dich glücklich machen kann, dann finde ich das großartig.«

Ich schaue wieder zu ihm rüber. »Aber?«

»Aber du bist zu gut, um nur die *andere* Frau zu sein.«

»Keine Angst, das wird nicht passieren.«

»Ach«, sagt Jamie und zieht die Augenbrauen hoch. »Und warum nicht?«

»Weil Danny nicht an mir interessiert ist, deswegen.«

»Ihr habt darüber geredet?«

»Nein, aber ich habe gehört, wie er zu Cassy gesagt hat, dass ich wie eine Schwester für ihn bin.«

Jamie legt die Stirn in Falten. »Und das kaufst du ihm ab? Ernsthaft?«

»Wenn ich ehrlich bin, weiß ich langsam nicht mehr, was ich denken soll.« Ich seufze. »Und es klang ziemlich überzeugend.«

»Das ist Schwachsinn, der Typ steht total auf dich.«

Immer noch Dienstag. Später Abend. Danny und Claire allein zu Haus.

Das ist Schwachsinn, der Typ steht total auf dich. Dieser Satz lässt mich seit einer knappen halben Stunde nicht mehr los. Ich habe Jamie geantwortet, dass Danny nicht auf mich steht, und Jamie hat gelacht und gesagt, dass er das sehr wohl tut. Jetzt bin ich wieder an dem Punkt, wo ich bereits vor ein paar Tagen war. Zwischen ratlos und hoffnungsvoll.

»Lust auf einen Film?«

Ich zucke dermaßen zusammen, dass ich einen langen Strich über den kompletten Tagebucheintrag mache, der so tief ist, dass er das Papier fast zerreißt. Danny steht vor meinem offenen Fenster und biegt sich vor Lachen.

»Sag mal, willst du mich umbringen?!«, frage ich wütend.

»Ganz und gar nicht.« Er grinst. »Ich will einen Film mit dir schauen.« Verdammt. Danny sieht sogar noch besser aus als Sam Clafin. Sofern das möglich ist. »Ich habe gebratene Nudeln und eine DVD.«

»Eine DVD?«

»Ja, ich weiß, du bist eher der Streaming-Typ, aber ich mag es, wenn ich etwas in der Hand habe.« War ja klar, dass ich das aus seinem Mund sofort zweideutig verstehe. Er hält eine Tüte hoch. »Also, was sagst du?«

Sein Blick fällt auf das noch offene Tagebuch in meiner Hand, und ich schlage es schnell zu. Ich lege es auf das Regal am Fußende des Bettes und verstecke es unter einem Stapel Zeitschriften. »Was ist es denn für ein Film?«

»Hängt davon etwa ab, ob ich reinkommen darf?« Ich schaue über die Schulter zu ihm. »Sind denn meine Gesellschaft und die Nudeln nicht verlockend genug?«

Gott, du hast ja keine Vorstellung. »Natürlich sind sie das«, sage ich und rücke zur Seite, damit er ins Zimmer klettern kann. »Also, was schauen wir an?«

»Das wirst du gleich sehen.« Danny schiebt die DVD ins Laufwerk meines Laptops. »Ich glaub's nicht ... Das uralte Teil funktioniert noch?« Er grinst. »Das ist doch noch der, den du im letzten Unijahr gekauft hast, oder?«

Ich hole gerade Luft, da röhrt der Laptop los, als würde es ihm nicht passen, dass wir über ihn sprechen, oder als wollte er auf die Frage lieber selbst antworten. *Gott, dieses Laufwerk klingt gar nicht gut.* Eher wie ein Schredder. Danny schaut kurz zu mir, dann lacht er los. Er bricht fast zusammen vor Lachen. Er stützt sich mit den Händen auf der Matratze ab, die wenig später genauso bebt wie er. Ich kann meinen Blick nicht von ihm abwenden, sitze nur lächelnd da und schaue ihn an. Danny hat das schönste Lachen, das ein Mann haben kann. Kehlig und rauh und ansteckend. Er hat tolle Zähne und einen wunderschönen Mund, aber das ist es nicht. Die Gänsehaut und das flaue Gefühl im Magen kommen von dem Funkeln in seinen Augen. Und von dieser jungenhaften Unbeschwertheit.

»Du, Trainers?«, fragt er noch immer lachend, setzt sich neben mich und schaut mich an. Sein Gesicht ist viel zu nah an meinem. »Glaubst du, wir bekommen die DVD da je wieder raus?«

Ich will ihn küssen. Ich will ihn so sehr küssen, dass ich mich an der Bettdecke festklammern muss, um mich davon abzuhalten.

Ich presse meine Lippen fest aufeinander, weil sein Mund meinem einfach zu nah ist, dann schlucke ich und sage: »Sieht nicht gut aus.«

»Ach, und wenn schon«, antwortet Danny, nimmt den noch immer röhrenden Laptop auf den Schoß und reicht mir die gebratenen Nudeln und eine Gabel. »Ich habe dir die mit Hühnchen und Gemüse bestellt.« Er grinst. »Und hier ist eine Gabel. Ich nehme an, du kannst noch immer nicht mit Stäbchen essen?«

»Haha.« Ich ziehe an den Laschen, und ein salzig-würziger Duft steigt mir in die Nase. »Gott, riechen die gut«, sage ich und schließe einen Moment die Augen.

»Es sind die besten, die ich kenne«, antwortet er, drückt *Play* und lehnt sich zurück. Dann öffnet er seine Pappschachtel und fängt an zu essen.

Ich schaue auf den Bildschirm und sehe einen Fluss und einen Mann, der in der Abenddämmerung rudert. Südstaaten, alte Bäume, Vogelschwärme. *O bitte, bitte nicht.* Das kann er mir nicht antun. »*The Notebook?*«, frage ich angespannt.

»Ja«, er schaut mich an. »Das ist doch einer deiner Lieblingsfilme, oder?«

Ich zögere. »Ja, ist es.«

»Aber?« Er legt den Kopf schräg und mustert mich.

»Nichts aber«, sage ich erstaunlich überzeugend, während ich an die vermutlich erotischste Sexszene der Filmgeschichte denke, die in etwa eineinhalb Stunden auf mich wartet. Ich will schreien. Schlimmer kann es nicht werden.

Wahrheit und Fiktion.

Mir ist schwindlig. Und das *im Liegen*. Als wir mit dem Essen fertig waren, hat Danny die leeren Kartons in die Plastiktüte gepackt, mich angelächelt und den Arm ausgestreckt. Einen Moment wusste ich nicht, was ich tun sollte, aber dann habe ich mich auf seine Schulter gelegt. Zum Teil, weil ich es wollte, zum Teil, weil mir kein guter Grund eingefallen ist, es abzulehnen, ohne seltsam zu klingen. Früher haben wir uns immer aneinandergekuschelt, wenn wir Filme geschaut haben. Das war normal. Wir Arm in Arm, mein Kopf auf seiner Brust, seine Hand auf meiner Hüfte, meine auf seinem Bauch. Aber jetzt ist nicht mehr früher. Das Problem ist nur, dass das genau das ist, was Danny will. Mit der Pizza neulich und dem Film und den Nudeln versucht er, uns wiederherzustellen. Uns wieder da hinzubringen, wo wir einmal waren. Es ist eine Art Reset-Ritual für unsere Freundschaft. Nur dass ich mich jetzt nicht mehr an ihn schmiegen kann, weil meine Scheißhormone mir dann sagen, dass ich mich ihm an den Hals werfen soll – was ich nicht darf.

Ich liege also auf meinem Bett, in den Armen des heißesten Mannes, den ich mir vorstellen kann, und versuche, nicht an seine Hand auf meiner Hüfte zu denken und auch nicht an meine auf seinem Bauch. Aber am liebsten würde ich ihm die Kleider vom Leib reißen.

Ich kann hier nicht einfach so liegen bleiben. Ich könnte so tun, als müsste ich aufs Klo. Aber was würde das bringen? Wenn ich zurückkäme, würde er mich vermutlich wieder in den Arm nehmen, weil wir doch Freunde sind. Die besten Freunde. Ich könnte sagen, dass mir heiß ist. Oder schlecht von den gebratenen Nudeln und dass er bitte gehen soll. *Claire, warum nur bringst du dich immer und immer wieder in solche blöden Situationen?* Weil ich ein beschissener Idiot bin, deswegen. Wieso habe ich mich überhaupt auf seine blöde Schulter gelegt? Das ist nicht mehr mein Platz. Es ist Cassys. *Sie* ist seine Freundin. Sie ist die Frau, mit der er schläft. Die er küsst. Die er *liebt*.

Als Danny sich bewegt, rutscht mein Top ein kleines Stück hoch, und auf einmal berührt seine Haut meine. Unzensiert. Kein Stoff mehr, der uns trennt. Ich halte mich ganz still, höre auf zu atmen. Jedes Härchen an meinem Körper richtet sich auf.

»Trainers?«, flüstert Danny und senkt den Kopf. »Bist du noch wach?«

Ob ich noch wach bin? Soll das ein Witz sein? »Ja, bin ich.«

»Das ist wirklich ein schöner Film.«

»Mhm«, murmle ich, dann verfallen wir wieder in unser Schweigen. Meine Hände sind feucht, und mein Herz bringt Höchstleistungen, obwohl ich eigentlich nur daliege. Ich versuche, der Handlung zu folgen. Aber die Wölbung in Dannys Schritt lenkt mich zu sehr ab. Sie liegt genau zwischen mir und dem Bildschirm. Jedes Mal, wenn ich blinzle, muss mein Blick wieder daran vorbei. Und jedes Mal stolpert er. Dannys Hand ruht entspannt auf seiner Leiste. Er hat schöne Hände. Feingliedrig und trotzdem männlich. Seine Finger sind lang und seine Handflächen groß. Eine Haarsträhne kitzelt mich im Gesicht, aber ich ignoriere sie, weil ich sonst meine Hand von seinem Bauch nehmen müsste. Und wieder habe ich ihm in den Schritt geschaut. *Verdammt!*

Der Gedanke, dass nur zwei Lagen Jeans und ein bisschen Unterwäsche unsere nackte Haut voneinander trennen, blockiert mein Gehirn. *Denk an etwas anderes, Claire.* Und an was bitte schön? *Schau einfach den Film zu Ende, und dann bitte ihn zu gehen.* Aber ich will gar nicht, dass er geht, ich will, dass er mich küsst. *Wenn er weg ist, darfst du in deiner Fantasie mit ihm machen, was du willst.*

Ich konzentriere mich auf den Film, als wäre er höhere Mathematik. Da sitzen Noah und Allie in einem ziemlich baufälligen Haus auf dem Fußboden. Um sie herum flackern Kerzen. O nein. Sind wir etwa bei *dieser* Szene? Die habe ich vergessen. Ich konnte mich nur an den Part mit dem Steg und dem Regen und der Chemie des Todes erinnern. An die Art, wie er sie packt, die Stufen hochträgt und dann aufs Bett legt. Mir bricht der Schweiß aus, was nicht weiter verwunderlich ist, wenn man bedenkt, dass es in diesem Scheißschrank mindestens einhundert Grad hat und dass Dannys Hand auf meiner Hüfte liegt. So nah an ihn geschmiegt wird *The Notebook* zu einem absoluten Horrorfilm. Jedes Mal, wenn Noah und Allie sich küssen, durchbricht mein lautes Schlucken die Stille. Und ich wette, dass Danny es jedes Mal hört. Gleich wird er mich fragen, ob ich etwas zu trinken brauche, aber ich will nichts trinken, weil wir nichts hier haben und er dann aufstehen und etwas holen würde. Und sogar wenn wir uns danach wieder so hinlegen würden, habe ich keine Garantie, dass uns nicht wieder irgendein blödes Shirt voneinander trennt.

»Ich hatte völlig vergessen, wie heiß es teilweise zwischen den beiden hergeht«, sagt Danny, und in seiner Stimme höre ich, wie er grinst.

Wenn du mich nicht sehen würdest wie eine kleine Schwester, würde es das zwischen uns auch, denke ich wütend.

Der nackte Noah liegt auf der nackten Allie. Sie hyperventiliert und redet ununterbrochen. Am liebsten würde ich einfach den Laptop zuklappen und Danny rauswerfen. Aber dann würde er denken, dass ich den Verstand verloren habe – was vielleicht auch stimmt –, und ich müsste ihm erklären, was das soll, was ich nicht kann. Also bleibe ich reglos liegen und ertrage einen weiteren von Noahs »Ich will dich so sehr, dass es mich beinahe umbringt«-Blicken und zwinge mich dazu, nicht das zu tun, was ich tun würde, wenn das gerade nicht Danny wäre oder wir beide auf einem echten Date. Ich halte mich davon ab, ihn von unten anzusehen, stelle mir aber vor, was in einer parallelen Realität passieren würde, wenn ich es doch täte.

In einer Realität, in der er mich liebt. Ich schließe die Augen und stelle mir vor, wie ich leicht den Kopf anhebe und ihm tief in die Augen blicke. Der Film würde im Hintergrund weiterlaufen, die Zeit zwischen uns jedoch stillstehen. Unsere Blicke würden erfolglos versuchen, sich zwischen Augen und Mund zu entscheiden, und die Luft würde knistern wie bei einem Lagerfeuer. Und dann käme der Moment, wo Danny sanft mit den Fingern über meine Wange streicht. Wir würden flach atmen und uns auf eine fast schon verzweifelte Art und Weise ansehen. Und dann würde er mich küssen. Erst zaghaft und vorsichtig, doch dann fordernder. Wir würden nach Luft ringen, und die schmatzenden Geräusche unserer Lippen würden den Film übertönen. Danny würde sich auf mich legen und schwer atmen, und unsere Hände wären überall. Wir würden uns ausziehen und uns währenddessen weiter küssen, und im Eifer des Gefechts würden wir meinen Laptop vom Bett stoßen, es aber nicht mitbekommen, weil ganz tief in unserem Inneren die Angst zu groß wäre, dass der andere zur Vernunft kommen und den magischen Moment zerstören könnte. Dass die Realität uns einholt und ihm zuflüstert, dass er eine Freundin hat, die ihn liebt. Danny würde mich atemlos ansehen, und sein Blick wäre tief und erregt und die Antwort in meinem verliebt und verunsichert. Und dann müsste er sich entscheiden. Sie oder ich. Ich könnte nichts tun, ihn nur ansehen und hoffen.

Entweder würde er mich wieder küssen, oder er würde nach seinem T-Shirt greifen und ohne ein Wort das Zimmer verlassen – und damit auch mich. Unsere Freundschaft wäre vorbei, weil wir nicht so tun könnten, als wäre nichts gewesen. Die Wahrheit würde für immer zwischen uns stehen, und es gäbe nichts, was wir dagegen tun könnten.

Aber all das wird nicht passieren, weil Danny mich niemals küssen würde. Weil er mich nicht liebt.

Sie haben Ihr Ziel erreicht?

Die Sexszene hat noch nicht einmal richtig begonnen, da bin ich bereits völlig am Ende. Je näher sie dem Höhepunkt kommt – sie und damit auch Allie –, desto trockener wird mein Mund. Unterdrücktes Stöhnen, verzweifelte Küsse und peitschender Regen dringen in mittelmäßiger Qualität aus den Laptop-Lautsprechern und hallen durch den ansonsten stillen Wandschrank. Ich sehe dabei zu, wie Noah Allie auszieht, und spüre, wie mein Körper sich immer mehr versteift. Noah sieht sie mit schweren Lidern an. Es ist einer von diesen knisternden Blicken, die laut und deutlich sagen, dass er sie begehrt. Noah legt sich auf sie und drängt sich zwischen ihre Beine. Ihr Gesicht verzieht sich zu einer Mischung aus Anspannung und Genuss. Allie hält sich an ihm fest. Kurz ist alles still, dann atmet sie stöhnend aus. Es ist kein Pornostöhnen. Es ist zaghaft und zurückhaltend und geht mir durch Mark und Bein. Ich sollte die Augen zumachen und warten, bis es vorbei ist, aber ich kann nicht wegsehen.

Als Allie endlich kommt, habe ich meine Lippen staubtrocken geleckt und vibriere vor Anspannung. Dannys Atem trifft auf meine Haut, und die Wärme seines Körpers ist mir eigentlich viel zu heiß. Ich habe das Gefühl, ich verbrenne. Plötzlich berühren seine Lippen meine Stirn. Ich bewege mich nicht. Ich kann nicht mal mehr atmen. *Das war bestimmt ein Versehen. Es muss ein Versehen gewesen sein.* Aber ich spüre sie noch immer. Ganz sanft und weich. Es ist zu wenig für einen Kuss, aber zu eindeutig, um nicht absichtlich zu sein. Als sein Griff um meine Hüfte fester wird, zuckt meine Hand auf seinem Bauch. Danny zögert kurz, aber dann zieht er mich noch näher an sich heran. *Atme, Claire. Du musst atmen.* Ich atme langsam aus. *Okay. Und jetzt verlass das Zimmer.* Ich weiß, dass das richtig wäre, ich weiß, dass ich gehen sollte, doch im selben Moment weiß ich auch, dass ich es nicht tun werde. Ich rühre mich nicht. Es sind Sekunden, die sich immer weiter ausdehnen. Als hätten wir ein Schlupfloch in der Realität gefunden, in dem es in Ordnung ist, das zu tun, was wir gerade tun – was auch immer das sein mag.

Wir atmen flach, und meine Hände sind eiskalt. In der letzten Stunde haben wir uns kaum bewegt. Es waren Zentimeter, vielleicht auch nur Millimeter, aber sie haben alles verändert. Mein Körper wartet unter Hochspannung darauf, was als Nächstes passieren wird. Ist es jeden Augenblick wieder vorbei? Oder ist das erst der Anfang von viel mehr? Und wenn es so ist, wovon? Die Handlung im Film geht weiter, aber wir folgen ihr nicht mehr. Wir sind zu abgelenkt von unserer eigenen.

Ich darf ihn nicht ansehen. Ich darf unter *keinen Umständen* zu ihm hochschauen. Deswegen bleibe ich angespannt auf seiner Schulter liegen und warte darauf, dass er mich jeden Moment aus irgendeinem fadenscheinigen Grund von sich wegstößt. Aber er tut es nicht. Er liegt genauso reglos da wie ich. Mein Körper eng an seinen geschmiegt, während seine Lippen mich mit ihrer Nähe quälen. Drei Millionen Dinge schießen mir gleichzeitig durch den Kopf. Sie flammen kurz auf wie glühende Funken, dann verschwinden sie wieder. Die Vernunft dringt in mein Bewusstsein, obwohl ich sie dort nicht haben will. *Du bist wie eine Schwester für ihn, schon vergessen?* Wenn das echt der Fall wäre, würde er das gerade doch nicht tun. *Was genau tut er denn?* Na, das hier. *Vielleicht ist er einsam, vielleicht ist ihm aber auch nur langweilig. Was es auch ist, es spielt keine Rolle. Danny hat eine Freundin.* Ich weiß, dass er eine Freundin hat. *Hau ab.* Das kann ich nicht. *Und warum nicht?* Weil ich ihn liebe. *Aber er liebt dich nicht, Claire. Er liebt Cassy. Und letzten Endes wird er sich gegen dich entscheiden, so wie alle anderen vor ihm auch.* Ich will es nicht wahrhaben, aber es stimmt. Als Danny gesagt hat, dass ich wie eine Schwester für ihn bin, hat das weh getan. Das war schlimm. Aber es wäre noch viel schlimmer, sein Geheimnis zu sein. Ein blöder Fehler, den er eines Nachts gemacht hat und den er sich im Nachhinein selbst nicht erklären kann. Genau deswegen darf ich ihm nicht in die Augen sehen. Ich will nicht wissen, was sein Blick mir sagen würde, weil es so oder so keine richtige Antwort darauf gäbe. Ich weiß, was ich tun muss. Ich weiß, was das Richtige ist. Aber in der Sekunde, als ich mich gerade von ihm zurückziehen will, legt Danny den Zeigefinger unter mein Kinn und zwingt mich, ihn anzusehen. In seinem Blick ist alles und nichts, Feuer und Leere, Tiefe und Dunkelheit.

Und dann – ohne jede Vorwarnung – küsst er mich.

Himmel und Hölle.

Ich weiß nicht, wo ich aufhöre und wo Danny anfängt. Wir bestehen nur noch aus Lippen und Händen. Meine in seinem Haar, seine unter meinem Shirt, meine unter seinem. Meine Haut kribbelt, und mein Herz rast, aber in meinem Kopf ist nichts als völlige und allumfassende Leere. Der Stimme hat es die Sprache verschlagen, und ich lebe den Moment. Ich koste ihn aus wie seit Jahren keinen mehr. Danny liegt auf mir, und wir knutschen wie Teenager. Als müsste einer von uns gleich nach Hause, weil er sonst Hausarrest bekommt. Gott, er küsst fantastisch. Wir küssen fantastisch. Ich seufze in seinen Mund, und er raunt zurück. Seine Bartstoppeln kratzen auf meiner Haut, und meine Hände vergraben sich in seinem T-Shirt. Ich schwebe und brenne und spüre jede Zelle meines Körpers. Es ist perfekt. Alles. Bis Danny plötzlich zurückweicht.

Ich wusste es.

Atemlos starren wir einander an. Das Blut rauscht in meinen Ohren, und meine Lippen pulsieren. Dannys Haar steht ihm wirr vom Kopf ab, sein T-Shirt ist verrutscht und der Blick, mit dem er mich mustert, ein einziger Konflikt. Ich versuche in seinen Augen zu erkennen, was dahinter vorgeht, scheitere aber an der Fassade, die sich wie eine unüberwindbare Mauer zwischen uns aufbaut. Danny rauft sich die Haare. Er sieht mich an und dann wieder weg. Ich weiß, was er sagen wird. Ich weiß nur nicht, wie. Mein Top ist feucht und klebt klamm auf meiner Haut. Mein Herz rast.

Danny presst die Lippen aufeinander und schaut an die Decke. Ratlos, überfordert. Ich rapple mich auf und ziehe die Beine an den Körper. Die Realität macht sich immer breiter. Gleich wird er mir das Herz brechen. Gleich wird er mich ansehen und mir sagen, dass es ein Fehler war. Ich werde es wissen, wenn ich in seine Augen schaue.

Danny lässt die Hände sinken. Und dann weiß ich es.

Er ist gegangen, ohne ein Wort zu sagen. Aber das musste er auch nicht. Sein Blick war eindeutig. Ich sitze auf dem Fensterbrett und versuche zu begreifen, was passiert ist, aber mein Verstand ist noch nicht in der Lage zu denken. Durch einen Schleier aus Tränen schaue ich in die Nacht hinaus. Ich habe June geschrieben, aber bisher kam keine Antwort. Und dann bin ich zu Jamie hochgeklettert, doch der war nicht zu Hause. Und damit bin ich leider schon am Ende meiner Freundesliste angelangt.

Was sollte das? Ich meine, immerhin hat *er mich* geküsst. Es ging von ihm aus. Er hat angefangen. Okay, ja, ich habe mehr als bereitwillig mitgemacht, aber der erste Schritt kam von ihm. Gott, ich klinge wie ein Kleinkind. Ich bin seltsam nervös, als hätte mein Gehirn den Ausnahmezustand für meinen Körper ausgerufen. Meine Gedanken drehen sich wie wild im Kreis. Es ist ein endloses Pingpong zwischen *er hat mich geküsst* und *aber er hat doch gesagt, ich bin wie eine Schwester für ihn*. Ich frage mich, wann meine Vernunft sich mit ihrem besserwisserischen Beitrag einschalten wird. Sie brennt darauf, mir vorzuhalten, dass sie mich gewarnt hat. Ein naiver Teil von mir hofft, dass Dannys Lippen sie vielleicht für immer zum Schweigen gebracht und sie zusammen mit dem letzten kleinen Zweifel an meinen Gefühlen für ihn erstickt haben könnten – was sehr unwahrscheinlich ist.

Ich muss schreiben. Sonst werde ich wahnsinnig. Ich halte mich mit der linken Hand am Fensterrahmen fest, lehne mich zurück und ziehe mein Tagebuch unter dem Stapel Zeitschriften hervor, die natürlich zu Boden fallen. Sollen sie doch. Ist mir egal. Ich blättere zu meinem letzten Eintrag und fahre mit dem Zeigefinger den langen Kugelschreiberstrich nach. Er hat sich tief ins Papier gedrückt. An ein paar Stellen ist es fast gerissen. Ich überfliege den letzten Absatz, und mein Blick bleibt an einem Satz hängen. Ich seufze und schüttle den Kopf.

Das ist Schwachsinn, der Typ steht total auf dich.

Hat Jamie recht? Steht Danny auf mich? *Wenn er das täte, wäre er dann einfach so gegangen?* Da ist sie ja wieder. Hätte mich auch gewundert. So leicht ist die blöde Stimme nicht totzukriegen. *Er hat dich geküsst, und dann ist ihm klargeworden, dass er einen Fehler gemacht hat.* Na schön, und warum hat er ihn gemacht? Weil er sich zu mir hingezogen fühlt, ganz einfach! *Abgehauen ist er trotzdem. Er hätte mir dir schlafen können, stattdessen hat er dich allein in deinem Bett sitzenlassen.* Vielleicht war er überfordert. *Überfordert? Bist du wirklich so naiv?* Ich atme tief in den Bauch. Warum hat er mich dann geküsst? *Verdammt noch mal, es war nur ein Kuss.* Es war viel mehr als das. *Ja, für dich vielleicht. Denkst du wirklich, dass er Cassy deinetwegen verlassen würde? Komm schon, Claire, wach auf! Die beiden sind seit eineinhalb Jahren zusammen. Deswegen ist er gegangen. Weil er etwas zu verlieren hat.* Tränen laufen über mein Gesicht. *Sei ausnahmsweise mal realistisch. Das eben war ein Ausrutscher. Nichts weiter.* Ich sehe dabei zu, wie die Buchstaben vor meinen Augen verschwimmen, und wische mit dem Handrücken über meine Wangen. *Warum hast du es überhaupt so weit kommen lassen?* Weil ich ihn zu sehr wollte.

Ich setze den Stift unterhalb des Strichs an, dann halte ich kurz inne. Er ist wie eine Narbe, die dieses Kapitel in vor und nach dem Kuss teilt. Hoffentlich nur das Kapitel und nicht mein ganzes Leben. Ich lese die letzten Zeilen, dann schreibe ich weiter.

Ich wusste, was ich tue. Ich wusste, dass es falsch ist und habe es trotzdem getan. Und ich würde es wieder tun. Immer wieder. Sogar, wenn ich nur sein Geheimnis wäre. Was ist nur los mit mir? Habe ich denn wirklich gar keine Selbstachtung? Ist denn ein - zugegebenermaßen verdammt guter - Kuss wirklich genug, um mein Gehirn außer Kraft zu setzen? Wie kann man sich selbst nur so belügen? Ich sitze bis zum Hals im Selbstmitleid auf dem Fensterbrett und tue so, als hätte das alles nichts mit mir zu tun, obwohl es alles mit mir zu tun hat. Ich habe mitgemacht. Ich wollte ihn. Und in diesem flüchtigen Moment wollte er auch mich. Vielleicht lag es an dem Film oder daran, wie nah sich unsere Körper waren. Vielleicht wollte er wissen, ob da mehr ist, bevor er sich voll und ganz für Cassy entscheidet. Vielleicht war es eine Art Abschied. Ein Abschied, der unerwartet intensiv ausgefallen ist. Was auch immer es war, fest steht, dass er mich wollte. Ich habe es hart und deutlich an meiner Leiste gespürt. Ich bin nicht die Schwester. Aber die Frau seines Lebens bin ich eben auch nicht. Er hat mich und mein Zimmer verlassen und wenig später dann die Wohnung. Ich bin allein. Mutterseelenallein.

»Bear?«

Ich schaue hoch, und da steht Jamie. Und bei seinem Anblick breche ich ohne jede Vorwarnung in Tränen aus.

Jamie und ich liegen auf dem Dach. Wir würden in die Sterne schauen, wenn welche da wären, aber wir sind mitten in New York City, und da gibt es keine Nacht. Jedenfalls keine, die dunkel genug für Sterne wäre. Irgendjemand im Haus hört bei offenem Fenster »Bad Day« von Daniel Powter. Wie passend. Mein Leben hat den perfekten Soundtrack. Ich hatte auch einen schlechten Tag. Und den besten Kuss meines Lebens.

»Ich habe dir gleich gesagt, dass der Typ auf dich steht«, murmelt Jamie in die Stille.

Ich wende mich ihm zu und ziehe die Augenbrauen hoch. »Nach allem, was ich dir eben erzählt habe, spielst du ernsthaft die ›Ich habe es dir doch gesagt‹-Karte aus?«

Er grinst. »Okay, der Zeitpunkt war vielleicht nicht der beste.«

»Danke.«

»Aber es ändert nichts daran, dass ich recht hatte.«

Ich muss lachen. »Du bist echt unmöglich.«

»Das hast du neulich schon mal gesagt.« Er macht eine kurze Pause, dann schaut er wieder zu mir rüber und fragt: »Was hast du jetzt vor?«

»Na, was wohl? Das, was ich immer tue. Ich klaube mein zerschmettertes Selbstwertgefühl zusammen und warte auf das nächste Arschloch, das meinen Weg kreuzt.«

»Muss es denn immer um einen Kerl gehen?« Er klingt genervt.

»Wie meinst du das?«

»So wie ich es sage.« Jamie rappelt sich auf, greift nach seiner Bierflasche und trinkt einen Schluck. »Du könntest dich ja vielleicht zur Abwechslung mal auf dich konzentrieren?«

»Was heißt denn da bitte *zur Abwechslung mal?*« Ich setze mich ebenfalls auf und nehme ihm die Flasche aus der Hand. »Ich konzentriere mich auf mich.«

»Ach ja?«

»Ja«, sage ich wenig überzeugend.

»Ich sage dir das nur sehr ungern, aber das ist Blödsinn.«

Ich lege den Kopf schräg. »Blödsinn?«

»Ja, Blödsinn.«

Wir schauen einander an.

»Und was soll ich deiner Meinung nach bitte tun? Mich in meinen Wandschrank setzen und verrotten?«

Er lacht verzweifelt auf. »Wie kann eine so kluge Frau wie du nur so unglaublich dumm sein?«

»Wie bitte?«

»Bei dir geht es immer um irgendeinen Mann!« Jamies Blick durchbohrt mich. »Erst war es ich, dann dieser komische Julian, dann Jeremy, und jetzt ist es eben Danny.«

»Und weiter?«, frage ich gereizt.

»Keiner von uns war es wert, Claire … Nicht ich, nicht Julian, nicht Jeremy und auch nicht dein Danny.«

Toll. Jetzt fange ich schon wieder an zu weinen.

»Du hattest früher so viele Träume, Bear.« Jamie wischt mir die Tränen von den Wangen. »Was ist mit denen passiert?«

»Ich bin erwachsen geworden, okay?«

»Nein, das ist nicht okay.«

»Was soll der Scheiß? Was habt ihr bitte plötzlich alle mit meinen Träumen?«

»Wer hat denn noch was deswegen gesagt?«

»Na, Danny.«

Jamie verzieht ungläubig das Gesicht. »Im Ernst? Das hätte ich ihm gar nicht zugetraut.«

»Wie auch? Du kennst ihn doch gar nicht.«

»Kann sein, aber das, was ich von ihm kenne, mag ich nicht besonders.« Ich will protestieren, da schüttelt Jamie den Kopf. »Lenk jetzt bloß nicht vom Thema ab. Wir waren bei deinen Träumen.«

Ich atme tief ein. »Ich habe am College öfter mal davon gesprochen, eine Bakery aufzumachen.« Das ist die *Untertreibung* des Jahrhunderts. Ich habe *andauernd* davon gesprochen. Danny hat damals sogar ein Logo für mich entworfen.

»Und?« Jamie zieht die Augenbrauen hoch.

»Nichts und.« Ich weiche seinem Blick aus und zupfe stückchenweise das Etikett von der Bierflasche.

»Was ist aus der Idee geworden?«

»Na, nichts … oder siehst du hier irgendwo eine Bakery?«

»Nein, leider nicht.«

Leider nicht?

»Weißt du was, Jamie, du kannst mich mal!«

»Claire ...«

»Nichts *Claire!* Du hast kein Recht dazu, dir ein Urteil über mich zu bilden!« Ich stehe auf. »Vielleicht habe ich ja wirklich meine Träume verraten, und vielleicht geht es bei mir immer um irgendeinen Kerl, aber weißt du was? Daran bist du nicht ganz unschuldig!«

Ich laufe in Richtung Feuertreppe. Hauptsache weg. Am liebsten in ein tiefes Erdloch am anderen Ende der Welt. Ich habe noch nicht einmal die kleine Mauer erreicht, da erwischt Jamie mich am Handgelenk und hält mich fest.

»Warte.«

Ich schaue ihn wütend an. »Lass mich!«

»Ich weiß, dass ich dir weh getan habe. Und das tut mir leid. Es tut mir *wirklich* leid.« Er legt seine Hände auf meine Schultern und sieht mir tief in die Augen. »Aber *kein Typ* der Welt ist es wert, dass du wegen ihm deine Träume aufgibst. *Keiner.*«

Seine Worte sickern langsam in meinen Verstand. Tiefer und tiefer, und die Wahrheit dahinter ist so übermächtig, dass sie beinahe meinen Schädel sprengt.

Ein paar Sekunden bleiben wir einfach so stehen, dann lässt Jamie die Hände sinken und deutet auf die karierte Picknickdecke, auf der wir eben noch lagen. »Komm schon, erzähl mir von der Bakery.«

Und das tue ich. Ich beschreibe ihm jedes Detail. Die schwere, gezimmerte Holztheke, die farblich genau zum Fußboden passt, und die weißen Fliesen an den Wänden, die auf den ersten Blick aussehen wie die einer Subway-Station. Ich male Jamie aus, was ich sehe. Ein kleiner Eckladen mit Dielenboden. Schnörkellos, aber gemütlich. Mit Kissen und guter Musik und dem Duft von frischem Kaffee. Das deckenhohe Regal mit den Zeitschriften und Büchern, die zum Bleiben einladen. Und die Sitzecken in den Schaufenstern mit den Lammfellen. Ich erzähle Jamie, dass ich gerne diese typischen runden Kaffeehaustische hätte, die man aus Wien und Paris kennt, und dass ich als Farbtupfen kleine Vasen mit Schnittblumen darauf stellen würde. Ich beschreibe ihm die ausladende Glasvitrine, in der ich die Muffins und Eclairs, Tartes und Kuchen präsentieren möchte. Und die geflochtenen Körbe mit frisch gebackenen Brötchen und Baguettes dahinter an der Wand. Das Bild in meinem Kopf ist so real, dass ich mir einbilde, die Sonnenstrahlen, die den Laden in ihr warmes Licht tauchen, auf meiner Haut zu spüren. Und zu riechen, wie sich der Kaffeeduft mit dem von warmem Brot vermischt. Ich erzähle Jamie bis spät in die Nacht von meinem Traum. Und zum ersten Mal seit langem ist da wieder dieses begeisterte Kribbeln in meinem Bauch.

Und es hat nichts mit einem Mann zu tun.

Drei Tage später. Freitag.
True Lies.

Liebes Tagebuch,
die letzten Tage waren seltsam. Gut seltsam, aber seltsam. Als wäre ein Teil in mir aufgewacht, den ich vergessen hatte. So wie Granny gesagt hat. Ich erinnere mich plötzlich an die Claire, die sich ins Leben gestürzt hat. Ohne Knieschützer und Helm, aber vor allem ohne Angst. Vielleicht musste Danny mich küssen, damit Jamie mir den Kopf waschen kann. Vielleicht musste es genau so passieren, damit ich es endlich verstehe. Es wäre gelogen, wenn ich behaupten würde, dass es mir nicht nahegeht, nicht mit Danny zu sprechen. Das tut es. Aber die Wahrheit ist, dass es mir nicht guttut, in seiner Nähe zu sein, weil er unerreichbar ist. Danny kann nicht der Mensch für mich sein, den ich haben will. Er ist nämlich schon der einer anderen. Und Jamie hat recht, ich muss anfangen, meinen Weg zu gehen, und es muss kein Hürdenlauf sein. Das entscheide nämlich ich.
Also haben wir vorgestern mitten in der Nacht meine Bettdecke, ein paar Klamotten, mein Duschzeug und meinen Laptop zusammengepackt und in Jamies Wohnung getragen. Ich schlafe auf dem Sofa – das viel bequemer ist, als es aussieht, auch wenn es natürlich nicht an mein himmlisches Bett herankommt.
Danny hat gestern zwei Mal bei mir angerufen und drei Nachrichten geschickt, in denen er festgestellt hat, dass wir »reden müssen«. In der vierten sogar »dringend«. Vermutlich müssen wir das, aber nicht

jetzt. Ich will nicht hören, was er zu sagen hat. Ich brauche keine Ausreden und auch keine Begründungen. Ich weiß, was wir getan haben, und ich weiß, was er sagen wird. Nämlich, dass wir das nicht hätten tun dürfen. Dass es ein Fehler war. Und das war es. Aber vielleicht war es einer, den wir machen mussten. Vielleicht stand dieser Kuss immer irgendwie zwischen uns. Ich bereue nicht, dass es passiert ist. Ich bereue nur, dass es alles ändern wird.
Trotz des Danny-Kuss-Hangovers waren die letzten zwei Tage mit Jamie wirklich schön. Wir haben zusammen gekocht und geredet und gelacht. Und abends lagen wir wie ein altes Ehepaar auf der Couch. Aber die meiste Zeit habe ich gebacken. Ich habe meine Rezepte ausgegraben, bin einkaufen gegangen und habe angefangen. Und wie bei dieser Kindergeschichte mit dem Topf, der einfach nicht aufhört, Porridge zu machen, war es mit mir und den Muffins. Als Jamie gestern Nachmittag von einer weiteren New-York-Geheimtipp-Tour nach Hause gekommen ist, hat er mich in der Küche überrascht und ist bei meinem Anblick vor Lachen fast zusammengebrochen – was vermutlich an den achtundvierzig Muffins lag, die auf seinem Küchentresen standen. Die zwölf Erdnussbutter-Bananen-Schokoladen-Muffins, die noch im Ofen waren, nicht mitgerechnet. Es war genauso wie am College. Nur dass damals Danny meistens mit seinem Skizzenbuch neben mir saß und wir uns unterhalten haben. Ich habe Teig gerührt, er hat gezeichnet. Wenn es mir gutging oder wenn ich gestresst war, habe ich gebacken. Gestern war ich beides. Also habe ich noch mehr gebacken. Jamie und ich hatten so viele Muffins, dass wir sie niemals alleine hätten essen können. Zumindest nicht, ohne uns dazwischen zu übergeben. Also habe ich einen Teil für Sarah zusammengepackt und ihr an die Tür gehängt. Den Rest haben Jamie und ich dann mit Andrew und seiner Freundin Amy vernichtet. Wir haben auf gut Glück bei ihnen geklingelt. Und aus ein paar Muffins im Flur wurden noch mehr Muffins in Jamies Küche. Und aus noch mehr Muffins in Jamies Küche wurden verdammt gute Cocktails auf dem Dach. Mitt-

wochs hat die Bar geschlossen, also mussten wir uns einen anderen Ort für unsere spontane Nachbarschaftsparty suchen - und haben ihn schließlich auf meiner Picknickdecke unter freiem Himmel gefunden. Andrew hat fruchtige Drinks gemixt, Amy hat sie dekoriert, und Jamie hat Gitarre gespielt. Es war wie eine grandiose Bier-Reklame. Nur ohne das Bier.

Ich wusste seit unserer ersten Begegnung, dass ich Andrew mögen würde, aber nicht, wie sehr. Er ist einer von diesen Menschen, die man einfach mag. Sofort. Weil er ist, wie er ist. Witzig, aber kein Sprücheklopfer, ein guter Zuhörer, klug und interessiert. Und ich mag Amy. Sie ist keine von diesen langbeinigen Tussen ohne Hirn - und das war keine Anspielung auf Cassy. Sie hat zwar lange Beine, aber sie hat leider auch ein Hirn. Auch wenn ich wünschte, es wäre nicht so.

Amy ist tough, aber unter ihrer Schale ist sie genau das, was Andrew braucht.

Wir saßen zu viert bis drei Uhr morgens auf dem Dach und haben gequatscht. Über alles und nichts. Es muss schön sein, Andrew und Amy zu sein. Sie sind ein Paar, aber jeder auch noch ein einzelner Mensch. Sie berühren sich und lächeln einander an, aber es wirkt nicht so, als würden sie ihr Revier markieren. Wenn sie sich ansehen, sprühen die Funken. Es ist die Art, wie sie sich gegenseitig behandeln, die zeigt, dass sie eine Einheit sind. Sie gegen den Rest der Welt. So etwas wünsche ich mir auch. Jemanden, der mich festhält, damit ich nicht falle, bei dem ich mich aber trotzdem fallenlassen und frei sein kann. Und ich selbst. So wie ich bin. Einfach nur Claire.

Als ich Andrew beim Aufräumen gefragt habe, wie sie sich kennengelernt haben, hat er nur gegrinst und gesagt: »Das, liebe Claire, ist eine Geschichte für sich ... irgendwann erzähle ich sie dir mal.«

Fest steht, es gibt die Art von Liebe, die ich suche. Es gibt Menschen, die sich treu bleiben. Sich selbst und dem anderen. Sie tun es nicht, weil sie müssen, sondern weil sie es wollen. Irgendwo gibt es genau diesen Menschen auch für mich. Ich darf nur nicht auf ihn warten. Doch ich darf daran glauben. Und währenddessen etwas anderes tun. Mich selbst finden zum Beispiel.

Immer noch Freitag. Aber abends.
I LOVE NEW YORK

Ich sitze im Schneidersitz auf dem Dach und esse ein Stück italienischen Zitronen-Mandel-Kuchen, den ich heute Morgen um sechs gebacken habe, weil ich nicht mehr schlafen konnte, als mein Handy klingelt. Ich wünschte, es wäre June mit der Nachricht, dass sie heute nach Hause kommt, aber wahrscheinlich ist es wieder nur Danny, der mir sagen will, dass er mich nie hätte küssen dürfen. Oder es ist meine Mom. Immerhin hat sie mir seit über einer Woche nicht mehr vorgeworfen, dass ich nie anrufe. Es wird langsam unheimlich. Ich schaue aufs Display. *Josh?* Josh ruft mich nie an. Und wenn er es doch mal tut, dann nur, um mir zu sagen, dass er vor der Tür steht, wenn wir zusammen zu Mom und Dad fahren.

»Hi, Josh«, sage ich und versuche, nicht zu erstaunt zu klingen.

»Hey, Schwesterherz ... störe ich gerade?«

»Gar nicht. Ich sitze in der Sonne und esse ein Stück Kuchen«, antworte ich, lese ein paar Krümel mit dem Finger auf und lecke ihn ab. »Und bei dir? Alles okay?«

»Nein, nicht wirklich.« Er macht eine Pause. »Allie und ich, wir ... wir hatten Streit.«

Wenn mir jemand gesagt hätte, dass ich diesen Satz jemals aus dem Mund meines Bruders hören würde, hätte ich laut gelacht. Josh hatte nie Frauenprobleme. Er hatte nur Frauen, keine Probleme.

»Claire? Bist du noch dran?« Er klingt unsicher. *In welcher Welt klingt Josh unsicher?!*

»Ähm, ja … bin ich.« Ich setze mich aufrecht hin. »Was war denn?«

»Das ist eine längere Geschichte … Hast du Zeit?« Er macht eine Pause. »Ich weiß, es ist spontan, aber vielleicht könnten wir … ich weiß nicht, uns treffen und reden? Wenn du schon was anderes vorhast, dann …«

»Hab ich nicht«, falle ich ihm ins Wort.

»Gott sei Dank. Noch ein Abend allein in dieser Wohnung und ich werde wahnsinnig.«

»Sag mir nur, wann und wo.«

»Ich bin noch in der Arbeit.« Er denkt kurz nach, dann antwortet er: »Wie wäre um halb neun bei dir?«

»Halb neun. Geht klar.«

»Gut, ich hole dich ab. Bis dann.«

Die Sonne steht tief, und der Himmel färbt sich rosa. Mein Blick fällt auf die Zeitschrift, die offen neben mir auf der Decke liegt. Ich habe heute bei der Arbeit festgestellt, dass das Magazin, für das Jamie schreibt, auch bei uns ausliegt, und die neueste Ausgabe gleich mitgenommen. Der Artikel über unseren Abend in New York erscheint erst kommende Woche, aber ich bin jetzt schon total aus dem Häuschen. Als ich weiterblättere und eine Kolumne mit der Überschrift »I Love New York« entdecke, rümpfe ich die Nase. *Gott, geht noch mehr Klischee?* Eigentlich will ich sie nicht lesen, aber dann tue ich es doch. Erst nur die Einleitung, dann alles.

I Love New York
(von Jessica Clark)
Ich wohne schon mein ganzes Leben in New York. Ich bin sogar hier geboren. Im St Vincent's Hospital. Ich atme also seit meinem ers-

ten Atemzug den Dreck dieser Stadt. Man könnte sagen, sie ist ein Teil von mir. Oder ich von ihr. New York ist laut. Und schmutzig. Und die Gehwege sind voller Schlaglöcher und Menschen. Alles ist hektisch und voll, und man hat den Eindruck, als würde die Zeit hier noch schneller vergehen, als sie es woanders tut. New York ist stressig und rastlos. Und immer hungrig. Wie ein Organismus, der alles um sich herum verschlingt und dann ganz langsam verdaut.

New York ist vieles. Betondschungel, Wiege der Träume, ein Ort der unbegrenzten Möglichkeiten. Verspiegelte Wolkenkratzer stellen alte Gebäude in ihren Schatten, Start-ups sprießen aus dem Boden wie Pilze und versuchen, sich gegen alteingesessene Traditionsunternehmen zu behaupten. Altes Geld trifft auf neue Ideen. New York ist das alles, aber vor allem ist New York eng. Überall kämpft irgendjemand um seinen Traum. Oder um seine Existenz. Diese Stadt ist ein Schlachtfeld, aber zur selben Zeit auch ein Licht in dunkler Nacht. New York ist zu gleichen Teilen Diva und Obdachloser. Für die einen ein hartes Pflaster, für die anderen eine Bühne. Und genau das ist es, was ich an New York so sehr liebe. Es ist ein einziger Widerspruch. New York ist launisch und vielseitig, voller Ecken und Kanten, aber mit Stil. Alles glänzt und bröckelt.

Diese Stadt ist im Winter zu kalt und im Sommer zu heiß. Aber ich liebe sie. Ich liebe ihr lautes, aufbrausendes Wesen und die Tatsache, dass hinter jeder Ecke etwas Neues auf mich wartet. Ich liebe, dass New York nie schläft, sondern immer mit einem Auge wach bleibt. Ich liebe, dass ich um jede Uhrzeit etwas zu essen bekomme und dass die Kultur hier so viel Platz bekommt. New York ist musikalisch und tolerant, talentiert und eigenwillig. Und an manchen Stellen einfach zu viel. New York will gesehen werden. Neonröhren, blinkende Lichter, Reklamen und Bildschirme wetteifern um unsere Aufmerksamkeit. Alles ist immer in Bewegung. Andauernd. Dieser Boden wartet jeden Tag auf neue Ideen. Manche gedeihen, andere sterben, aber eine Chance bekommen sie hier alle. Weil wir New Yorker den Wandel lieben. Wir sind immer hungrig auf das Neue. Wir sind moderne Entdecker, die unterhalten werden wollen.

Ich kenne diese Stadt. Ich kenne das eisige New York und seine Schattenseiten, aber ich weiß auch, wie der Central Park ganz in Weiß aussieht. Wie ein modernes Märchen, das darauf wartet, erzählt zu werden. Ein wunderbar glitzerndes Wunderland – und das nicht nur für Alice, sondern für alle. Ich weiß, wie es sich anfühlt, wenn man in der Halle der Grand Central Station in einem Meer aus Menschen steht und zur Decke schaut und es einem auf einmal so vorkommt, als wäre man dem Himmel ganz nah. Ich kenne New Yorks Zauber und seine Dachterrassen, die einem das Gefühl geben, mit den Wolken zu tanzen.

Ich mag, dass diese Stadt nicht vorgibt, etwas zu sein, das sie nicht ist. Die Luft ist schlecht, der Umgangston manchmal recht rauh und die Mieten viel zu hoch, aber sie gibt jedem eine Chance. Sie lässt Raum für Träume – wenn man bereit ist, an ihnen festzuhalten. New York kann sanft sein. Aber auch grausam. Doch niemals, wirklich niemals ist es langweilig.

New York ist der Broadway, Queens, Manhatten, der Times Square, Greenwich Village, das Rockefeller Center und Ellis Island, es ist die Wall Street, der Central Park, Harlem und Hell's Kitchen. Und doch ist es so viel mehr. Viele Puzzlestücke, die ein Ganzes ergeben. New Yorks Schönheit ist manchmal laut und derb, aber sie ist immer da. In den Dampfschwaden, die an kalten Tagen aus den Gullydeckeln dringen und wie weiße Seidentücher vor den Häuserfronten aufsteigen, in der Musik, die der Stadt einen Soundtrack schreibt, in den Graffitis, die die Wände zu Kunstwerken machen, und in den Gesichtern der Menschen, die es hier schaffen wollen.

Ja, ich kenne diese Stadt. Ich kenne ihre Launen und ihre Abgründe. Aber ich liebe sie. Vielleicht liebe ich sie gerade deswegen. Denn genau das ist Liebe. Sie ist echt. Nicht die Fassade, sondern das »Dahinter«. Die Vorzüge zu mögen, ist einfach. Aber nur, wenn man die ungeschminkte Wahrheit kennt, weiß man, ob man wirklich liebt.

Ich weiß nicht, wie viele Männer noch kommen werden, und ich weiß auch nicht, ob ich mich jemals bei einem von ihnen wirklich zu Hause fühlen werde, doch ich weiß, dass New York bleiben wird. Weil wir zusammengehören. Weil wir uns so ähnlich sind. Weil keine andere Stadt ist wie New York.

Wie hat Carrie Bradshaw es so treffend formuliert? »I'm looking for real love. Ridiculous, inconvenient, consuming, can't-live-without-each-other love.« Ich glaube, ich habe sie gefunden. Genau hier. Im Herzen von New York City. Und das Beste ist: Niemand kann sie mir nehmen.

Ich wollte die Kolumne nicht mögen. Ich wollte sie doof und kitschig finden. Aber ich liebe sie. Und zwar mit Gänsehaut und Tränenschleier und allem, was dazugehört.

Danke, Jessica Clark. Genau das habe ich gebraucht. Und du hast recht: Wenn alle Stricke reißen, bleibt mir immer noch New York.

Schatz, ich bin zu Hause.

Ich esse das letzte bisschen Kuchen auf, sammle mein Zeug zusammen und gehe zur Feuerleiter.

Jamie ist mit irgendeiner Frau unterwegs, die er neulich abends in einer Eisdiele kennengelernt hat. Bei ihm läuft das so. Einer seiner dunkelblauen Blicke und die Herzen schmelzen. Als er vorhin gegangen ist, meinte er, es wäre nichts Ernstes, aber es scheint ernster zu sein als die Verabredungen, die er in letzter Zeit sonst so hatte – immerhin hat er dieses Mal sogar Parfum benutzt und ein frisches T-Shirt angezogen. Das grenzt fast an eine Liebeserklärung.

Ich räume kurz die Küche auf, packe etwas von dem Kuchen in Alufolie und stelle den Rest mit einem Zettel mit der Aufschrift *Das ist alles für Jamie* in den Kühlschrank. Ich spiele kurz mit dem Gedanken, hier zu duschen, aber die Vorstellung, wieder einen ganzen Tag nach Mann zu riechen, und die Tatsache, dass ich frische Klamotten brauche, sprechen dagegen.

Als ich wenig später in mein Zimmer klettere, schlägt mir ein muffiger Geruch entgegen, und ich rümpfe die Nase. Es riecht abgestanden. Nach zu oft geatmeter Luft. Gemischt mit einem Rest von Danny und mir. Ich lasse das Fenster offen und robbe mich über das Bett zu meinem Pseudoschrank, da bemerke ich einen kleinen Zettel auf meinem Kopfkissen.

Trainers, wir müssen wirklich dringend reden. D.

Er hat eine schöne Handschrift. Eine, die man so gut lesen kann, wie ich ihn mal lesen konnte. Ich seufze, ziehe mir das T-Shirt über den Kopf und werfe es auf den Boden. Es riecht nach ranziger Butter und Popcorn. Alles an mir riecht nach ranziger Butter und Popcorn. Ich frage mich, wann Tray kapieren wird, dass er mich nicht braucht. Was er braucht, ist ein Wunder. Es ist nur eine Frage der Zeit, bis ihm das klarwird und er mich rauswirft. Und ich kann ihm das nicht einmal verübeln. Das Programmkino liegt im Sterben, und es ist schwer zu sagen, ob es durchkommt. Kein Mensch geht an heißen Sommertagen ins Kino, schon gar nicht in *Lovesong for Bobby Long*. Eigentlich eine Schande.

Weil wieder nichts los war, habe ich heute aus einer Mischung aus purer Langeweile und Verzweiflung die uralte Popcornmaschine sauber gemacht. Ich glaube, die Fettreste reichten zurück bis in den Kalten Krieg. Als ich fertig war, habe ich mich mit einer eisgekühlten Cola in den menschenleeren Kinosaal gesetzt, die Beine auf die abgewetzten Sitze vor mir gelegt und mich gefragt, ob Danny den Film auch so gerne mag wie ich. Das frage ich mich immer, wenn ich etwas richtig gut finde. Egal, ob es um Musik, Filme oder etwas zu essen geht. Ich will wissen, was Danny denkt. Ich will grundsätzlich wissen, was er denkt. Wir haben immer über alles geredet. Bis wir dann nicht mehr miteinander geredet haben.

Ich fahre mir durch die Haare. Sie stinken nach altem Fett und sehen auch so aus. Als hätte ich sie ewig nicht gewaschen. Oder in einer Pfanne geschwenkt. Mein Blick fällt auf die Uhr. Viertel nach sieben. Ich muss duschen, mich schminken und die Haare föhnen. Da ich nicht weiß, wo Josh und ich hingehen werden, muss mein Outfit zu jedem Anlass passen. Aber da ich ohnehin nur Schwarz trage, dürfte das nicht allzu schwierig sein. Ich gehe durch Junes Zimmer in den Flur – und stolpere natürlich prompt in Danny hinein.

»Claire«, sagt er irritiert und sieht mich an, als wäre ich eine erschreckend echte Halluzination. »Du bist hier?«

»Ich bin eben erst gekommen.«

»Warst du die letzten Tage bei deinen Eltern?«

»Nein, bei Jamie.«

Er schaut mich nur an, sagt aber nichts. Ich frage mich, warum ich davon ausgegangen bin, dass er nicht zu Hause sein wird, aber irgendwie bin ich das. Danny mustert mich und meine Halbnacktheit. Und bestimmt denkt er jetzt, dass das Absicht war. Dass ich es darauf angelegt habe, ihm in diesen albernen Shorts und dem schwarzen Spitzen-BH über den Weg zu laufen, weil wir Frauen nun mal berechnende Miststücke sind. Sein Blick ist zu heiß und irgendwie zu viel. Er muss damit aufhören, mich so anzusehen.

»Wolltest du auch gerade ins Bad?«, frage ich und halte mir etwas unbeholfen die Arme vor die Brust.

Danny räuspert sich und schüttelt den Kopf. »Nein, wollte ich nicht.«

»Dann … dann kann ich?« Ich zeige auf die Dusche.

»Du meinst duschen?« Seine Stimme klingt nach Schlafzimmer. »Klar …«

Gott, er macht mich fertig.

»Okay«, sage ich, zwinge mich zu einem Lächeln und dränge mich an ihm vorbei.

»Claire?«

Ich drehe mich um. »Hm?«

»Ich … ich habe versucht, dich zu erreichen.«

Ich schaue ihn an, habe aber keine Ahnung, was ich dazu sagen soll. Etwa *ich weiß?*

»Hast du meine Anrufe und Nachrichten nicht gesehen?«

»Doch, das habe ich.«

»Und warum hast du mir nicht geantwortet?«

»Weil mir nicht nach reden war.«

»Wir müssen aber reden.«

Ich ziehe die Augenbrauen hoch. »Sagt wer?«

Die Pause knistert.

»Komm schon, Claire.« Sein Blick ist ernst, und irgendwie macht mich das an. *Ich bin echt nicht zu retten.* »Claire, das, was da zwischen uns passiert ist …«

»… war eine einmalige Sache«, schneide ich ihm das Wort ab, weil ich mir seine »Das mit uns war ein Fehler«-Rede nicht anhören will.

»Trainers …«

Er macht einen Schritt auf mich zu und ich einen von ihm weg.

»Falls du dir Sorgen machst, dass ich Cassy davon erzählen könnte, kann ich dich beruhigen … das werde ich nicht.«

»Das dachte ich auch nicht.«

»Gut«, antworte ich und schaue ihm direkt in die Augen. »Das würde ich nämlich niemals tun.«

Ich sehe, dass Danny etwas sagen will, aber das Geräusch von einem Schlüssel im Schloss beendet das Gespräch. Die Wohnungstür geht auf. Es ist Cassy. Ja, genau so habe ich mir das vorgestellt. Wir drei im Flur. Und ich halb nackt.

»Cass?«, fragt Danny überrascht. »Was machst du denn schon hier?«

»Komme ich etwa ungelegen?«, fragt Cassy und schaut zwischen Danny und mir hin und her, als würde sie versuchen, eine noch frische Sex-Fährte zu wittern.

»Nein, gar nicht«, sagt Danny und befeuchtet sich die Lippen. »Ich dachte nur …« Seine Stimme bricht plötzlich weg, und er räuspert sich. »Ich dachte nur, dass du heute erst später kommst, das ist alles …«

»Ich habe doch den früheren Flieger erwischt«, sagt sie mit einem misstrauischen Blick auf mein Outfit.

»Cassy, hi, schön, dich zu sehen.« Mein Herz rast, aber meine Stimme klingt normal. »Ich wollte gerade duschen gehen ... also dann ...«

»Claire?«

»Hm?«

»Ich habe Wein mitgebracht. Vielleicht magst du ja nachher einen mit uns trinken?«

Lieber würde ich mir jeden Fingernagel einzeln ausreißen, denke ich, doch ich höre mich sagen: »Klar, warum nicht?«

Gerüchteküche.

Knapp eine Stunde später gehe ich umgeben von einer Parfumwolke und einer Aura, von der ich hoffe, dass sie Danny augenblicklich in die Knie zwingt, etwas verkrampft in Richtung Küche. Vielleicht sollte ich doch lieber Sneakers anziehen. Bestimmt sogar. Es gibt nichts Peinlicheres als eine Frau, die in Highheels nicht gehen kann. Und genau so eine Frau bin ich. Bei meinem Glück endet dieser Abend auf einer Trage im Notarztwagen, weil ich mich mit dem Absatz im Kopfsteinpflaster verkeile, umknicke und mir die Bänder reiße. Ist alles schon passiert. Als ich gerade in mein Zimmer zurückgehen und meine Chucks holen will, erkenne ich das Lied, das in der Küche läuft, und bleibe wie angewurzelt stehen. *Das kann unmöglich ein Zufall sein. Solche Zufälle gibt es nicht.* »I Heard It Through The Grapevine« von Marvin Gaye. Danny und ich haben viele Lieder. Verdammt viele. Aber das ist ein ganz besonderes. Eines, das wir an genau einem Abend gehört haben. Dafür aber auf Endlosschleife. Es hat eine Geschichte, von der ich gehofft hatte, Danny könnte sich nicht mehr an sie erinnern. Zumindest an das Ende. Ganz einfach, weil ich mich nicht daran erinnern kann. Es war vor Jahren am College. June, Danny und ich saßen auf unserer Lieblingswiese und haben zu viel Wein getrunken. Irgendwann hat June gefragt, ob es einen Song gibt, zu dem wir unbedingt mal Sex haben wollen. Meine Antwort war »I Heard It Through The Grapevine« von Marvin Gaye. Ich weiß noch, dass June die Stirn gerunzelt hat und meinte: »Im Ernst? Zu dem alten Schinken?« Ich habe nur genickt und gesagt: »Ja, langsam und intensiv.«

Es wurde später und wir angetrunkener. June ist ins Bett gegangen, und Danny und ich haben uns kichernd in die Küche verzogen. Wir haben uns etwas zu essen gemacht, und dann hat er das Lied aufgelegt. Danny hat mir in die Augen gesehen und mich an sich gezogen. Und dann haben wir miteinander getanzt. *Ewigkeiten.*

Nüchtern betrachtet war es weitaus mehr als tanzen. Es war das längste Vorspiel meines Lebens. Mein Körper stand unter Spannung. Es war unbeschreiblich. In dieser Nacht hätten wir um ein Haar eine Schwelle überschritten. Ich wollte ihn. Alles in mir wollte ihn. Keine Ahnung, ob es das Lied war oder der Alkohol oder die Kombination aus allem, aber ich wollte ihn. Ich kann mich nicht mehr erinnern, ob ich tatsächlich versucht habe, ihn zu küssen oder ob ich es nur tun wollte. Ich weiß noch, wie ich seinen Mund angesehen habe und wie trocken meiner war. Aber ich weiß nicht mehr, ob ich es tatsächlich getan habe. Danny und ich haben nie darüber gesprochen. Am nächsten Tag bin ich alleine und verkatert in meinem Bett aufgewacht und wusste nicht mehr, wie ich dorthin gekommen bin. Ich habe mich zwei Mal übergeben und mich nicht getraut, ihn zu fragen, ob etwas passiert ist und wenn ja, was. Vielleicht hat er mich abgewiesen, vielleicht auch nicht. Vielleicht habe ich auch gar nichts versucht. Ich erinnere mich einfach nicht. Ich erinnere mich nur an das Lied und daran, wie ich unter seinen Händen gezittert habe. Ich erinnere mich an die knisternde Stimmung zwischen uns und daran, wie wir getanzt haben. Der Rest ist ein riesiges schwarzes Loch. Eine kolossale Nicht-Erinnerung. Ein Teil von mir hat immer gehofft, dass Danny diese Nacht vergessen hat. Jetzt weiß ich, dass es nicht so ist.

Einen Moment bleibe ich ratlos im Flur stehen. Am liebsten würde ich mich verstecken, doch auf Dauer kann ich das nicht.

Immerhin wohne ich hier. Also straffe ich die Schultern und atme tief ein. *Er will Spielchen spielen? Das kann er haben. Showtime.*

Er sitzt mit geschlossenen Augen am Tisch, tief in Gedanken versunken. Ich frage mich, ob in seinem Kopf gerade derselbe Film läuft wie in meinem. Das würde ihm recht geschehen.

»Claire, wow!«, sagt Cassy auf eine Art, die mir das Gefühl gibt, normalerweise grundsätzlich beschissen auszusehen. »Nicht schlecht … wer ist der Glückliche? Doch nicht etwa Paul?«

Danny sieht mich an, und sein Blick erinnert mich an seine Hände auf meinem Körper.

»Nein, nicht Paul«, antworte ich lächelnd.

»Jamie?«

»Auch nicht«, sage ich und setze mich zu ihnen an den Tisch. »Sein Name ist Josh.«

Das ist nicht gelogen.

»Er heißt wie dein Bruder?«

»Er heißt wie mein Bruder.«

Auch das ist nicht gelogen.

»Findest du das nicht irgendwie seltsam?«

»Doch, aber als Single-Frau in New York muss man seine Ansprüche wohl runterschrauben«, sage ich lächelnd.

Danny schaut mir kurz in den Ausschnitt, und seine Kiefermuskeln treten hervor.

»Josh hin oder her, das Outfit ist jedenfalls *perfekt*«, sagt Cassy und grinst mich an.

Das glaube ich auch.

»Meinst du?«, frage ich und schaue an mir runter. »Du findest es nicht zu eindeutig?«

»Nein, gar nicht«, entgegnet Cassy und sieht zu Danny hinüber. »Dan, was meinst du?«

Er nickt. »Gutes Outfit.«

Sein Gesichtsausdruck sagt, dass es mehr als das ist.

Als Cassy wieder zu mir schaut, treffen sich Dannys und meine Blicke. Er ist wütend. Oder verletzt. Oder beides. Aber das ist nicht mein Problem. Er ist der mit der Beziehung.

»Gilt das Angebot mit dem Wein noch?«, frage ich und zeige auf das unbenutzte Glas.

»Klar, das ist für dich.«

In dem Moment, als Danny den Arm von Cassys Stuhllehne nimmt und nach der Flasche greift, um mir etwas einzuschenken, klingelt mein Handy.

»Mist«, sage ich und zeige auf das Display. »Er ist schon da.«

»Viel Spaaaahaaß«, sagt Cassy in einem typischen Mädchen-Singsang.

»Und pass auf mit den Schuhen. So ein Bänderriss passiert schneller, als man denkt.«

Blödmann. Ich würde ja gerne kontern, aber Danny war nun mal dabei, als es damals passiert ist. So wie er bei allem dabei war. Weil wir unzertrennlich waren.

Big Brother.

Josh und ich sitzen in einem Diner bei mir um die Ecke, das ich bisher gemieden habe, weil es total heruntergekommen aussieht, aber mit seinem farblosen Gesicht passt Josh perfekt in dieses Ambiente. Er sieht beschissen aus. Also, zumindest für seine Verhältnisse. Wie eine verzweifelte und übernächtigte Schwarzweißversion meines sonst so perfekten Bruders.

Er winkt einer der Kellnerinnen, die wenig später mit einer Glaskanne mit warm gehaltenem, wässrigem Kaffee bewaffnet zu uns an den Tisch kommt und ihm zum vierten Mal nachschenkt. Ich kann nicht sagen, was schlimmer ist, ihr gelangweilter Gesichtsausdruck oder die Country-Musik, die im Hintergrund läuft.

»Für Sie auch noch was?«, fragt sie mürrisch.

Ich zeige auf den Milkshake vor mir. »Nein danke, ich habe noch.« Als sie weg ist, stütze ich mich auf dem Tisch ab und mustere meinen Bruder. »Und jetzt?«, frage ich vorsichtig.

»Ich habe keine Ahnung«, sagt er und massiert sich den Nasenrücken. »Ich weiß nicht mal, wo sie ist.«

»Aber du hast versucht, sie zu erreichen?«

Josh schaut mich an, als wäre ich ein kompletter Vollidiot. »Natürlich habe ich das. Ich habe ungefähr eintausend Mal bei ihr angerufen.«

»Hast du ihr auch geschrieben?«

Er schüttelt den Kopf und sieht mich hilfesuchend an. »Sollte ich das? Ich meine, ihr schreiben? Ist das besser?«

»Na ja, ich denke, es kann nicht schaden …«

»Und was ist, wenn sie die Nachricht erst gar nicht liest?«

»Das wird sie«, sage ich und lege meine Hand auf seinen Arm. »Sie ist eine Frau … Frauen sind viel zu neugierig, um eine Nachricht nicht zu lesen.«

Josh schließt die Augen. Ich glaube, das ist das erste Mal, dass ich meinen großen Bruder ratlos sehe. Sonst ist er der Inbegriff von Souveränität. Aber in diesem Augenblick ist er einfach nur ein Kerl mit zerzaustem Haar und Dreitagebart in einem Dreitausend-Dollar-Anzug, der mit seiner kleinen Schwester in einem billigen Diner sitzt und versucht, seine Welt wieder in Ordnung zu bringen. Ein Kerl, der eine Frau liebt, die seine Anrufe ignoriert. Irgendwie ist es beruhigend, dass auch Männer so leiden.

»Hör zu«, sage ich, und er schaut mich an. »Allie wusste, worauf sie sich bei dir einlässt. Sie wusste, dass es vor ihr andere Frauen gab … und es ist ja nicht so, als hättest du diese andere – wie hieß sie noch?«

»Vivien …«, sagt er gequält.

»Als hättest du diese Vivien *eingeladen*.«

Josh seufzt. »Das nicht, aber …«

»Nichts aber«, falle ich ihm ins Wort. »Josh, du hast nichts falsch gemacht. Du hattest nun mal ein Leben vor Allie. Und das ist jetzt vorbei.« Ich mustere ihn. »Das ist es doch, oder?«

»Natürlich ist es das!«, sagt er aufgebracht. »Ich will nur sie.«

Ich lächle. »Schreib ihr das.«

»Was?«, fragt er kopfschüttelnd. »Ist das dein Ernst?«

»Jep«, antworte ich und rühre mit dem Strohhalm in meinem Milkshake herum. »Mehr braucht es nicht.«

Josh macht ein abschätziges Geräusch. »Ich glaube, da täuschst du dich.«

»Du bist vielleicht ein Experte, wenn es um Geld und Investments und Immobilien und all so was geht, aber von Frauen hast du keine Ahnung.«

»Also, bis jetzt hat sich keine beschwert.«

Ich verdrehe die Augen. »Ich meinte nicht im Bett.«

Josh reißt ein Stück von der Serviette ab und rollt es zu einer Kugel. »Ist es nicht total kitschig, wenn ich ihr das schreibe?«

»Nein. Nicht, wenn du es so meinst.«

Josh sieht mich ein paar Sekunden lang an, dann greift er nach seinem Handy und tippt eine Nachricht ein. Bevor er auf *Senden* drückt, sieht er mich noch einmal kurz an. »Okay, gesendet«, nuschelt er in seine Kaffeetasse und trinkt einen Schluck. »Das klappt niemals.«

»O doch, das wird es.« Ich grinse ihn an, und er seufzt.

»So. Jetzt aber zu dir. Wie ist dein Leben denn so?«

»Puh«, sage ich und zucke mit den Schultern. »Das Übliche. Gähnende Langeweile und Drama.«

Josh lacht kurz auf. »Klingt aufregend.«

»Das ist es auch … ich habe mich in meinen besten Freund verliebt und mich im Gegenzug mit meinem Ex angefreundet.«

»Moment …« Er legt den Kopf schräg. »Wir reden hier aber nicht von Danny, oder?«

»Also eigentlich nicht, weil ich nicht darüber reden will, aber im Prinzip ja.«

Josh bricht in schallendes Gelächter aus.

»Das ist überhaupt nicht witzig«, sage ich und wedle mit einer Papierserviette vor seinem Gesicht herum.

»Doch, ist es.« Josh schluckt. Seine Augen glänzen. »Du stehst also endlich auf Danny.«

»Endlich? Wieso endlich?«

»Weil der arme Kerl seit Jahren was von dir will.«

»Quatsch.«

»Ach, Claire …« Er schüttelt den Kopf. »Hätte man doch bei sich selbst den Durchblick, den man bei anderen immer hat.«

Wir schweigen ein paar Sekunden.

»Du denkst echt, er steht auf mich?«

Josh grinst. »Jep. Zumindest früher … aber so wie ich ihn einschätze, tut er es immer noch.«

»Und warum hast du nie etwas gesagt?«

»Weil du mir nicht zugehört hättest. Und außerdem hätte es dich nicht interessiert.«

Ich trinke einen Schluck von meinem inzwischen lauwarmen Milkshake. »Kann sein«, gebe ich zu.

»Du stehst also auf deinen besten Freund.«

Ich seufze. »Ja, sieht so aus.«

»Dann bleibt nur noch eine Frage offen.«

»Und die wäre?«

»Welcher Ex ist dein neuer Danny?«

Ich spiele nervös mit meinen Fingern. »Jamie.«

Josh muss so lachen, dass er kaum noch atmen kann. Es ist ein lautes Lachen, das immer leiser wird, bis es nur noch durch seinen Körper bebt. Es sollte mich ärgern, dass er mich auslacht, aber das tut es nicht. Ich lache mit ihm. Weil es so absurd ist. Und weil es guttut, mit meinem Bruder zu lachen. So wie damals, als wir noch klein waren und Josh mich vor allem beschützt hat.

»Claire, mit dir wird es wirklich nie langweilig«, sagt er und wischt sich die Tränen aus den Augenwinkeln.

»Freut mich sehr, dass meine Probleme dich so gut unterhalten.«

»Ich sehe da kein Problem.« Josh grinst. »Dein Typ liebt dich … das hat er damals, und ich wette, er tut es noch.«

»Er hat eine Freundin.«

»Na, die muss er eben verlassen.«

»Das ist nicht so einfach.«

»Doch«, sagt Josh und winkt die Kellnerin zu uns, »das ist es.« Als sie bei unserem Tisch ankommt und ihm Kaffee nachgießen will, schüttelt er den Kopf und schenkt ihr sein Eine-Millionen-Dollar-Lächeln. »Ich hätte gern eine Cola.« Er schaut kurz zu mir. »Für dich auch?« Ich nicke. »Zwei, bitte.« Als die Kellnerin zum Counter zurückschlurft, wendet Josh sich wieder mir zu. »Glaub mir, die Dinge, die uns im Leben so kompliziert vorkommen, sind es meistens gar nicht. Oft sind sie erschreckend einfach.«

»Das sagt ausgerechnet der Typ, der mir noch vor ein paar Minuten die Ohren vollgeheult hat.«

»Na ja, du hattest doch eine ganz simple Lösung für mein Problem.« Er grinst. »Eine, die, ganz nebenbei bemerkt, nicht funktioniert hat.«

In der Sekunde, als er das sagt, vibriert sein Handy auf der Tischplatte, und das Display leuchtet auf. Als ich den Namen *Allie* lese, ziehe ich die Augenbrauen hoch.

»Wie war das?«, frage ich selbstzufrieden, während Josh ungläubig zwischen dem Display und mir hin- und herschaut. »Los, jetzt geh schon dran!«

Er springt auf, greift nach seinem Handy und läuft nach draußen. Die Tür fällt in Zeitlupe hinter ihm ins Schloss, und wenig später taucht er vor dem Diner auf. Ich sehe ihm zu, wie er auf und ab geht, und bei diesem Anblick muss ich lächeln. Josh nickt, bleibt stehen und fuchtelt mit seiner freien Hand herum. Ich wette, ungefähr so sieht er bei Verhandlungen aus. Als Allie antwortet, geht er wieder auf und ab. Er macht einen Schritt über eine Pfütze, dann bleibt er stehen und entgegnet irgendetwas. Reden und Gehen gleichzeitig scheint nicht sein Ding zu sein. Schon komisch. Wenn es um Allie geht, ist auch mein Bruder ein ganz normaler Kerl. Fehlbar und unsicher. Ich mag den neuen Josh. Der ist so menschlich.

Die Kellnerin stellt zwei Gläser vor mir auf den Tisch, in denen Eiswürfel klirren. Die Kohlensäure spritzt über den Rand und erinnert mich an meine Kindheit. Als dann auch noch die Country-Musik endet, atme ich zufrieden auf. Aber nur, bis das nächste Lied beginnt. Es ist »Danny's Song« von Loggins and Messina. *Das gibt es doch nicht.* Würde ich an Zeichen glauben, wäre das hier eines. Aber ich glaube nicht an Zeichen. Ich glaube an Zufälle.

In diesem Moment lässt sich Josh mir gegenüber auf die Bank fallen und strahlt mich an.

»Und? Alles wieder okay?«

Er nickt. »Sie ist bei ihrer Freundin Ruth … ich hole sie dort ab.«

»Dann habt ihr euch also vertragen?«

»Ja«, antwortet er und trinkt einen Schluck Cola. »Und das habe ich allein *dir* zu verdanken.« Er hält kurz inne, dann schaut er mich an und sagt: »›Danny's Song‹, hm?«

»Ist mir auch schon aufgefallen …«

»Na, wenn das mal kein Zeichen ist.«

»Ich glaube nicht an Zeichen.«

»Klar tust du das.«

Er hat recht. Das ist wieder so typisch Mädchen.

»Ich nehme an, du willst jetzt los«, sage ich, weil ich mir sicher bin, dass er so schnell wie möglich zu Allie will.

»Aber wir haben uns doch eben noch unterhalten?«

»Nein, meine Probleme haben dich unterhalten, das ist was anderes.«

Er lacht. »Apropos, ich habe Danny vor ein paar Wochen im New York Magazine gesehen. Er sieht gut aus.«

»Ich weiß.«

»Und seine Arbeiten sind …« Josh sucht nach den richtigen Worten, findet aber keine.

»Das sind sie. Sonst wäre er wohl kaum zu einem der Top-Ten-Illustratoren des Landes gewählt worden.«

»Schon klar, aber er ist echt gut. Ich meine, so richtig.«

»Ja, das ist er.«

Ich denke daran, dass Julian einmal meinte, dass er im Vergleich zu Danny kein Talent hat.

Und Julian hatte Talent. Er war gut. Ziemlich gut sogar. Aber Danny war besser.

»Wie geht es eigentlich mit der Jobsuche voran?«

»Tolles Thema, Josh, wirklich.«

»So schlimm?«

»Nein, es ist ganz super«, sage ich sarkastisch. »Ich jobbe in einem Kino und in einer Bar. Wer weiß, vielleicht werde ich ja irgendwann befördert?«

»Es klingt zumindest nach Spaß.«

Ich trinke meine Cola aus. »Und nach wenig Geld.«

»Brauchst du Geld?«, fragt er vorsichtig, und ich schüttle den Kopf. »Sicher nicht?«

»Ich komm schon klar.« Mein Blick fällt auf die Uhr. »Lass uns gehen ... Allie wartet.« Ich zwinkere ihm zu, dann krame ich nach meinem Geldbeutel. »Ach ja«, sage ich und hole den Kuchen heraus. »Der ist für dich.«

»Was ist das?«

»Kuchen. Ich dachte, du kannst was Süßes gebrauchen.«

Er grinst. »Was für einer ist es denn?«

»Zitrone-Mandel. Glaub mir, du wirst ihn mögen.«

»Daran habe ich keinen Zweifel.« Als ich der Kellnerin zwanzig Dollar auf den Tisch lege, schüttelt Josh den Kopf. »Ich übernehme das ...«

»Nein, das tust du nicht.«

»O doch.« Er schiebt mir den Schein entgegen. »Als dein großer Bruder ist es nämlich mein geburtsmäßiges Recht, dich auf einen mittelmäßigen Milchshake und eine kleine Cola einzuladen, wann immer mir danach ist.«

Ich muss lächeln. »Danke.«

»Ich danke dir.« Er steht auf. »Wenn du nicht so kurzfristig Zeit gehabt hättest, wäre ich vermutlich Amok gelaufen.«

»Ganz ehrlich, wenn ich die Wahl zwischen deinem und meinem Drama habe, nehme ich immer deins.«

Josh grinst, greift nach dem Kuchen und winkt der Kellnerin. Ihn lächelt sie an. Für mich hat sie nur ein mürrisches Nicken. Wir gehen in Richtung Ausgang, als Josh mich plötzlich am Arm festhält.

»Kennst du das Lied?«

Ich lausche einen Moment dem Refrain. »Nein, nie gehört. Warum?«

»Es ist von Paul Simon und heißt ›50 Ways To Leave Your Lover‹«, sagt Josh und zwinkert mir zu. »*Das* ist jetzt aber ein Zeichen.«

Josh und ich bleiben bei seinem Wagen stehen.

»Ist Danny zu Hause?«

»Ist er«, antworte ich. »Und seine Freundin auch.«

»Wenn du willst, kann ich noch bleiben.«

Ich mache eine abwinkende Handbewegung. »Ach was, fahr ruhig.«

»Im Ernst. Ich kann noch mit raufkommen.«

»Lieber nicht. So denkt er jetzt, dass ich ein heißes Date hatte. Wenn er dich sieht, weiß er, dass ich vorhin gelogen habe.«

»Verstehe.« Josh grinst. »Dann haue ich mal ab. Aber erst teilen wir uns noch den Kuchen.«

»Nein! Der ist für Allie und dich.«

Er reißt die Alufolie auf. »Ich will aber *jetzt* was«, sagt er, beißt ein Stück ab und schließt einen Moment genüsslich die

Augen. »Mein Gott«, sagt er mit vollem Mund, »der ist großartig.«

»Dachtest du, ich schenke dir einen staubtrockenen, schlechten Kuchen?«

»Nein, aber ...« Er schaut den Mandelkuchen an und dann wieder mich. »Ich wusste ja, dass du backen kannst, aber der ...« Er nimmt noch einen Bissen. »Der ist einfach fantastisch!«

»Und das aus deinem Mund«, sage ich stolz. »Wer weiß ... vielleicht wird das mit der Bakery ja doch noch was.«

Josh lehnt sich an sein Auto. »Wovon redest du? Was für eine Bakery?«

»Ach, Jamie meinte neulich nur, dass ich aufhören muss, irgendwelche Kerle zum Mittelpunkt meines Lebens zu machen, und mich endlich auf meine Träume konzentrieren soll.«

»Womit er vollkommen recht hat.« Josh mustert mich. »Ist das denn dein Traum? Ich meine, das mit der Bakery?«

»Seit dem College, ja. Danny hat mir damals sogar ein Logo gezeichnet.«

»Und warum zum Teufel weiß ich nichts davon?«

Ich zucke mit den Schultern. »Vermutlich, weil wir seit Jahren nicht mehr wirklich miteinander geredet haben ...«

Josh öffnet kurz den Mund, dann schließt er ihn wieder. »Du solltest das machen«, sagt er schließlich. »Nein, du *musst* das machen. Je länger ich darüber nachdenke, desto besser finde ich die Idee.«

»Hör auf, Josh.«

»Ich könnte dir helfen.«

»Was?«, frage ich lachend.

»Claire, überleg doch mal.« Josh legt den restlichen Kuchen auf das Dach seines Wagens und dann seine Hände auf meine Schultern.

»Ich habe das Geld. Ich könnte dir was leihen ... oder ... ich könnte in deine Bakery investieren.«

»Josh ...«

»Außerdem kenne ich viele wichtige Leute, Claire. Ich könnte dir wirklich helfen.«

Ich schüttle kurz den Kopf. »Ich weiß das echt zu schätzen, aber ...«

»Komm schon, überleg es dir wenigstens, bevor du nein sagst.« Er macht eine Pause. »Bitte.«

Ein paar Sekunden schaue ich ihn einfach nur an, dann erliege ich der Begeisterung in seinem Blick.

»Okay«, sage ich schließlich, »ich überlege es mir.«

Let's get it on.

Auf den ersten Blick ist die Wohnung dunkel, aber auf den zweiten sehe ich das Licht in der Küche und höre leise Musik. Ich spiele noch mit dem Gedanken, mich in mein Zimmer zu schleichen, da lehnt Danny bereits in der Tür und sieht mich an.

»Was denn, schon zurück?«

»Sieht so aus.«

»War wohl kein so gutes Date ...«

»Doch, war es«, sage ich und ziehe die Schuhe aus.

»Aber?«

»Nichts aber.« Danny glaubt mir kein Wort. Oder er glaubt mir und überspielt es. »Ich gehe ins Bett.« Bei dem Wort *Bett* bricht meine Stimme. »Ich bin ziemlich müde.«

»Du siehst gar nicht müde aus.«

»Bin ich aber«, lüge ich.

»Komm schon, nur ein Glas Wein.«

Die Art, wie er mich fragt, lässt mich nicken, bevor mein Verstand mich davon abhalten kann. Danny tritt zur Seite und sieht mich auffordernd an. Ich sollte das nicht tun, ich sollte schlafen gehen, und das weiß ich. Trotzdem folge ich seiner Einladung. Barfuß und mit viel zu schnell schlagendem Herzen. Kerzen flackern und im Hintergrund läuft »Teenage Dirtbag« von Wheatus. Das ist noch so ein Song vom Soundtrack unseres Lebens.

Dieses Lied lief, als Danny und ich damals nach Chicago gefahren sind. Sein Bruder hatte Geburtstag und wir Semesterferien. Der Highway war praktisch leer, der Himmel endlos und blau und unsere Stimmung grenzenlos. Es war ein Moment wie im Film. Heruntergekurbelte Fenster, wild wehendes Haar und ein Arm im Fahrtwind, als wären wir Vögel mit nur einem Flügel. Wir haben den Liedtext aus Leibeskräften mitgegrölt. Immer und immer wieder. Nach dem Abendessen bei Dannys Eltern haben wir uns dann auf das Dach seines Autos gelegt, in die Baumkronen geschaut und gekifft. Wir haben gelacht, bis wir keine Luft mehr bekommen haben. Das war eine der besten Nächte meines Lebens.

Im Hier und Jetzt setze ich mich und verschränke die Finger, damit man nicht sieht, wie sehr sie zittern. Danny beugt sich über den Tisch und greift nach dem unbenutzten Glas, das noch von vorhin vor mir steht. Dabei berührt sein Oberarm meine Schulter, und wie bei einer chemischen Reaktion kriecht sofort eine Gänsehaut über meinen Körper. Ich rücke ein Stück zur Seite.

»Stimmt irgendwas nicht?«, fragt Danny und sieht mich an.

»Doch, doch, ich …« Ich räuspere mich. »Ich brauche nur was zu trinken.« Sein Blick ist undurchdringlich. Ich stehe auf, nehme eine Flasche Wasser aus dem Kühlschrank, mache sie auf und trinke einen großen Schluck.

Dann plötzlich steht Danny hinter mir. Ich spüre seine Nähe im Rücken. Meine Handflächen sind feucht, mein Atem ist flach. Danny stützt sich auf der Arbeitsfläche ab. Seine Arme schließen mich zwischen dem Tresen und seinem Körper ein. Wir bewegen uns nicht. Die letzten Takte von »Teenage Dirtbag« verhallen, dann ist es einen Moment lang mucksmäuschenstill. Ich schlucke, und es knackt laut in meinen Ohren. Als »I Heard It Through The Grapevine« einsetzt, spannen sich alle meine Muskeln auf einmal an. Danny legt die Hände auf meine Hüften, und ich schließe die Augen. Sein warmer Atem berührt mich im Nacken. Danny dreht mich langsam zu sich um. Ich sollte mich wehren, aber ich tue es nicht. Ich warte auf seine Lippen. Ich warte mit jeder Faser meines Körpers auf den Fehler, den wir jeden Moment machen werden.

»Claire ...« Es ist nur ein Flüstern, aber es ist auf eine Art heiser, die mir den Verstand raubt. Sein Mund ist meinem so nah, dass ich seinen Atem schmecken kann. Warm und süß. In meinem Kopf entbrennt ein Kampf zwischen dem, was ich will, und dem, was richtig ist. Mein Gewissen und meine Triebe rüsten sich für eine erbitterte Schlacht, und ich bin wie der Zuschauer, der nicht weiß, wen er anfeuern soll. Ich weiche Dannys Blick aus und schaue auf die Wand, hinter der Cassy vermutlich gerade liegt und schläft. In ihrer Welt ist alles in Ordnung. Weil sie nicht weiß, was sich keine fünf Meter von ihr abspielt. Was wir tun, ist falsch. Aber es fühlt sich viel zu gut an, um jetzt damit aufzuhören. Ich bin im Rausch des Augenblicks. Und da steht June.

Hell's Kitchen.

Ich trete die Bettdecke zur Seite, bleibe aber noch liegen. Meine Augen brennen, und mein Magen knurrt. Was für eine Nacht. Ich habe beschissen geschlafen. Wenn man es genau nimmt, habe ich eigentlich so gut wie gar nicht geschlafen. Keine Wand der Welt hätte meine Gedanken von Danny fernhalten können. Also lag ich da und habe an die Decke gestarrt. Bis June geklopft hat. Sie hat die Tür einen Spaltweit geöffnet, und ich habe mich dann schlafend gestellt. Natürlich habe ich ihren investigativen Blick gespürt, und ich wette, sie hat genau gewusst, dass ich wach bin, weil meine blöden Augenlider dann immer flattern wie bei einem kleinen Kind, das nur so tut, als würde es schlafen. Aber June hat nichts gesagt, weil sie June ist und weil sie wusste, dass ich noch nicht bereit bin, darüber zu reden.

Ich hätte ihr gern alles erzählt, aber ich hätte keine Ahnung gehabt, wo ich anfangen soll. Um ehrlich zu sein, habe ich das immer noch nicht.

Am liebsten würde ich mich einfach für immer in meinem Schrank verstecken. Ich würde mich gerne zusammenrollen wie eine Katze und nie wieder rauskommen. Aber das geht nicht, weil ich heute Abend arbeiten muss. Und davor muss ich duschen. Und etwas essen. Und abgesehen davon habe ich nichts falsch gemacht. Danny hat *mich* geküsst. Und dabei spielt es keine Rolle, dass ich mitgemacht habe – immerhin bin ich Single und kann küssen, wen ich will. Ich brauche kein schlechtes Gewissen zu haben. Weder wegen dem Kuss noch wegen gestern. Außerdem war gestern eigentlich gar nichts. Wir standen vielleicht etwas zu dicht beieinander, aber bei einem Konzert oder in einer Bar hätte das genauso gut passieren können. Es ist fast schon traurig, wie sehr ich versuche, meine Weste weiß zu waschen. Ich bücke mich seufzend nach einem Paar Jeans, schlüpfe hinein und verlasse mein Zimmer.

Als ich wenig später mit leicht eingezogenem Kopf die Küche betrete, sitzt nur June am Tisch.

»Keine Angst, sie sind weg«, sagt sie und legt ihr Magazin zur Seite.

Ich spiele kurz mit dem Gedanken, so zu tun, als hätte ich keine Ahnung, von wem sie spricht, aber erstens wüsste sie, dass ich lüge, und zweitens will ich wissen, wo sie sind, also frage ich möglichst beiläufig: »Ach ja? Und wo?«

»Glaub mir, das willst du nicht wissen …« Natürlich will ich das. Jetzt erst recht. »Magst du Kaffee? Der ist ganz frisch. Hab ihn eben erst gemacht.«

»Ja, gern. Aber noch viel dringender will ich wissen, wo sie sind«, sage ich angespannt, nehme eine Tasse aus dem Schrank und schenke mir etwas ein.

»Weg.«

»Verdammt, jetzt spuck es schon aus«, antworte ich und setze mich ihr gegenüber an den Tisch. »Wo *weg?*«

June presst kurz die Lippen aufeinander und weicht meinem Blick aus. »Sie besichtigen eine Wohnung.«

»Sie … tun was?!«, frage ich ungewohnt schrill. *Wie kann er eine Wohnung mit ihr anschauen?* »Aber er kann keine Wohnung mit ihr anschauen.« Ich klinge gestört. Jetzt fehlt nur noch, dass ich die Arme eng um meinen Oberkörper schlinge und anfange, geistesabwesend vor- und zurückzuwippen.

»Claire? Ist alles okay?«

Nichts ist okay. Er kann doch nicht *mich* küssen und dann mit *ihr* zusammenziehen ...

June legt ihre Hand auf meine, und ich schaue hoch. »Claire, geht es dir gut?«

»Nein«, sage ich und schlucke. »Nein, es geht mir nicht gut.« Ich schaue zur Arbeitsfläche hinüber und sehe Danny und mich. Ich sehe, wie seine Lippen nur noch Millimeter über meinen schweben. Der Kuss lag praktisch schon in der Luft. Ich höre, wie ein Schlüssel in das Schloss der Wohnungstür gesteckt und dann umgedreht wird. Dieses Geräusch ist wie ein seltsames Déjà-vu.

Als ich hier angekommen bin, saß ich auch auf diesem Stuhl. Damals habe ich darauf gewartet, dass June und Danny nach Hause kommen. Jetzt – zwei Jobs, eine Selbsterkenntnis und einen Kuss später – möchte ich ihn am liebsten umbringen. Ich höre Cassy laut lachen, und bei diesem Klang zieht sich alles in mir zusammen. Ich stehe auf und balle die Hände zu Fäusten.

»Claire, bitte tu nichts Unüberlegtes ...«

»Wie was?«, zische ich.

»Was auch immer du jetzt gerne tun würdest, tu es einfach nicht«, flüstert June, steht auf und kommt langsam auf mich zu, als wäre sie ein Unterhändler und ich eine Geisteskranke, die kurz davor ist, durchzudrehen. »Ich verstehe, dass du sauer bist, ich verstehe dich wirklich, Süße, aber du musst dich jetzt beruhigen.«

»Einen Scheiß muss ich!«, flüstere ich schroff.

Dannys und Cassys Schritte nähern sich der Küche.

»Claire«, haucht June verzweifelt, »ich bin auf deiner Seite, aber ...« June bricht mitten im Satz ab. Sie lächelt steif, dann sagt sie: »Hey, ihr zwei ...« Stille. Danny schaut mich an. Sein Blick ist ernst und tief, und ich weiß nicht, was er mir sagen will. »Na? Wie war die Besichtigung?«

»Perfekt!«, sagt Cassy und hält triumphierend eine Klarsichtfolie hoch. »Wir haben die Wohnung!«

»Oh, wow!« Ich spüre, dass June mich ansieht.

»Ich kann es noch gar nicht fassen!«, sagt Cassy in einem anstrengenden, begeisterten Tonfall. »Da haben wir so lang gesucht und jetzt ...«

Danny und ich sehen einander an. Ich würde ihn am liebsten schlagen. Und ihr die Augen auskratzen. Obwohl sie nichts dafür kann. Es ist nicht ihre Schuld, dass ich mein halbes Leben gebraucht habe, um zu kapieren, dass ich Danny liebe.

»Und wisst ihr, was das Beste ist? Wir können bereits *dieses Wochenende* einziehen.«

»Was denn, so schnell?«, fragt June erstaunt.

Danny schweigt. Wie kann er einfach so neben ihr stehen und nichts sagen? Wie kann er so tun, als wäre nichts passiert? Es ist nicht nichts passiert. Er hat mich geküsst, und dieser Kuss hat mein ganzes Leben durcheinandergebracht. Und was macht er? Er steht nur da und schaut mich an. Cassy sagt etwas, aber ich höre ihr nicht zu. Ich höre ihre Stimme, und ich sehe, dass sich ihre Lippen bewegen, aber ich bin nicht mehr wirklich da. Ich bin in meiner eigenen Welt. Tief vergraben in der Erinnerung an letzte Nacht. Als sie geschlafen hat und er sie betrügen wollte. Mit mir. Zum zweiten Mal. Er hätte es getan. Er hätte mich geküsst, wenn nicht June in genau diesem Moment nach Hause gekommen wäre. Ich weiß, dass er es wollte.

Plötzlich spüre ich eine Hand auf meiner Schulter und schaue auf. Es ist Cassys.

»Ich nehme an, da bist du auch nicht traurig, oder?«, sagt sie und lacht.

Danny weicht meinem Blick aus, June starrt mich an, und ich habe keine Ahnung, worum es geht.

»Entschuldige, was hast du gesagt?«

»Dass du es bestimmt auch langsam satthattest, uns jedes Wochenende beim Sex zuzuhören.«

Dieser Satz trifft mich wie eine Ohrfeige. Ich weiß nicht, warum ich dachte, dass er nicht mit ihr schläft, aber irgendwie dachte ich das. Vermutlich, weil ich das wollte. Weil allein die Vorstellung mich krank gemacht hätte. Ich schaue zu Danny. Natürlich haben sie Sex. Warum sollten sie auch nicht? Ich meine, sie sind zusammen. Sie sind ein Paar. Und wir nur alte Freunde, die sich geküsst haben. Ich versuche, mich nicht zu fragen, ob er auch vergangene Nacht mit ihr geschlafen hat, aber ich kann an nichts anderes denken. Cassy lächelt mich an. Gott, was für ein beschissenes Miststück. Sie wartet auf eine Reaktion. Und ich würde ihr nur zu gern eine geben. Nur einen gezielten Schlag mitten in ihr verdammtes Gesicht. Meine Faust zittert, und meine Muskeln spannen sich an. Aber sie hat nichts getan. Sie weiß von nichts. Sie ist einfach nur glücklich.

Das ist der Moment, in dem mir ganz plötzlich übel wird. So übel, dass ich auf der Stelle loskotzen könnte. Ich schmecke eine säuerliche Mischung aus Zorn und Eifersucht in mir aufsteigen und schlucke alles hinunter, weil sonst die Wut aus mir sprechen würde. Und dann würde ich Dinge sagen, die ich nicht zurücknehmen kann. Wir würden streiten, und er würde sich für Cassy entscheiden, und dann wäre alles vorbei. Aber wenn ich schweige, sind wir nur zwei alte Freunde, die eines Abends einen blöden Fehler gemacht haben. Zwei Freunde, die zu weit gegangen sind. Die wissen wollten, ob da mehr ist. Wir könnten aufhören, bevor etwas angefangen hat. Und vielleicht können wir dann so tun, als wäre nie etwas passiert.

Cassy sieht mich noch immer an. »Geht es dir gut, Claire? Du bist ganz blass.«

Ich nicke nur, weil ich befürchte, dass ich mich übergeben muss, sobald ich den Mund aufmache. Mir ist schwindlig. Alles dreht sich. Um mich herum schwirren Sternchen. Ich stütze mich auf der Stuhllehne ab.

»Trainers?« Danny hält mich am Arm fest, aber seine Nähe macht es nur noch schlimmer. Ich weiche ein Stück zurück und versuche, ruhig zu atmen. *Komm schon, Claire, ein und aus.* Vermutlich ist es wirklich das Beste, wenn sie ausziehen. Vielleicht finden wir mit genug Abstand in unsere Freundschaft zurück. Sicher nicht gleich, aber vielleicht ja irgendwann. »Trainers, ist alles okay?«

Nichts ist okay. Es ist beschissen. Aber das Leben wird weitergehen. Weil es das immer tut. Bis zum Ende. Bis zum letzten Atemzug. Ich werde jemanden kennenlernen, und nach und nach werden meine Gefühle für Danny verblassen. So lange, bis sie eines Tages einfach verschwunden sind. Und dann wird es sich so anfühlen, als hätte es sie nie gegeben. Bis dahin mache ich einen Schritt nach dem anderen. Mit jedem einzelnen entferne ich mich ein Stückchen weiter von Daniel Rayners. Der erste führt raus aus dieser Küche. Und mein Handy liefert mir den perfekten Grund. Es klingelt und rettet mich damit aus meiner persönlichen Hölle.

Back in the Closet.

Ich renne in mein Zimmer und werfe die Türen hinter mir zu, dann nehme ich ab.

»Josh, hey«, sage ich und versuche, ganz normal zu klingen.

»Du klingst nicht gut, ist alles okay?«

Das hat ja toll geklappt.

»Nein, nicht wirklich.« Meine Stimme zittert unter den Tränen, die ich nicht weinen will, die sich aber immer weiter an die Oberfläche kämpfen.

»Was ist passiert?«, fragt Josh besorgt.

»Nichts.« Ich gehe in meinem Zimmer auf und ab.

»Ist es wegen Danny?«

»Ich will nicht darüber reden.« Ich klinge genervt, obwohl ich mir Mühe gebe, es nicht zu tun. »Also, was gibt's?«

Er macht eine kurze Pause, dann sagt er: »Ich stehe vor deiner Haustür.«

»Was?«

»Ja. Ich muss dir was zeigen.«

Josh und ich sitzen schweigend in seinem Wagen. Ich weiß, dass er fragen will, was passiert ist, aber ich weiß auch, dass er es nicht tun wird, weil er mein »Ich will nicht darüber reden«-Gesicht viel zu gut kennt. Ich schaue aus dem Fenster und verdaue gedanklich, dass ich Danny nie wieder küssen werde, als Josh plötzlich rechts ranfährt und den Motor abstellt. Ich schaue ihn fragend an. Aber er sagt nichts. Er grinst nur, zieht den Schlüssel ab und steigt aus. Das ist so typisch für meinen Bruder. Ein paar Sekunden bleibe ich trotzig im Auto sitzen und sehe ihm nach, wie er in langen Schritten den Gehweg hinuntergeht, dann atme ich tief ein und genervt aus, schnalle mich ab und folge ihm.

»Warte auf mich!«, rufe ich ihm nach, während ich versuche, ihn einzuholen. Doch er wartet nicht. Als er plötzlich an der nächsten Straßenecke stehen bleibt, renne ich ihn fast über den Haufen.

»Da wären wir.«

Ich schaue mich um und sehe nichts als Brownstones und hohe Laubbäume. »Und wo genau wären wir?«

Er deutet auf einen leerstehenden Laden direkt neben uns. Die Schaufensterscheiben sind staubig und schmutzig, die Markise eingerissen.

»Dieses Objekt steht zum Verkauf«, sagt Josh und schiebt mich zum Eingang. »Aber noch weiß keiner davon.«

Ich lege die Hände an die Scheiben, um mehr sehen zu können. Dielenboden, hohe Decken. Der Raum ist gut geschnitten und total gemütlich. Man könnte sogar ein paar Tische unterbringen, dann wäre es ein kleines Café.

»Es war ursprünglich ein Lokal, aber der Eigentümer ist pleitegegangen.« Ich spüre seinen Blick auf mir. »Also, was denkst du?«

»Es ist perfekt.« Ich gehe einen Schritt zurück und wische mir die Hände an der Jeans ab.

»Aber?«

»Aber ich kann es mir nicht leisten.«

»Mir war klar, dass du das sagen würdest, aber ich habe das mal durchgerechnet, und wenn ich dir das Startkapital leihe, kannst du es vielleicht doch.«

Ich schüttle den Kopf. »Ich habe keine Ahnung, wie man ein Geschäft führt.«

»Du wirst es lernen.«

»Und was, wenn nicht?«

Josh sieht mich eindringlich an. »Du hast nichts zu verlieren, Claire.«

»Doch, das habe ich«, sage ich und schlucke.

»Ach ja, und was?«

»Dein Geld zum Beispiel.«

»Okay, und was noch?«

Der Kloß in meinem Hals wächst.

»Komm schon, Claire, was noch?«

»Das letzte bisschen Selbstachtung, das ich habe?«

Josh schaut mich verständnislos an. »Was? Wovon sprichst du?«

»Ich habe in meinem ganzen Leben nichts hinbekommen. Niemand erwartet etwas von mir. Am wenigsten ich selbst.« Ich schüttle den Kopf. »Ich weiß es wirklich zu schätzen, dass du mir den Laden gezeigt hast, Josh, aber ich kann das nicht.«

»Das ist Blödsinn, und das weißt du.«

»Ist es das?« Ich schaue ihm direkt in die Augen. »Was habe ich denn groß vorzuweisen außer ein paar gescheiterten Beziehungen? Ich habe keine Familie, keinen richtigen Job, ich habe nichts.« Ich zeige auf den leerstehenden Laden. »Und wenn ich das hier versuche und es versaue, dann stehe ich nicht mehr auf.«

Er mustert mich. »Warum solltest du es versauen?«

»Weil ich das immer tue!«, schreie ich, und die Frau, die in diesem Moment an uns vorbeigeht, zuckt zusammen. Als sie sieht, dass ich weine, schaut sie schnell weg. Ich wische mir die Tränen von den Wangen, dann sage ich: »Du wolltest, dass ich mitkomme, und das bin ich. Aber jetzt möchte ich bitte wieder gehen.«

Während der Fahrt zurück schweigen wir. Ich würde mich gern bei Josh entschuldigen. Und mich dafür bedanken, dass er an mich glaubt. Und dafür, dass er mich einfach in den Arm genommen hat und wir gegangen sind. Aber ich kann nicht aufhören zu weinen. Die Tränen fließen endlos aus mir heraus, und ich weiß nicht, ob es an Danny liegt oder daran, dass ich meinen Traum lieber träume, weil ich im Träumen so viel besser bin als in der Realität. Ein paar Minuten später halten wir vor dem Knights Building, doch bevor ich aussteigen kann, hält Josh mich am Handgelenk fest.

»Claire, warte«, setzt er an, aber ich lasse ihn nicht zu Wort kommen.

»Ich brauche jetzt echt keinen Vortrag über Ziele und Disziplin«, fauche ich, reiße mich von ihm los und durchforste meine Tasche nach einem Taschentuch. »Mir ist klar, dass das Leben kurz ist und dass man den Moment leben muss!«, sage ich wütend. »Ich weiß das alles!« Ich putze mir die Nase. »Aber ich bin nicht wie du! Ich bin nicht brillant. Ich bin nur ich! Ich bin weder mutig noch erfolgreich noch sonst irgendwas ... Das Einzige, was ich habe, sind keine Schulden, und ich hätte wirklich gern, dass das so bleibt!«

»Hör mir doch nur mal kurz zu ...«

»Nein, ich höre dir nicht zu. Ich will nicht hören, was du zu sagen hast, weil ich das alles weiß.«

»Nein, das tust du nicht!«, sagt er laut, und sein Blick ist ernst. »Du denkst, ich bin mutig?« Er lacht verzweifelt. »Ich bin kein bisschen mutig. Ich hatte verdammt viel Glück, das ist alles.«

Ich mache ein abschätziges Geräusch. »Glück?«

»Ja, ich bin einfach gut in dem, was ich tue, und rein zufällig wird man verdammt gut dafür bezahlt ... aber wenn man es genau nimmt, bin ich da mehr oder weniger einfach reingerutscht.«

»Das ist schön für dich, ich bin leider nirgends reingerutscht«, sage ich frustriert. »Ich trete seit Jahren auf der Stelle!«

»Das ist nicht wahr.«

»Okay, mal sehen«, sage ich gespielt nachdenklich. »Ich habe eine ziemlich miserable Menschenkenntnis, zwei mies bezahlte Jobs und wohne in einem begehbaren Wandschrank, weil ich mir in dieser beschissenen Stadt keine anständige Wohnung leisten kann. Was sagst du jetzt, Mr. Penthouse im Financial District?«

»Du bist die Einzige von uns, die wirklich etwas erlebt hat! Du bist gereist und hast eineinhalb Jahre in Europa verbracht, verdammt noch mal!«

»Oh, wow, ich bin einem Mann nachgereist, weil er mich sonst verlassen hätte.«

»Es ist doch scheißegal, warum du gegangen bist. Fakt ist, *dass* du gegangen bist! Du hättest auch hierbleiben und heulen können, aber das hast du nicht, du hast deinen ganzen Kram in Kisten gepackt oder weggeschmissen und bist in ein verdammtes Flugzeug gestiegen!«

»Aus deinem Mund klingt es sehr viel spektakulärer, als es war.«

»Es war mutig.«

»Es war dumm.«

»Ich hätte das niemals getan.«

»Ja, weil es dumm ist.«

»Nein, weil ich mich nicht getraut hätte.«

Ich lege die Stirn in Falten. »Das sagst du doch nur so.«

»Nein, das tue ich nicht. Ich bin nicht so perfekt, wie du immer denkst ... und ich bin ganz sicher nicht mutig.«

»Natürlich bist du das.«

»Ich bin das absolute Gegenteil, wenn du es genau wissen willst.«

»Wovon zum Teufel sprichst du?«

»Davon, dass ich neulich drauf und dran war, Allie zu verlassen, weil ich panische Angst davor habe, dass sie mich verlassen könnte. Klingt das mutig für dich?«

Wir schauen einander an. Lange und glasig.

»Sie ist mir so wichtig, dass ich bei dem Gedanken, dass ich sie verlieren könnte, fast wahnsinnig werde.« Er schluckt. »Ich will sie nicht brauchen, aber genau das tue ich, und das macht mir so eine Scheißangst, dass ich nicht weiß, wie ich damit umgehen soll.«

»Immerhin hast du sie. Ich bin verliebt in einen Kerl, dem ich zwar nicht egal bin, der aber trotzdem vorhat, mit seiner Freundin zusammenzuziehen.«

»Sie ziehen zusammen?«

»Ja. Noch dieses Wochenende.« Ich atme tief ein und schüttle den Kopf. »Er hat mich geküsst, aber er bleibt mit ihr zusammen.«

Eine Weile schweigen wir, dann sagt Josh: »Wenn er wirklich glücklich mit ihr wäre, hätte er dich nicht geküsst.«

Ich schaue zu ihm rüber. »Kann sein.«

»Das kann nicht nur sein, das ist so.« Josh drückt meine Hand und lächelt. »Claire, ich weiß nicht, wie es in dir aussieht, und ich habe keine Ahnung, wie du dich siehst, aber ich kann dir sagen, wie ich dich sehe. Du bist klug und mutig und spontan.« Er wischt mir die Tränen weg. »Du wusstest immer, was du willst, und hast dich nie davon abbringen lassen. Und wir wissen beide, dass Mom es wirklich versucht hat.« Ich muss lachen. »Du hast in manchen Dingen Pech gehabt, aber du bist jedes Mal wieder aufgestanden.« Er lächelt mich an. »Du bist ziemlich cool, Claire Gershwin, weißt du das?« Ich schüttle den Kopf. »Doch, das bist du. Und ich bin wirklich stolz auf dich.«

Das ist der Satz, bei dem die Dämme brechen. Alle auf einmal. Sie haben lang gehalten. Vielleicht zu lang.

Der Fall der Mauer.

Ich nehme den Umweg übers Dach in mein Zimmer, weil alles, was zwischen der Wohnungstür und meinem Schrank liegt, potenziell vermintes Gebiet ist. Ich will weder Danny sehen noch Cassy noch ihre Scheißumzugskisten. Ich will einfach in der Dunkelheit liegen und an das denken, was Josh gesagt hat. Ich will dieses Gefühl der fallenden Mauern in mich aufsaugen und es für später aufschreiben. Für die Momente, wenn ich wieder zu zweifeln beginne.

In Jamies Wohnung brennt Licht. Aber es ist die Art von Licht, die nur brennt, wenn er Frauenbesuch hat, also schleiche ich mich an den offenen Fenstern vorbei und gehe die Stufen hinunter. New York liegt dämmernd um mich. Ich freue mich auf die Arbeit. Auf den Lärm und die Ablenkung in der Bar. Und auf Jamie. Am meisten auf Jamie.

Aus Dannys Zimmer dringt warmes Licht. Als ich einen Schatten an der Wand sehe, der sich in meine Richtung bewegt, ducke ich mich und klettere schnell in mein Zimmer. Auch wenn ich die beiden nicht sehen kann, hören tue ich sie trotzdem. Cassys laute Stimme dringt durch die Wand, dicht gefolgt von Dannys Bariton. Mein Handy vibriert. Es ist eine Nachricht von June.

> June Spector: Ich mache mir langsam echt Sorgen. Wo bist du?
> Claire Gershwin: In deinem Schrank.
> June Spector: Moment, du bist zu Hause?

Claire Gershwin: Bin eben angekommen. Wo bist du?
June Spector: Mist. Bei Matthew. Soll ich kommen?
Claire Gershwin: Das brauchst du nicht.
June Spector: Kann ich aber.
Claire Gershwin: Muss aber nicht sein. Trotzdem danke. Ich bin in »Allein-sein-Stimmung«.
June Spector: Kann ich verstehen.
Claire Gershwin: Ist Matthew gut zu dir? Oder nach wie vor gestört?
June Spector: Gestört, aber ich glaube, genau das mag ich an ihm.

Ich muss lächeln.

June Spector: Wenn du mich brauchst – egal wofür –, dann schreib mir.
Claire Gershwin: Egal wofür? 😊
June Spector: Du weißt schon, als Schulter zum Ausweinen oder wenn du eine Leiche verschwinden lassen musst oder Danny quälen ... das Übliche eben.
Claire Gershwin: 😊 Danke. Für alles. Pass auf dich auf. 🫂
June Spector: Du auf dich auch. 🫂

Ich lege das Handy zur Seite, greife nach meinem Tagebuch und schreibe drauflos. Die Worte fließen aufs Papier, und es fühlt sich so an, als würden lose Enden endlich verknüpft.

Liebes Tagebuch,
die Mauern sind gefallen. Alle auf einmal. Eben waren sie noch da, und jetzt sind sie weg. Alles, was von ihnen übrig ist, sind Trümmer. Ich bin gar kein Versager. Vielleicht bin ich kein Einstein, und vielleicht werde ich unbedeutend und lautlos von dieser Welt verschwin-

den, aber ich bin kein Versager. Ich habe mich viel mehr getraut, als ich sehen wollte. Ja, ich bin einem Typ nach London gefolgt, aber vielleicht ging es gar nicht um ihn. Vielleicht habe ich einfach eine Chance gesehen und sie ergriffen. Wenn ich nämlich ganz ehrlich bin, habe ich Jeremy hauptsächlich in meine Hall of »J« aufgenommen, weil sein Name mit »J« beginnt. Er war keine meiner großen Lieben. Er war ein Abenteuer und mein Ticket nach Europa.

Die vergangenen Wochen haben mir die Augen geöffnet. Der heutige Tag ganz besonders. Zum ersten Mal seit langer Zeit sehe ich mich in einem anderen Licht. Ohne die ganze Wertung. Ich sehe mich, und auf einmal ist das okay. Ich dachte, dass ich heiraten will. Ich dachte, ich will eine Familie. Aber wenn ich ehrlich bin, weiß ich gar nicht, ob ich das je wirklich wollte oder ob ich nur dachte, dass ich das wollen soll. Ich wollte mich selbständig machen, aber ich habe mich zu sehr davor gefürchtet.

Ich war immer zwischen den Stühlen. Zu mutig für die Langeweile und zu ängstlich für das Abenteuer. Deswegen bin ich nie meinen eigenen Weg gegangen, und deswegen habe ich mich immer zu Männern hingezogen gefühlt, die ihren gehen. Weil ich selbst so sein wollte. Aber es war eben ihr Weg und nicht meiner. Es war kein Kompromiss, sondern ein Egotrip, den ich mitgemacht habe. Es war wie eine endlose Pauschalreise, obwohl ich insgeheim auf Individualreisen stehe.

Was ich verstanden habe: Es ist okay, nicht zu wissen, wo man hin will. Manchmal reicht schon eine Richtung. Und manchmal reicht es sogar, einfach zu wissen, was man nicht will. Ich habe einen Großteil meines Lebens damit verbracht, mir über Dinge Sorgen zu machen, die nie eingetreten sind. Und mir alles vorzuwerfen, was ich nicht kann. Darin bin ich großartig. Ich wollte auf alles vorbereitet sein und mich gleichzeitig ins Leben stürzen. Und während ich noch damit beschäftigt bin, die Reiseapotheke zu packen und die Rettungsweste überzuziehen, legt das Schiff ohne mich ab.

Nein, ich habe immer noch keine Ahnung, wo es hingehen soll, aber zum ersten Mal habe ich keine Angst davor, das nicht zu wissen. Vielleicht eröffne ich ja wirklich eine Bakery. Oder ich träume noch ein paar Jahre davon. Vielleicht werde ich eines Tages den Schritt wagen, vielleicht auch nicht. Und vielleicht mache ich auch etwas ganz anderes. Etwas, das ich mir noch gar nicht vorstellen kann.
Granny hat mal zu mir gesagt: Sei ein Mädchen mit Verstand, eine Frau mit Selbstachtung und eine Lady mit Klasse. Ich kenne die Stationen meines Lebens nicht, und ich weiß nicht, wo ich ankommen werde, aber irgendwann werde ich ankommen. Und bis dahin werde ich diesen verdammten Weg genießen, weil es meiner ist und weil ich nur diesen einen Weg habe. Kann sein, dass ich uralt werde, eines Nachts einschlafe und nie wieder aufwache. Aber vielleicht werde ich auch morgen von einem Auto überfahren und es ist plötzlich vorbei. Einfach so. Mittendrin.
Ich will dieses Leben. Mit allen Höhen und Tiefen. Ich will für jemanden der eine Mensch sein und dass es keine andere gibt, sondern nur mich. Claire Gershwin. Ich wünschte, es wäre Danny, weil ich ihn kenne und trotzdem mag. Weil wir voller Erinnerungen sind. Weil ich sein Lächeln liebe und weil ich ihn mochte, lange bevor ich mit ihm schlafen wollte. Ich liebe Danny. Ich liebe ihn auf eintausend verschiedene Arten. Aber manchmal reicht das nicht. Manchmal hat das Leben etwas anderes mit uns vor. Auf den ersten Blick scheinen viele Dinge zu schwierig. Deswegen braucht es einen zweiten. Und manchmal sogar einen dritten.

Während ich schlief.

Mein Magen knurrt, aber für ein Sandwich habe ich keine Zeit mehr. In ein paar Minuten holt Jamie mich ab. Ich schlüpfe in meine Sneakers und renne kurz in die Küche, um mir einen Apfel für unterwegs zu holen, als ich Danny im Augenwinkel bemerke und mich fast zu Tode erschrecke.

»Fuck!«, rufe ich und halte mich am Küchentresen fest. Danny lehnt mit einem Bier in der Hand an der Spüle und sieht mich an. »Ich wusste nicht, dass du hier bist.«

»Bin ich«, sagt er kühl.

»Ja, jetzt weiß ich das auch …« Ich gehe an ihm vorbei und nehme mir einen Apfel. »Ich dachte nur, du wärst schon ausgezogen.«

»Noch eine Wagenladung, dann bist du mich los.«

»Du meinst wohl eher du mich.«

»Ich dich, du mich, was spielt das für eine Rolle?« Er stößt sich von der Theke ab und kommt näher. »Fest steht, dass es das Beste ist, wenn wir uns nicht mehr sehen.«

»Ist das so?«

»Ja«, antwortet er knapp.

»Und warum?«

»Weil du mir nicht guttust.«

Ich lege die Stirn in Falten. »Wie bitte?«

»Hast du mich wirklich nicht verstanden, oder war das rhetorisch gemeint?«

Ich schaue ihn wütend an und drücke meine Nägel durch die Apfelhaut. Der Saft läuft meine Finger entlang.

»Ich tue dir also nicht gut.«

Er nickt.

»Und weswegen?«

»Ohne dich ist mein Leben besser.«

Dieser Satz ist wie eine stumpfe Klinge, mit der er zustößt.

»Weißt du, Claire, es gibt einen Grund, warum wir in den letzten Jahren keinen Kontakt hatten. Ich wollte nichts mit dir zu tun haben.«

Ein paar Sekunden sehen wir einander nur an, dann schließlich flüstere ich: »Das glaube ich dir nicht.«

»Aber so ist es.«

»Wenn das wirklich stimmt, warum hast du mich dann geküsst?«

Er lacht bitter. »Das ist eine sehr gute Frage.«

Ich schaue ihn an. »Und was ist die Antwort?«

»Dass es mir ganz offensichtlich nicht gereicht hat, nur *ein Mal* von dir verarscht zu werden.«

»Du von mir verarscht?«

Er schaut mich wütend an. »Hör endlich auf, dich dumm zu stellen!«

»Was? Sag mal, spinnst du?«

Danny macht einen Schritt auf mich zu. Er ist mir so nah, dass ich seine pulsierende Halsschlagader sehen kann.

»Weißt du was? Scheiß drauf ... wenn du es auf die Tour willst, bitte.«

»Was denn für eine Tour? Könntest du mir mal erklären, was das alles soll?«

»Was das soll?«, fragt er lachend. »Das kann ich dir sagen! Ich habe es satt, dein ewiges Trostpflaster zu sein.« Seine Stimme fließt durch meinen Körper.

»Mein was?«

»Dein beschissenes Trostpflaster.«

»Das warst du nie.«

»Ach nein?« Seine Kiefermuskeln treten hervor.

»Nein.«

»Sag mal, willst du mich verarschen?« Seine Stimme überschlägt sich.

»Nein, Danny, das will ich nicht, ich habe nur keine Ahnung, wovon du sprichst!«

»Ich spreche von der Nacht, in der du mich geküsst hast!«

Mein Gott. Dann habe ich ihn also geküsst. Ich schließe einen Moment die Augen.

»Ja, genau ... von der Nacht, in der wir um ein Haar miteinander geschlafen hätten!« Ich spüre seinen Atem in meinem Gesicht. »Ich spreche von der Nacht, in der ich dir gesagt habe, dass ich dich liebe!«

Ich öffne die Augen. »Du hast was?«

Danny starrt mich ungläubig an. Und dann begreift er es. »Du erinnerst dich nicht ...«, sagt er fassungslos. »Du ... du weißt das alles gar nicht?«

Ich schüttle den Kopf. Fragmente dieser Nacht schießen wie Funken durch mein Bewusstsein. »Das Letzte, was ich noch weiß, ist, dass wir getanzt haben ...«

Er kneift die Augen zusammen und massiert sich den Nasenrücken. »Wir ... wir haben uns stundenlang geküsst.« Er schluckt angestrengt. »Du bist in meinen Armen eingeschlafen, verdammt ... das kannst du doch unmöglich vergessen haben.« Er sieht mich verzweifelt an. »Du weißt wirklich nichts mehr?«

»Nein.«

Danny geht ein paar Schritte rückwärts und setzt sich auf einen der Stühle. Sein Blick ist unendlich leer, und ich weiß nicht, was ich sagen soll.

»Das glaube ich nicht ...« Danny stützt das Gesicht in die Hände, dann schaut er mich wieder an. »Warum hast du nichts gesagt? Warum, Claire?! Warum hast du mir nie gesagt, dass du dich an unsere Nacht nicht erinnern kannst?!« Danny steht ganz plötzlich auf, und ich zucke zusammen. »Fuck, Claire, ich dachte, du weißt es. Ich dachte, du schweigst es tot, weil du das immer tust, wenn du nicht weißt, wie du mit einem Problem umgehen sollst!« Er geht auf und ab und fährt sich durchs Haar. »Ich dachte, dass du deswegen nie wieder darüber gesprochen hast, weil du es bereust!« Er bleibt stehen und schaut mich an, und seine dunklen Augen schimmern. Dieses Gespräch hätten wir vor Jahren führen müssen. Wir sind zu spät. Und Danny in einer Beziehung.

Ich versuche zu atmen, aber mein Brustkorb ist zu eng. Meine Hände sind eiskalt und zittern. Es war nur eine einzige Nacht. Eine Nacht von so vielen. Aber sie hat alles verändert.

Jemand schließt die Tür auf. Ich höre Schritte, dann eine Stimme. »Babe? Babe, bist du da?«

Danny ballt die Hände zu Fäusten, dann wischt er sich mit dem Handrücken über die Augen und räuspert sich. »In der Küche.«

»Hey, ihr beiden«, sagt Cassy und legt einen Zettel auf den Tresen. »Ich habe vorsichtshalber mal unsere neue Adresse notiert, falls noch Post ankommt ... vielleicht könnte June sie uns ja nachschicken.« Als weder Danny noch ich reagieren, merkt sie erst, dass ich weine. »Mein Gott, Claire, was ist passiert?« Cassy zieht eine Packung Kleenex aus ihrer Tasche und reicht sie mir.

»Wir ...« Meine Stimme bricht, und ich räuspere mich, »wir haben uns nur verabschiedet.«

Sie schüttelt irritiert den Kopf. »Aber die Portman Street ist doch nur ein paar Blocks von hier ...«

»Ja, ich weiß«, lüge ich, »aber ich werde nicht hier sein.«

»Wieso? Wo denn dann?«

»Vielleicht gehe ich nach Chicago«, sage ich, ziehe ein Taschentuch aus der Packung und wische damit über meine Wangen. »Aber das steht noch nicht fest.« In dem Moment, als Cassy antworten will, klopft es an der Tür. »Das muss Jamie sein«, sage ich und deute in den Flur. »Ich geh dann mal ...«

Danny sieht mich an, aber sein Blick ist leer.

»Mach's gut, Trainers.«

»Du auch.«

Führe ihn nicht in Versuchung.

Ich stehe vor dem Supermarkt an der Ecke und schaue aus der Ferne zu, wie Danny zwei Umzugskartons in einen klapprigen weißen Transporter packt. Er blickt kurz in meine Richtung, dann geht er ins Haus zurück. Es ist keine zwei Wochen her, als ich an der Schwelle zu meinem alten Kinderzimmer stand. Da dachte ich noch, ich hätte die Talsohle erreicht. Ich dachte, dass es nicht schlimmer werden kann. Aber aus meiner jetzigen Perspektive erscheinen mir selbst Elizabeth, New Jersey und mein Kinderzimmer wie ein Höhepunkt.

»Hier.« Jamie tippt mir auf die Schulter und hält mir eine Packung Abschminktücher entgegen. »Ich hoffe, das sind die richtigen.«

»Das sind sie. Danke.«

Er ist schweigsam. Aber das ist mir lieber als ein *das Leben geht weiter*. Ich ziehe vorsichtig den Seitenspiegel eines geparkten Autos in meine Richtung und reibe mit dem feuchten Tuch so lange über mein verschmiertes Gesicht, bis man mich wieder erkennt.

»Da bist du ja«, sagt Jamie lächelnd und streicht mir sanft über den Kopf.

»Kann ich so gehen?«

»Klar. Verheulte Augen steigern den Umsatz.«

Ich stoße ihn in die Seite. »Das ist nicht witzig.«

»Aber wahr«, sagt er und legt den Arm um mich. »Große glasige Augen lösen in Männern etwas aus.«

Wir gehen schweigend die kopfsteingepflasterte Straße entlang, vorbei an leicht bekleideten Frauen und Männern, die ihnen mit Blicken den Rest ausziehen. Sie sind ausgelassen und angetrunken. Ich bin nüchtern, und mein Herz ist gebrochen. Ich erkenne das neonpink blinkende Schild in der Ferne. *The Gym*.

»Du kannst dich echt an nichts erinnern?«

»Ich weiß noch, dass ich ihn küssen wollte.« Ich denke daran, wie wir damals getanzt haben. Ich denke an die Art, wie er mich festgehalten hat. »Wenn ich ehrlich bin, wollte ich ihn nicht nur küssen.«

»Ich brauche keine Details.«

»Genauer könnte ich es dir auch gar nicht sagen.«

»Gott sei Dank …«

»Warum?«

»Claire, du solltest mich besser nicht in Versuchung führen.«

»Dich in Versuchung führen? Wie denn?«

»Zum einen bist du gerade auf diese hinreißende Art verletzlich, und zum anderen weiß ich, wie gut du im Bett bist. Genau deswegen will ich auch keine Details.«

Wir sind da und schieben uns an den wartenden Massen vorbei in Richtung Eingang.

»Meinst du das ernst, oder hast du das eben nur so gesagt?«, frage ich und presse die Lippen aufeinander.

»Dass du gut im Bett bist?«

Ich sehe ihm in die Augen und nicke.

Jamie begrüßt den Türsteher, dann schaut er wieder zu mir. »Du bist eine Granate im Bett«, flüstert er und grinst mich an. »Und ich möchte lieber nicht darüber nachdenken, dass du jetzt bestimmt noch um einiges besser bist als damals.«

»Eine Granate also …«

»Das mit der Versuchung habe ich übrigens auch ernst gemeint.« Jamie schiebt den schweren Vorhang zur Seite, und die

Musik schlägt uns laut entgegen. Ich weiß nicht, ob er das alles nur gesagt hat, weil es mir so beschissen geht. Vielleicht ist es die Wahrheit, vielleicht auch nicht. Im Grunde ist es egal. Ich habe das eben gebraucht, und Jamie hat das gespürt.

Er nimmt mich bei der Hand und zieht mich zur Bar. In diesem Augenblick fühlt es sich an, als würde ich an meinen Gefühlen ersticken. Aber das werde ich nicht. Ich werde es überleben. Erst diese Nacht und dann den morgigen Tag. Und dann den danach. Alles in mir wehrt sich gegen den Gedanken, Danny loszulassen. Als wäre er ein Teil von mir, der gerade ohne Betäubung amputiert wird. Aber es wird besser. Irgendwann. Gott, ich wünschte, es wäre schon irgendwann.

Without you.

Es ist fast vier Uhr morgens, ich bin getränkt in Bier, und meine Laune schwankt zwischen *Gym*-berauscht und Danny-depressiv hin und her. Jamie und ich sitzen auf meinem Fensterbrett und kommen langsam runter.

»Ich bin müde«, sage ich, obwohl ich hellwach bin.

»Ich auch«, sagt Jamie und steht auf. »Magst du oben schlafen? Du bekommst auch das Bett.«

Ich schüttle den Kopf. »Nein, aber danke.«

»Okay, wie du willst. Aber wenn du nicht schlafen kannst, mein Fenster steht dir immer offen.«

»Danke, das ist gut zu wissen.« Ich grinse ihn an.

»Keine Ursache.« Mein Blick fällt auf sein T-Shirt. Ich habe den Spruch heute Abend bestimmt schon einhundert Mal gelesen, doch er amüsiert mich immer noch. *To dumb for New York to ugly for LA*. Bis auf die Tatsache, dass weder das eine noch das andere auf Jamie zutrifft, ist das Shirt genial – und so gesehen passt es eigentlich ziemlich gut zu ihm.

»Okay, wegen morgen«, sagt er und lehnt sich an das Geländer. Das tut er immer, und wie jedes Mal macht es mich nervös. »Ich bin zum Mittagessen bei meiner Mom in Jersey. Aber wenn ich zurück bin, gehen wir los und du zeigst mir deine Bakery.«

»Es ist nicht meine Bakery.«

»Ja, *noch* nicht.« Jamie nickt zu seiner Wohnung. »Okay, Bear, mein Bett wartet. Und deins auch … Ich melde mich morgen, wenn ich wieder da bin.« Er steigt die erste Stufe hoch, dann bleibt er plötzlich stehen und dreht sich noch einmal zu mir um. »Willst du vielleicht mitkommen zu meiner Mom? Die würde ausflippen!« Er grinst. »Ich glaube ja, sie hat mir nie verziehen, dass ich das mit dir so versaut habe.«

Ich muss lachen. »Ja, deine Mom hat mich geliebt.«

»Das habe ich auch.«

»Ich weiß.«

»Dann bist du morgen dabei?«

»Beim nächsten Mal«, sage ich. »Ich bin morgen schon zum Abendessen bei meinen Eltern. Zwei Mal Jersey an einem Tag ist zu viel.«

»Wenn du mich fragst, ist schon ein Mal zu viel«, sagt Jamie und zwinkert mir zu. »Schlaf gut, Bear.«

»Du auch.«

Während er die Stufen hochsteigt, ziehe ich mir die Schuhe aus. Ich winke Jamie, dann werfe ich sie in mein Zimmer und klettere hinterher. Ich knipse das Licht an und schaue das dreimillionste Mal auf mein Handy, weil es schließlich sein könnte, dass in den letzten viereinhalb Minuten endlich die Nachricht von Danny gekommen ist, in der er mir gesteht, dass er ohne mich nicht leben kann. Gott, ich bin so albern. Kurz spiele ich mit dem Gedanken, June anzurufen, weil ich befürchte, dass ich sonst durchdrehen und bei Danny anrufen könnte, aber ich tue es nicht. Weder bei ihr noch bei ihm. Es ist kurz vor halb fünf. Das heißt, dass June entweder gerade schläft oder einen Orgasmus hat – beides Dinge, bei denen man eine Frau besser nicht stören sollte.

Während ich das Rollo runterlasse, versuche ich, nicht daran zu denken, dass mich Danny auf diesem Bett in andere Sphären geküsst hat. Aber er ist in jedem Gedanken. Ich denke dauernd an ihn. Egal, ob ich die Regalbretter anschaue oder meinen blöden

Laptop. Danny hat überall Spuren hinterlassen. In meinem Schrank und in meiner Erinnerung.

Ich klettere über das Bett und ziehe mir das feuchte Shirt über den Kopf, als ich ein schwarzes Skizzenbuch auf meinem Kissen entdecke. Bei diesem Anblick setzt mein Herz einen Schlag aus. Die hat Danny immer benutzt. Er hatte einen richtigen Zwang. Er hat ausschließlich Sketchbooks von Wells verwendet, weil es laut Danny das beste Papier war.

Ich greife danach. Das Leder ist abgenutzt und sieht aus wie verletzte Haut. Mit vielen kleinen Narben und Rissen. Meine Finger zittern, und meine feuchten Handflächen hinterlassen Abdrücke auf dem Einband. Ich schließe die Augen und rieche daran. So hat Danny an der Uni immer gerochen. Nach Leder und Kaffee und Deo. Ich setze mich auf die Bettkante und starre auf das Buch in meinen Händen. Er hatte immer so eins bei sich. Egal, wo wir hingegangen sind. Sogar im Kino. Wenn er es vergessen hatte, mussten wir umkehren und es holen. Als wäre es ein Kind, das ohne ihn nicht überleben kann.

Inzwischen weiß ich, dass es in Wirklichkeit genau andersherum war. Er hat es gebraucht wie einen Körperteil, es aber trotzdem andauernd vergessen. Teilweise hat er mich echt wahnsinnig gemacht mit seinem blöden Buch. Aber wenn ich gesagt habe, dass er es doch mal ein paar Stunden ohne dieses dumme Ding aushalten könnte, hat er nur gelächelt und gesagt: »Trainers, das ist ungefähr so, als würdest du von mir verlangen, ein paar Stunden lang nicht zu atmen.« Ich kann nicht sagen, wie oft wir in unsere Wohnung zurücklaufen mussten, um eines dieser Bücher zu holen, aber es war oft. Irgendwann habe ich mich nicht mehr darüber aufgeregt. So als hätte ich verstanden, dass es Danny eben nur mit einem Sketchbook gibt.

Als ich das Buch aufschlagen will, lasse ich es fast fallen, so sehr zittern meine Hände. Zwischen dem Bucheinband und der ersten Seite steckt ein Umschlag, auf dem ein neongrünes Post-it klebt.

Erst das Buch, dann der Brief.

Ich kann kaum atmen. Das Blut rauscht in meinen Ohren, und das Papier knistert, als ich umblättere. Es ist übersät von kleinen Skizzen. Von Gesichtern, Händen und Augen. Dazwischen stehen kurze Texte und ein paar vereinzelte Zitate. In der Mitte steht »*The universe wrote fiction in us: it's called fear (Christopher Poindexter)*«, und daneben ist eine kleine Zeichnung von einem Mädchen in Bluejeans und Turnschuhen. Sie hat schulterlanges Haar und trägt ein T-Shirt mit der Aufschrift *Fuck you I'm famous*. Sie ist viel zu hübsch. Ihre Augen sind zu groß und ihre Figur zu gut, trotzdem bin es eindeutig ich. So wie Danny mich gesehen hat. Diese Onitsuka Tigers und das blöde Shirt habe ich im letzten Unijahr andauernd getragen.

Ich blättere weiter. Die Seiten sind über und über bedeckt mit kleinen Skizzen und Worten. Es ist wie ein Tagebuch aus Bildern. Manche sind fotoreal, andere erinnern eher an Comics, doch sie haben alle eines gemeinsam: mich. Manga-Claire neben einer erschreckend echt aussehenden schlafenden Claire. Mal lache ich, mal weine ich. Mal sieht man mein gesamtes Gesicht, mal nur meinen Mund oder meine Augen. Ich bin überall. Unzählige winzige Claires. Ich blättere um und eine weitere gezeichnete Version von mir lacht mir entgegen. Darunter steht:

I don't know how you are so familiar to me – or why it feels less like I am getting to know you and more as though I am remembering who you are. How every smile, every whisper brings me closer to the impossible conclusion that I have known you before, I have loved you before – in another time, a different place, some other existence. (Lang Leav)

Ich bemerke nicht, dass ich weine, und auch nicht, wie mein Brustkorb bebt, ich sehe nur die Claire durch Dannys Augen und was ich ihm jahrelang angetan habe, ohne es zu wissen. Er hat mir das Zitat von Lang Leav damals vorgelesen. Und auch damals habe ich geweint. Aber ich habe nicht verstanden, was er mir sagen wollte. Ich hätte niemals gedacht, dass es um mich gehen könnte. In meiner Vorstellung war ich der Platzhalter, nicht die Hauptfigur.

Ich blättere auf die nächste Seite und sehe mich in einer Wiese. Ich erinnere mich noch genau an diesen Tag. Es war der erste warme Tag des Jahres. Warm genug, um draußen zu liegen. Danny und ich haben zusammen geschwiegen. Das haben wir oft getan. Es hat nach Frühling gerochen, und ich war glücklich.

Neben der Zeichnung steht ein Text.

*I admit,
I am afraid
to love.
Not just love,
but to love her.
For she is a stunning
mistery. She carries things
deep inside her that no one
has yet to understand,
and I,
I am afraid to fail,
like the others.*

*She is the ocean
and I am just a boy
who loves the waves*

but is completely terrified to
swim.
(Christopher Poindexter – just in the present)

Mein lautes Schluchzen durchbricht die Stille. Wie konnte ich das alles nicht sehen? Wie habe ich es geschafft, das auszublenden? Oder hat er es so gut vor mir versteckt?

Als ich umblättere, fällt mir ein Foto in den Schoß. Ich nehme es und betrachte es durch den Tränenschleier. Das Bild zeigt Danny und mich. Ich liege schlafend auf seiner Schulter, und er sieht so glücklich aus, dass ich es kaum ertrage, ihn anzusehen. Mein Blick fällt auf das Datum. Mein Gott. Er hat es in *der* Nacht aufgenommen. In einer der Stunden, die es in meiner Erinnerung nicht mehr gibt. Ich war dort. In seinen Armen. Aber ich weiß es nicht mehr. Ich lese das Zitat unter dem Foto und breche erneut in Tränen aus.

I will love you with the dust of who I was, with the skin that I am now, and with the bones that will one day decorate my tomb. (Christopher Poindexter)

Ich lege das Buch zur Seite und verstecke mein Gesicht in den Händen. Mein ganzer Körper weint. Alles in mir.

Ich ziehe ein Taschentuch unter meinem Kopfkissen hervor und putze mir die Nase. Dann greife ich wieder nach dem Skizzenbuch, blättere weiter und sehe … Julian. Mein Gott. Er sieht genauso aus wie der echte Julian. Bis auf die Augen. Die Form stimmt, aber irgendwas ist anders. Sie sind böse. Fast dämonisch. Doch die gezeichnete Claire bemerkt es nicht. Sie lächelt den gezeichneten Julian total verliebt an.

Dann wird alles anders. Die Zeichnungen düsterer und die Zitate schwerer. Das war der Schnitt. Chicago. Da ist er gegangen. Weil er es nicht mehr ausgehalten hat. Weil es zu weh getan hat. Ich wische mir mit dem Handrücken die Tränen von den Wangen. Auf den nächsten Seiten tauchen immer wieder kleine Manga-Claires auf. Dazwischen entdecke ich eine Skizze von einer Packung Zündhölzer, auf denen unter Dannys und meinem Gesicht *the perfect match* steht. Ich starre die Zeichnung an. Jedes Detail unterstreicht, wer er ist. Und wie blöd ich bin. Ich habe mich immer zu ihm hingezogen gefühlt. Aber ich habe mich nicht getraut, ihm das zu zeigen. Und noch weniger mir selbst. Weil ich ihn nicht verlieren wollte. Weil er zu wichtig war. Ich halte die schönste Liebesgeschichte der Welt in meinen Händen. Dannys und meine. Sie war die ganze Zeit da. Aber ich war zu dumm, es zu sehen.

Ich blättere weiter und sehe die jetzige Claire, mit kinnlangen Haaren und Pony. Sie sieht traurig aus. Neben ihr steht ein Teller mit einem angebissenen Sandwich. Auf der nächsten Seite sitzt eine japanisch anmutende Version von mir mit riesigen Augen und endlosen Beinen auf der Feuerleiter und schreibt in ihr Tagebuch. Der Vollmond leuchtet von einem endlos scheinenden Himmel. Unten rechts entdecke ich eine kleine Bleistiftzeichnung. Diese Claire trägt einen knielangen schwarzen Cardigan und dazu einen herausfordernden Blick. Ich blättere weiter zu einer Kugelschreiber-Claire, die in ihren eigenen Gedanken ertrinkt. Ihr Kopf verschwindet im Wasser, ihre Augen sind geschlossen. Darunter steht »*She is killing me.*« Und daneben: »*But being with her is wonderful.*« Auf der nächsten Seite steht nur: »*HOW THE FUCK COULD SHE DO THAT.*«

Ich weiß nicht, ob das nach der Nacht mit Paul war oder nach seinem Wutausbruch wegen Jamie, aber man sieht den Schmerz, den er empfunden hat. Überall sind so viele Anspielungen. Ein Meer aus Kleinigkeiten. Ich kann nicht glauben, dass er sie alle bemerkt hat. Dass er mich so sieht. Ich blättere zur letzten Claire.

Sie sieht aus wie ich, aber ihr Lächeln ist viel verführerischer, als ich es je hinbekommen würde. Mein Blick ist schwarz und provokant. Als würde ich ihn herausfordern. So sieht er mich. Das ist die Claire durch Dannys Augen. Und sie rührt mich zu Tränen.

Neben meinen Lippen steht:

And in the end,
we are all just
humans,
drunk on the idea
that love
only love
could heal
our brokenness.
Christopher Poindexter (only in the present)

Ich drücke mein Gesicht in das Taschentuch, dann lese ich: *Und jetzt lies den Brief.*

Ich atme tief ein und öffne den Umschlag.

Liebe Claire,
ich wollte mich verabschieden. Ich glaube, das habe ich nie getan. Vermutlich, weil ich immer gehofft habe, dich doch eines Tages wiederzusehen. Ich habe immer nur auf Pause gedrückt, weil ich eine Fortsetzung von uns wollte. In dieser Zeit habe ich auf dich gewartet. Und jedes Mal, wenn du wieder aufgetaucht bist, hast du alles durcheinandergebracht. Mich und mein ganzes Leben. Und das war großartig. Und grauenhaft. Wenn du da bist, schlägt mein Herz anders. In deiner Nähe bin ich am lebendigsten. Aber ich leide auch am meisten. Ich leide unter einem andauernden Entzug. Du bist da, aber nie nah genug. Du bist immer ein bisschen zu weit weg oder in

den Armen von einem anderen Mann. Und das halte ich nicht mehr aus.

Wir haben so viel geredet, du und ich. Über alles und nichts. Über uns und die Liebe, über Filme und Musik. Über das Leben und die Träume, die wir noch in die Tat umsetzen wollen. Ich wollte dir immer alles erzählen, weil mir keine Meinung wichtiger war. Ich verbinde dich mit allem. Du bist immer bei mir, und trotzdem vermisse ich dich. Es gibt drei Millionen Lieder, die mich aus völlig unterschiedlichen Gründen an dich erinnern – manche davon kennst du vermutlich nicht einmal. Ich kann keinen Film anschauen, über den wir nicht gesprochen haben oder bei dem ich mich nicht frage, ob du ihn genauso gut findest wie ich. Du hast keine Vorstellung, wie oft ich an dich denke. Du weißt nicht, wie oft ich mich in den letzten Jahren gefragt habe, wie es dir gerade geht. Oder wie du wohl reagieren würdest, wenn ich dich einfach anrufen würde. Du weißt nicht, dass ich an deinem Geburtstag immer »Where Do The Children Play« von Cat Stevens höre, weil es damals in diesem seltsamen Diner lief, wo wir deinen 23. Geburtstag gefeiert haben. Du hast einen Schluck von deinem Erdbeershake getrunken und mich angelächelt. Und dann hast du gesagt, dass dieses Lied dich glücklich macht. Das konnte ich nie vergessen. Ich konnte _dich_ nie vergessen, ganz egal, wie sehr ich es versucht habe. Und glaub mir, das habe ich. Ich war mein halbes Leben lang damit beschäftigt, dich zu vergessen. Und du hast keine Ahnung davon. Du weißt nicht, wie wichtig du mir bist. Weil ich es dir nie gesagt habe. Ich habe so viel gesagt, aber die wirklich entscheidenden Dinge habe ich für mich behalten. Und an das eine Mal, als ich endlich den Mut aufgebracht habe, dir das zu sagen, was ich jedes Mal dachte, wenn ich dich gesehen habe, kannst du dich nicht erinnern.

Das sind wir, Claire. Schlechtes Timing und Filmrisse. Ein Leben voll mit Erinnerungen, aber leider keine Liebesgeschichte. Und ich weiß nicht, wie das passieren konnte, denn ich liebe dich schon mein ganzes Leben. Dich zu lieben, ist eine meiner ersten bewussten Erinnerungen. Und egal, wie viele andere Frauen es gab, du warst immer die eine. Ich wollte immer nur dich. Aber manchmal reicht das nicht. Manchmal ist Liebe nicht genug. Es ist wie bei diesem Lied von Tobias Jesso Jr. Da singt er, dass nichts so schwer ist, wie sich zu verabschieden, wenn einem die Liebe im Weg steht. Mir stand sie immer im Weg. Wie eine unüberwindbare Mauer, die mich davon abhalten wollte zu gehen, oder dich gehen zu lassen. Aber ich kann das nicht mehr.

Ich halte es nicht aus, dich nicht zu küssen. Und ich halte es nicht aus zu wissen, dass ein anderer Mann es darf. Ich will nicht nur dein bester Freund sein. Ich will dein Mann sein. Der einzige. Der, mit dem du lachst und dem du von deinem Tag erzählst, der Mann, in dessen Armen du einschläfst, der bei dem du du bist. Ich will der Mann sein, mit dem du schläfst und neben dem du aufwachst. Ich will das alles. Und ich nehme lieber das Nichts, als nur eine Schulter zu sein, die du dir nimmst, wenn du sie brauchst. Du bist die Frau meines Lebens, Claire. Aber ich glaube, es ist an der Zeit, der zweitbesten Frau eine Chance zu geben. Ich hatte gehofft, es wäre Cassy. Aber die Wahrheit ist, sie war nur eine Übergangs-Claire. Eine weitere Frau, die mich irgendwie an dich erinnert hat, aber leider nie ganz an dich rangekommen ist. Ich denke, insgeheim wusste ich es immer. Seit heute weiß Cassy es auch. Sie hat die Skizzenbücher gefunden und dann keine Erklärung mehr gebraucht. Es gibt viele solcher Bücher. Gefüllt mit Erinnerungen an dich – als ob ich dafür Bücher bräuchte.

Dieses Mal ist es ein Abschied, Claire. Ich kann dich nicht mehr festhalten, und ich kann auch nicht mehr dabei zusehen, wie du andere Männer liebst.

Keine ist wie du, Claire Gershwin.

Ich liebe dich.

Danny

Run, Claire, run! Part 2.

Ich renne die Straße hinunter. Ich renne schneller, als ich kann, und es klingt, als würden mich meine Schritte jeden Moment überholen. Als würde ich mich selbst verfolgen. Ich spüre das Seitenstechen nicht. Und auch nicht, wie meine Oberschenkel brennen. Ich bekomme kaum noch Luft, aber ich laufe weiter. Noch zwei Blocks. *Zwei Blocks, Claire.* Ich denke an *Lola rennt* und an Danny und an den Abend, als Josh uns gesagt hat, dass er Allie heiraten wird. Ich denke an das Gefühl, bloß noch wegzuwollen, und daran, dass ich in dieser Nacht Danny wiedergesehen habe. Ich denke an alles auf einmal. An seinen Brief und die Skizzen, an die Zitate von Christopher Pointdexter und unseren Kuss. Ich sehe alles im Schnelldurchlauf, erinnere mich daran, wie wir getanzt haben und wie fest er mich gehalten hat.

Als ich an der Straßenecke ankomme, ist die Ampel rot. Ich bleibe stehen und stütze mich einen Moment mit den Händen auf den Knien ab. Meine Lungen brennen, und ein dünner Schweißfilm bedeckt meine Haut, dann wird es grün und ich laufe weiter. Zum ersten Mal renne ich nicht vor etwas weg, ich laufe auf etwas zu. Ich sehe Danny vor mir, rieche eine Mischung aus Leder und Kaffee. Ich spüre seine Hände auf meinen Hüften und erinnere mich an seinen warmen Atem in meinem Nacken. Gleich bin ich da. Es ist nicht mehr weit. Ich werde langsamer, schaue auf den Zettel in meiner Hand. 24B Portman Street. Ich suche nach der richtigen Nummer. Dann sehe ich sie. 24B.

Die Klingelschildchen pulsieren vor meinen Augen, und mein Herz schlägt so schnell, dass es sich fast nach Nulllinie anfühlt. Ein paar Jogger laufen an mir vorbei. Die Sonne geht bereits auf. Ich suche mit dem ausgestreckten Zeigefinger nach *Rayners*. Da sind tausend Namen und nur ein einziges Klingelschild, das keinen hat. Und ohne zu zögern klingle ich. Vielleicht schläft er, vielleicht will er mich nicht sehen, aber ich muss es ihm sagen. Ich muss es ihm wenigstens ein Mal sagen. Ich klingle ein zweites Mal. Dann klingle ich Sturm.

»Ja?«
»Hi.«
Stille.
»Ich bin's ... Claire.«

Er zögert eine Sekunde, doch dann summt es, und ich stemme mich gegen die Tür. Ich laufe in die erste Etage. Und weiter in die zweite. Ich schaue mich kurz um, dann renne ich die Stufen in den dritten Stock hinauf. Und da steht er. Sein Haar ist das übliche dunkelbraune Chaos und sein Blick eine Mischung aus erstaunt und verunsichert. Ich gehe auf ihn zu. Er ist barfuß, und ich bin nervös. Aber nur für eine Sekunde. Dann bin ich es nicht mehr. Es sind nur noch ein paar Schritte. Ich bin fast am Ziel. Es ist vertraut und aufregend und hat die schönsten Augen, in die ich je gesehen habe.

Für viele ist heute einfach ein weiterer Tag ihres Lebens. Für mich ist es der Tag, an dem ich das tue, was ich bereits vor Jahren einmal getan habe – nur, dass ich mich dieses Mal an jede Einzelheit erinnern kann. Es ist mir egal, dass ich verschwitzt bin, und es ist mir egal, dass ich grauenhaft aussehe. Das alles ist egal. Danny kennt mich an meinen schlechtesten Tagen und liebt mich trotzdem. Weil Liebe genau das ist. Sie wartet hinter der Fassade. Sie ist verschwitzt. Sie ist nicht perfekt. Und manchmal kommt sie viele Jahre zu spät. Aber wenn sie echt ist, schafft sie es.

Ich stelle mich auf die Zehenspitzen und nehme Dannys Gesicht zwischen meine Hände.

Und dann küsse ich ihn.

Real love.

Wir lieben uns zu New Yorks Straßenlärm auf einer nackten Matratze, umgeben von Umzugskartons. Es brennen keine Kerzen, und es läuft keine Musik. Unser Atem hallt durch eine leere und fremde Wohnung. Wir schlafen miteinander. Es ist langsam und intensiv. Und das auch ganz ohne Marvin Gaye.

Es gibt Liebesgeschichten, die gradlinig sind. Wo ein Mann und eine Frau sich treffen und sich verlieben. Sie haben ein paar Dates, küssen sich und schlafen das erste Mal miteinander. Und wenn es wirklich ernst wird, ziehen sie zusammen. Erst dann fangen sie an, sich wirklich kennenzulernen. Danny und ich haben es genau andersherum gemacht. Wir haben uns zwölf Jahre lang kennengelernt, und an unsere erste Nacht kann ich mich kaum erinnern. Wir haben uns immer wieder enttäuscht und verletzt und missverstanden. Vielleicht ist es deswegen jetzt so leicht, nackt mit ihm zu sein, weil wir nicht mehr versuchen, uns ins rechte Licht zu rücken – weil wir die Schatten schon kennen. Seine Haut auf meiner zu spüren, ist neu. Und mit ihm zu schlafen, ist neu. Aber alles andere ist so, wie es immer sein sollte. Wir sind so, wie wir immer sein sollten.

Und wie wir vielleicht schon immer waren.

Happy End.

Zu existieren ist schon irgendwie seltsam. Seltsam, aber auch wundervoll. Und vielleicht stimmt es ja, und es geht gar nicht um das Ende, sondern nur um die Geschichte und um das, was wir daraus machen. Das gerade ist unser erstes Kapitel. Und es beginnt mit einem Happy End. Ich schaue über die Dächer der Stadt und sehe auf einmal nur noch Möglichkeiten. Ich spüre Dannys Haut auf meiner und beobachte die Sonne dabei, wie sie langsam zwischen den Hochhäusern aufgeht, während wir eingehüllt in ein großes Leintuch auf dem Dach sitzen und New York beim Aufwachen zusehen. Unter diesem Stoff sind wir nackt. Es gibt keine Geheimnisse mehr. Nur uns und unsere Geschichte, die darauf wartet, weiterzugehen. Ich ziehe die Beine an und kuschle mich ganz dicht an Danny. Dann küsse ich ihn in die Halsbeuge und muss lächeln.

Ganz ehrlich, scheiß auf *Cinderella*. Diese Geschichte gefällt mir so viel besser.

Playlist

1. »You & Me Song« – The Wannabies
2. »Marvin Gaye (feat. Meghan Trainor)« – Charlie Puth, Meghan Trainor
3. »Other Man« – Jimi Charles Moody
4. »Tiny Dancer« – Elton John
5. »Claire De Lune« – Claude Debussy
6. »Ironic« – Alanis Morissette
7. »I Heard It Through The Grapevine« – Marvin Gaye
8. »Teenager Dirtbag« – Wheatus
9. »Danny's Song« – Loggins & Messina
10. »50 Ways To Leave Your Lover« – Paul Simon
11. »Where Do The Children Play?« – Cat Stevens
12. »How Could You Babe« – Tobias Jesso Jr.

Bonus-Tracks

1. »Halo« – Lotte Kestner
2. »Symbol In My Driveway« – Jack Johnson
3. »Oceans« – Seafret
4. »Atlantis« – Seafret
5. »Hammock« – Howls
6. »Blank Space (Acoustic)« – Tyler Ward
7. »To Be With You« – Mr. Big
8. »Here« – Alessia Cara
9. »Doctor's In« – Son Little
10. »Island In The Sun« – Weezer
11. »Fade Out Lines – The Avenger Rework« – The Avenger & Phoebe Killdee

Exklusive Leseprobe aus
»New York Diaries – Sarah«

(erscheint am 10.1.2017 bei Knaur)

CARRIE PRICE

NEW YORK DIARIES
SARAH

Music was my first love.

Der kleine Club mit dem unauffälligen Namen *Tuned* mitten in Williamsburg, New York, dient tagsüber als angesagtes, kleines Café mit dem besten Flat White, den es für Geld zu haben gibt. Jetzt hat er sich zu einem Konzertsaal voller Menschen verwandelt. Der Bass der Musik vibriert in meinem Körper und gibt meinem Herzen einen neuen Rhythmus vor: Widerspruch zwecklos. Es riecht nach Schweiß, Sommer und Alkohol, die Menschen tanzen losgelöst zum lauten Gitarrensound der Band, die uns an diesem schwülen Abend noch mehr einheizt. Ich lehne an der Wand, in der Nähe der Bar, den roten Notizblock in der Hand, den Stift lässig hinter das Ohr geklemmt. Und das nicht, weil ich den Look einer echten Musikjournalistin imitieren will, sondern weil er mir hilft, meine widerspenstige Lockenmähne irgendwie unter Kontrolle und aus dem Gesicht zu halten. Die Band auf der Bühne gibt alles, trifft den Geschmack der Leute (und die Töne), kann mich aber dennoch nicht vollkommen überzeugen. Irgendwie bin ich nicht gefesselt, ertappe meine Gedanken bei Spaziergängen zurück in meine Wohnung und der Frage, ob ich noch ess- und haltbare Lebensmittel im Kühlschrank habe. Nein, diese Band wird nicht die nächste Neuentdeckung der Musikwelt, die uns einen Hit nach dem anderen schenkt und deren Songs unseren Sommer bestimmen. Enttäuscht lasse ich den Block samt Stift in meine Handtasche gleiten und kämpfe mich bis zur Bar durch, wo ich dringend ein kühles Getränk verdient habe. Der Tag war scheinbar endlos lang und schrecklich öde noch dazu. Dieses Konzert sollte das Highlight meiner Woche werden, doch ich werde mal wieder enttäuscht.

Das freundliche Lächeln des Barkeepers empfängt mich und meine unausgesprochene Bestellung, denn noch bevor ich auch nur ein Wort sagen kann, stellt man schon einen Gin Tonic vor mir auf den Tresen.

»Ach, Ace, du bist offiziell mein Tageshighlight!«

Ich brülle mein Kompliment über die Musik und die Theke hinweg zu Bobby »Ace« Wallace, der mir ein weiteres strahlendes Lächeln schenkt und sich das Geschirrtuch über die Schulter wirft, bevor er sich zu mir lehnt.

»Du siehst so aus, als ob du den Drink gut gebrauchen könntest.«

»Man kennt mich hier.«

Damit nehme ich einen kleinen Schluck und genieße das kühle Getränk, das wie immer die perfekte Mischung hat. Noch nie habe ich einen besseren Gin Tonic genossen als hier, immer dann, wenn Ace Schicht hat. Bobby, der wirklich von allen nur Ace genannt wird, ist einer dieser Menschen, in dessen Nähe man sich sofort besser fühlt. Es mag an seinem strahlenden Lächeln liegen, das auch während eines stressigen Abends nie an Ehrlichkeit verliert. Mit Leichtigkeit mixt er seine Cocktails, fängt Stress ab und gibt mir persönlich das Gefühl, ein gern gesehener Gast zu sein. Die Tattoos an seinen Unterarmen wollen auf den ersten Blick nicht zu der schwarzen Weste und dem makellosen, weißen Hemd passen, das er bis zu den Ellbogen hochgekrempelt hat. Doch Ace lebt nach dem Motto: *Always dress for the job you want, not the job you have.* Es ist nur eine Frage der Zeit, bis er in den coolsten Bars dieser Stadt seine Cocktail-Shaker durch die Lüfte wirbeln lässt. Ein Blick aus seinen klaren Augen, und er durchschaut mich und meine Gedanken.

»Spuck es aus! Was ist los?«

»Eigentlich nichts Wildes. Diese Woche war einfach beschissen.«

Statt sich der Bestellung einer jungen Frau neben mir zu widmen, die ihren Ausschnitt fast in sein Gesicht zu schieben scheint, beugt sich Ace weiter zu mir, mustert mich eindringlich und zieht besorgt die Augenbrauen zusammen.

»Muss ich mir Sorgen machen, Sarah?«

»Quatsch! Ich habe es nur ein bisschen satt, als Pinguin verkleidet Champagnergläser auf Silbertabletts zu servieren und dabei meistens ignoriert zu werden.«

»Vielleicht musst du nur die Bluse deines Pinguin-Kostüms weiter aufknöpfen?«

Ace's Lächeln wird breiter, während er kurz einen Blick auf meine Brüste wirft und dafür einen sanften, aber bestimmten Schlag gegen die Schulter kassiert. Ace ist der Typ Mann, mit dem man sofort nach Hause gehen würde, weil seine Augen schon versprechen, dass der Sex gut wird, und weil er vielleicht nicht zum Frühstück bleibt, aber den Cocktail danach mixt, den man sicher auch nicht vergessen wird. Leider ist er vergeben, und das seit Jahren. Flirten ist für ihn nur während der Arbeitszeit erlaubt, weil es die Trinkgelder nach oben treibt. Aber alle wissen, dass er mit seiner Freundin Lisa seit über vier Jahren glücklich zusammenlebt. Schade, aber schön. Die beiden gelten als Traumpaar des Viertels und werden oft aus der Ferne bewundert. Zumindest von mir.

»Wir wissen doch beide, dass dieser Kellnerinnen-Catering-Job sowieso nicht für die Ewigkeit ist, Sarah. Es ist nur eine Frage der Zeit, bis du den Durchbruch schaffst.«

Ob er wirklich an mich glaubt oder mir einfach nur Mut machen will, weiß ich nicht. Es spielt aber auch keine Rolle, weil es trotzdem guttut, das zu hören.

»Danke, aber im Moment fühlt es sich nicht gerade so an.«

Ace zuckt die Schultern, nimmt erst die Bestellung der immer ungeduldiger werdenden Frau neben mir auf und dreht sich dann noch mal zu mir.

»Es fühlt sich nie so an. Es passiert immer dann, wenn du nicht damit rechnest.«

Mit einem Augenzwinkern macht er sich wieder an seinen Job, den er beherrscht und der ihm Spaß zu machen scheint. Ganz kurz flackert etwas Neid in mir auf. Wie gerne würde ich mit dem, was meine Leidenschaft ist, meine Miete bezahlen können! Stattdessen arbeite ich als Kellnerin für das Cateringunternehmen »*NY Catering Chefs*« und bediene Leute, die für gewöhnlich durch mich hindurchschauen, als würde das Tablett mit den Gläsern und den kleinen Häppchen magisch in der Luft vor ihnen schweben. Nicht gerade das, was man den großen Durchbruch nennt. Noch nicht – denn wenn ich eines nicht aufgeben will, dann ist es die Hoffnung auf meinen absoluten Traumjob: der wahre Grund, weswegen ich nach New York gekommen bin.

Wieder lasse ich meinen Blick durch das *Tuned* schweifen und erkenne Frauen und Männer in meinem Alter, die lachen, tanzen, mitsingen und einfach nur ihren Feierabend genießen. Ich bin nur ein weiteres Gesicht in dieser Stadt, eine weitere Geschichte, die damit begann, dass ich mir New York als Bühne für die Erfüllung meines Leben ausgesucht habe.

Mein Name ist Sarah Hawks. Ich bin nur noch drei Jahre von meinem dreißigsten Geburtstag entfernt und jage seit nun knapp zwei Jahren meinem Traum in »der Stadt, die niemals schläft« hinterher. Manchmal glaube ich, ihn fast berühren zu können, doch dann macht er einige schnelle Schritte und ich kann ihn kaum mehr sehen. Mein Traum scheint in einer deutlich besseren körperlichen Verfassung zu sein als ich. Immer einen Schritt voraus, immer kennt er eine Abkürzung, die mir – als Zugezogene –

verborgen bleibt und nie geht ihm die Puste aus. Ein ständiges Katz-und-Maus-Spiel. Manchmal ist mein Seitenstechen so schmerzhaft, dass ich am liebsten auf dem Gehweg zusammenbrechen und weinen würde. Aber dann wird der Name Sarah Hawks auf die Liste der gescheiterten Möchtegern-New Yorker aufgenommen und ich bin nichts weiter, als eine dieser großen Träumenden, die mit einem großen Ziel nach New York gekommen ist und hier aufgegeben hat. Frank Sinatra singt: »*If I can make it there, I'll make it anywhere*«. Stundenlang habe ich mir seine Hymne an diese Stadt angehört – im Keller unseres Wohnhauses in Chicago, wo mein Dad seiner Plattensammlung eine Art Altar gebaut hat. Wenn Sinatra diese Stelle im Song singt, bekomme ich jedes Mal Gänsehaut. Das ist meine große Motivation: Wenn ich es wirklich schaffe, dann steht mir die ganze Welt offen. Deswegen ist Aufgeben keine Option. Das habe ich mir damals am Bahnsteig in Chicago geschworen. Ich werde sicher nicht zurück nach Hause kommen und mir die gehässigen Kommentare meiner Brüder anhören, die mich grinsend am Gleis abholen, weil ich wieder bei meinen Eltern einziehen muss. »*Wir haben es dir doch gesagt.*« Diesen Satz will und werde ich mir nicht anhören.

Die Leute um mich herum haben ihre eigenen kleinen und großen Träume, doch keiner von ihnen ist aus dem gleichen Grund wie ich hier. Für sie ist Musik nur eine weitere Ablenkung von ihrem Alltag, sie dient nur der Hintergrunduntermalung, spielt aber keine übergeordnete Rolle. Für mich ist Musik alles. Zwischen der Plattensammlung meines Vaters und der meiner Brüder aufgewachsen, gab es bei uns zu Hause immer Musik, vollkommen egal zur welcher Uhrzeit oder aus welchem Anlass. Ich habe keine nennenswerte Erinnerung ohne einen Song von Eric Clapton, dem Rat Pack, den Rolling Stones, Eric Burton, den Beatles oder Deep Purple. Jetzt bin ich genau deswegen hier.

Weil Chicago nicht mehr den Soundtrack für mein Leben geliefert hat. Weil ich auf der Suche nach neuer und frischer Musik bin. Nach dem Hit meines Lebens, den ich vor allen anderen entdecke und nie mehr vergessen kann. Doch heute Abend werde ich ihn wohl kaum finden. Die Band auf der Bühne hat keinen Wiedererkennungsfaktor, die Songs sind eingängig aber nicht einzigartig. Eben gehört, hat man den Refrain auch schon wieder vergessen. Die Stimme des Sängers klingt so, als wolle er wie Adam Levine von Maroon 5 klingen. Alles schon mal da gewesen. Nichts Neues. Mal sehen, ob ich noch nettere Worte für meinen Blog-Artikel finde. Ich hasse es, Verrisse von Bands oder ihren Konzerten schreiben zu müssen, weil man nie vergessen darf, dass jeder Künstler (und sei er noch so mies) sein Herzblut in dieses Projekt steckt. Man sollte deswegen immer respektvoll seine Kritik üben. Zumindest ist das mein Arbeitscredo: *Sei stets ehrlich, jedoch nie verletzend.* Als mich auch der nächste Song nicht vom Hocker reißen kann, leere ich meinen Gin Tonic viel zu schnell, lege einen Schein in Ace's Trinkgeldkasse und winke ihm zum Abschied. Er weiß genau, ich werde für das nächste Konzert einer noch unbekannten Band wieder hier sein, mit der gleichen Hoffnung, auf der gleichen Suche.

Es ist etwas mühevoll, mich durch die Menschenmenge bis zum Ausgang zu kämpfen. So bekomme ich mit, wie der Sänger der Band eine kurze Pause ankündigt und das Publikum davon kaum Notiz zu nehmen scheint.

»Während wir mal schnell austreten, unterhält euch unser Bassist mit einem seiner Songs.«

Klasse, der Pausenclown darf also ran. Der arme Kerl, das Publikum ist heute Abend nicht besonders dankbar. Ich weiche dem Ellbogen eines unachtsamen Gastes aus und bin fast an der Tür, als ich leise Gitarrentöne höre, die mir eine Gänsehaut bescheren. Und das in weniger als vier Sekunden. Mein Körper fühlt sich mit einem Mal so an, als würde er unter Strom stehen, und weigert sich, mir weiterhin zu gehorchen. Ich mache keinen Schritt mehr, sondern bleibe wie angewurzelt stehen, schließe die Augen und konzentriere mich ausschließlich auf die sanfte unplugged Musik, die sich unaufdringlich aber unausweichlich einen Weg zu mir bahnt. *Bitte, bitte, lass die Stimme zu diesem vertonten Gefühl passen!* Schenk mir ein Highlight, das sogar den weltbesten Gin Tonic übertrifft!

Meine Atmung setzt aus, als die ersten Töne gesungen werden und ich nichts anderes mehr wahrnehme als die sanfte und gleichzeitig rauhe Stimme, die unangestrengt klingt, als wäre Singen für den Interpreten so leicht wie für uns Normalsterbliche das Sprechen. Den Song habe ich noch nie gehört, weder im Radio noch irgendwo als vermeintlichen Geheimtipp im Internet. Doch weiß ich genau, dass ich ihn nie mehr vergessen und die Melodie heute Nacht im Bett noch im Kopf haben werde. Alles verlangsamt sich. Wie in Zeitlupe drehe ich mich wieder zur Bühne. Vergessen ist der Wunsch, nach einem langen Tag endlich in meine Wohnung zu kommen. Den ganzen Tag habe ich mich noch nicht so lebendig gefühlt wie jetzt in diesem Moment.

Auf der Bühne steht ein Mann in schwarzen Skinny-Jeans, einem schwarzen Hemd, das mit unzähligen, kleinen weißen Punkten übersät ist. Seine braunen Haare kleben ihm verschwitzt in die Stirn, seine Augen sind geschlossen, und in der Hand hält er eine schlichte Akustikgitarre. Er ist ziemlich groß, dafür aber auch recht schlaksig. Keiner dieser übertrainierten Musiker, die sich vor der Zugabe das Hemd vom Leib reißen. Doch es ist nicht sein Aussehen, das mich magisch anzieht. Es ist seine Stimme, die mich bewegt, wieder zurück in Richtung Bühne zu gehen, wo ich zu Beginn des Konzerts einen Platz ergattert habe. Ob die Leute um mich rum noch sprechen oder atmen, das nehme ich nicht wahr, denn für mich gibt es nur noch diesen Song, der eine vergessene Jugend besingt und deren Melancholie mich mitten ins Herz trifft, als würde er über mich, mein Leben und die Erinnerungen aus meiner Teenagerzeit singen.

You said, we would stay young like this forever.
The answer to growin' up would always be never.
But now here we are, nothing more than just strangers
like the promise back than was always in danger.

Es ist die Art und Weise, wie er die Worte singt. Als würden sie ihn quälen, wenn er sie nicht laut ausspricht, als würde er sich mit diesem Song seinen Dämonen stellen. Sofort greife ich nach meinem Block, ziehe ihn aus der Tasche, mache mir hastig Notizen und kritzele so in einer für andere unleserlichen Handschrift meine Gefühle beim Hören des Songs auf.

Melancholie, Einsamkeit, Liebe, Freundschaft, Gänsehaut, Ehrlichkeit.

Kurz sehe ich mich um und bemerke, dass die meisten Leute weiter in ihre Gespräche vertieft sind, sich neue Drinks an der Bar holen oder die Pause als Chance für einen flotten Toilettengang nutzen. Kopfschüttelnd sehe ich zu Ace, der meine Umkehr bemerkt hat und mich überrascht angrinst. Wie kann es sein, dass die anderen nicht das hören, fühlen und aufnehmen, was ich empfinde, wenn ich diesem Song lausche? Sind sie denn alle geistig-musikalisch umnachtet? Fast will ich sie packen und wachrütteln, sie um Ruhe und Aufmerksamkeit bitten, weil sie dem Künstler auf der Bühne nicht den Respekt entgegenbringen, den er und dieser Song verdient hat. Doch sie ignorieren meinen bitteren Blick, als wäre ich nicht da und die Musik nichts weiter als eine Begleiterscheinung des Abends. Wieder sehe ich zu dem namenlosen Musiker auf der Bühne, den ich bisher nur als niedlichen, aber unscheinbaren Bassisten einer Gitarrenrockband wahrgenommen hatte. Wie sehr ich mich doch getäuscht habe!

I just wanna tell you, that I miss you.
Tell me, do you long to see my face too?
How can time fly by so bloody fast,
like we're only fading memories of our past.

Seine Finger streicheln die Saiten der Gitarre so sanft, als würde es sich bei dem Holzkörper um den einer Frau handeln, die er zärtlich in seinen Armen hält. Zweifelsohne liebt dieser Mann seine Musik, und das spüre ich so stark, als hätte er mir sein Geheimnis zugeflüstert. Was er genau genommen auch hat. Er hat es uns allen verraten, doch die meisten Leute hier hören nicht so genau hin, um zwischen den gesungenen Zeilen das Geschenk zu erhören. Dieser Song ist persönlich, das merkt man an der Art und Weise, wie er ihn singt. Fast zögernd, fast zu leise und vor allem viel zu ehrlich. Im Refrain mischt sich eine Portion Wut in die Stimme, wird lauter und rauher, was mich noch mehr fasziniert und diesen Song zu einem kleinen Meisterwerk macht. Wie selten passen Text, Musik und Stimme so gut zusammen, dass man das Gefühl bekommt, eine perfekte Fusion zu hören.

Sobald die letzten Töne des Songs verhallt sind, bedankt er sich fast schüchtern für die Störung und bekommt dafür halbherzigen Applaus – was mich nur wieder entgeistert den Kopf schütteln lässt. Fassungslos sehe ich mich um und applaudiere so laut und überschwänglich, dass nun mir die verwirrten Blicke gelten. Doch das ist mir egal. Es ist genau die Lautstärke, die ein solcher Song als Anerkennung verdient. Der Musiker, dessen Name ich noch immer nicht kenne, schenkt mir ein kurzes Lächeln und verschwindet dann von der Bühne, ohne zu wissen, dass er gerade zu meinem Tageshighlight geworden ist.

Danksagung

Claire hat lange auf ihre Geschichte gewartet. Seit 2009 saß sie mit gefalteten Händen in meinem Hinterkopf und hat auf ihr Happy End gehofft. Dafür bin ich ihr wirklich dankbar, denn das ist nicht selbstverständlich. Doch ich glaube, sie wusste, dass ich ihr genau das Ende schreiben würde, das sie sich gewünscht hat. (Nach Julian hat sie sich das auch wirklich verdient. Die ganz treuen Leser wissen, von welchem Julian die Rede ist.)

Neben Clair danke ich vor allem **Adriana**, meinem »partner in crime« – mit niemandem sonst möchte ich mich im Irrgarten der Gedanken lieber tummeln.

Ich danke **Inga** für die erste Meinung, meiner Schwester **Tanja** dafür, dass sie Allys Geschichten so sehr liebt, und meinem Bruder **Nico** für seine offenen Ohren. Und ich danke meinen **Eltern** – für sehr, sehr vieles.

Ich danke dir, **Martina**, dass du mir alle Freiheiten beim Schreiben lässt, und dir, **Tina**, dass du mit mir die letzten Ecken und Kanten beseitigt hast. Claire ist rund – und das im besten Sinne.

Danke an das klasse Team vom **Knaur**-Verlag! Diese Zusammenarbeit war wirklich **»genau meins«**!

Zu guter Letzt: Ich danke dir, **Michael** – auch unsere Geschichte gefällt mir so viel besser.